月の渚の砂浜に

――または　亡霊に教えられた大切なこと――

濱本良秋

本書は二部構成となっております

山小屋の一夜

――警部Uの手記から――

事件のあらまし

私には、まるで兄弟のように仲のいい飲み友達がいた。彼との付き合いは、そもそも中学の時に同級だったことから始まっていて、考えると長い付き合いになる。いや、付き合いだったという方が正しいのだろう。正確にいうと彼の方が数ヶ月早い生まれということになるが、考え方や趣味などについてもお互い通じるところがあって、学生時代から彼と話していると、実に楽しかったものだ。やがてお互いに社会人となり、それぞれに所帯を持つようになってからも、自然と家族ぐるみの付き合いをするようになっていた。そういったわけで、私は彼の細君のことは今でも良く知っている。

そもそもこの手記を書きだしたきっかけというのも、あの不幸から始まっているのだ。いわゆる幼なじみと言っていい彼とは、お互いに職務上多忙であることから、たとえ会って話は出来なくとも、まるで家族のように連絡を取り合っていた。仕事や私生活で壁にぶつかって様々な悩みを抱えた時にでも、結局はやはり彼を頼って、悩み事の相談に乗って貰ったりしていたものだ。そうやって長い年月を重ねるうちに、いつの間にか彼は私にとって、日常生活の上でも、また精神的な意味でも実に大きな存在となっていた。

ところがあれはそう、ある年が始まって間もない頃だった。彼が長年の持病を悪化させて、ふいに亡くなってしまったのである。あれからもう、かれこれ十年近くも経っていることになる。

私はこの訃報を、彼の奥さんからの突然の電話で知った。あの時ばかりは、余りにあっけなく突然のことなので茫然となってしまい、その日の仕事は何をどうしたものか、恐らくほとんど手に付かなかっただろうと思う。私は、取りあえず仕事を終えて彼の自宅へ到着し、故人となった彼の顔をのぞくまでの間は、まるで心も感情も全てが固まってしまったような感じだったのを憶えている。それからしばらくの期間の慌ただしい経緯はともかく、かつてのように彼と二人でしみじみと語り合うことができなくなってからというもの、私は一種何とも言いようのない淋しさを感じないわけにはいかなかった。正直なところを言えばそのような思いは、実に十年経った今でも、完全に消え失せてはいないのだが…。

しかし考えてみれば、こうしてこの手記を書くという行為そのものが、ここに文字を綴ることによって、彼と語り合っているようなつもりになれることから、私なりに自分の心を慰めているのかも知れないと思う。

彼は優秀な警察官だった。肩書としてはいわゆる警部ということで、職務に関してはもちろん厳格であり、文字通り多忙な生活をしていた。年中事件を追っかけているふうであった。

現役当時の彼と言えば、まあ当然ではあるが、身近な私などはおろか家族親族にさえ、職務の詳細に触れることはなかった。とはいえ、やがてお互いに相応の年配となる頃には、思えば彼も次第に性格的な丸みが見られていったような気がする。ことに時を経て彼も定年に至り、現場を退いてからというものは、彼そもそもの人なつっこい性格の一面が、随分とにじみ出てきていたように思う。ついでに今思い出すことで言うと、これも先年のことになるが、彼の自宅に招待されて、ふたりだけで共に、夜も遅くまで食事をしたり談笑したりするような機会が何度かあった。そうやって盛んに昔話を語り合っていると、ひょっこり彼の口から語られる、ふう変わりなエピソードというのがあって、それがまた妙に生々しくリアルで、時にはぞくっとするような凄味すらあり、当時の私は時間の経つのも忘れて、ひたすら感心して聞きほれていたものだ。それらは確かに今思い返してみても、忘れがたい印象を残すような話が幾つもあった。

ある時、しつこく彼にその話の出どころについて、詮索をしてみたことがあった。すると実はこれらのエピソードというのが、刑事仲間で語りぐさになっているたぐいの名物事件、それもとっくに迷宮入りしたような古い話の断片なんぞを、彼が素人向けに面白おかしく料理して、聞かせていたものだったということが分かった。そんな話の種あかしを聞かされたことなども、内輪話の中でときおり思い出しては、ふたりで笑い合っていたのも懐かしい。およそこういったふうで、もとは職務として厳格な刑事をしていたとはいえ、元来の彼というのは職務の反面、酒の席なんぞでは世間話をするのも好きな、ごく気さくな人物だったわけである。

あれは彼の死後、数年ほど経った頃だろうか。

そのころは恐らく遺族としても、身辺の慌ただしかった時期もようやく落ち着きだした時分だったろうと思うが、私はその日、たまたま彼の旧宅付近まで仕事で赴く所用ができていた。確かあれは天気の良い五月の日で、日中にはむしろ暑いくらいの陽気だったと記憶する。帰路の途中で私は、『そうだ彼の遺影に手を合わしていこう』と、急に思いついた。こうして私は、今は奥さんが一人で守っている邸宅へと向かい、彼の告別式が終わって以来の訪問をすることになった。

広い座敷の床の間にしつらえた仏壇に向かって、私は在りし日の柔和な微笑みをたたえた彼の遺影を、ゆっくりと拝ませて頂いた。故人への挨拶を終えた私は、座ったままで何気なく顔だけくるりと振り返ってみた。広い座敷の真ん中に据えられた、黒光りのするどっしりとした大きな座卓の向こうには、奥さんが昔と全く変わらぬ雰囲気で、気さくで和やかな微笑みを湛え、静かに正座をして私の姿を眺めていた。奥さんと視線が合ったのだが、私は少々足が痺れていたので、仏壇の前に座ったままで先方に顔だけを向け、思い付きでの突然な訪問の無礼について、お詫びを述べた。

そうしてようやく立ち上がると、座卓の方へと移動を始めた。

奥さんは私に向かってにこやかな微笑みを返しながら、愛想よく座を勧めてくれた。私は出して頂いたお茶を啜っては、青々とした中庭のきらめくような緑を横目にまぶしく望みながら、ひとときの会話を楽しんだ。そうやって彼にまつわる思い出話を、ふたりでお互い思い付くままに、ぽつりぽつりと語っていた時のことである。話の流れの中で、ふいに奥さんの方から、彼が残した日誌について触れられたのである。そんな話は全くの初耳だったので、私は「おや」と思って少なからぬ関心を懐き、奥さんの話に身を乗り出していた。

奥さんの話によると、彼は筆まめというのか、毎日就寝前の時間になると、決まって机に向かって几帳面に日記をしたためるという、長年の習慣を持っていたらしい。それを聞いて私は、四角四面なところのある、如何にも彼らしい習慣だなと思ったものである。ところが奥さんはその話の席で、彼の大事な遺品のひとつであるその貴重な記録を、そっくり私に譲りたいと言い出したのである。この話を持ちかけられた時には、さすがに私も驚いて即座に辞退した。

そもそも、その記録というものが、一体どれだけの意味を持つかということ。そして長年にわたり彼が手間暇をかけて遺したその記録が、どれほど大切でかけがえのない遺産であるかということは、もちろん彼女にしろ私にしろ、お互い充分に了解しているところである。その上に私としては、これは当然に配偶者である彼女の所有に帰されるべき貴重な遺品でなければならない、そう信じて疑わなかったのは、いわば当然でもあり自然なことだったろうと思う。そこで私はひたすら恐縮して、自分の思いを何度も繰り返し強調しながら、丁重に固辞したのである。

この時の彼女の話を手みじかに要約すると、ざっと次のようになる。

この大量の資料は、こうして私の手もとに積んでおいても、結局のところは何の価値を生むこともないし、言ってみれば紙の山として終わってしまうでしょう。そして結局は私と同様に忘れ去られ、ついには姿を消してしまうことになるのです。それならば、あなたの手に委ねる方がどれほど意義深いものとなるか知れない。あの人があれ程大切にしていた遺産だからこそ、無二の親友であるあなたの手もとにあるべきではないでしょうか、と彼女は真剣な面持ちで私に向かって、その思いのほどを語ってくれたのである。

しかし、そうやってひとしきり彼女の話を聴いていても、じっと同じ姿勢のままで明確な言葉ひとつも返せずにいる、こちらの心中を察したものか、さらに彼女はゆったりとした穏やかな口調で、およそ次のように、その真情を打ち明けてくれたのだった。

「最近になってようやく私も、少しは落ち着いてものを考えることができるようになってきたのですが、こうしてこの家にひとり静かに暮らすようになってからというもの、実は彼が大事にしていたこの書類のことが、ずっと心の片隅にわだかまっていたのです。これはお察しの通り、ある意味で彼の大事な遺産のひとつです。主人の心とも言えるこの遺産を、今後どのように扱えば、これを最も生かすことになるのか。それは全て私の一存にかかっています。私は今までこのことについて、それこそ日課のように日ごと夜ごとに心をしずめて、あの人の思いに寄り添い問いかけるように、またあの人の心に深く立ち入るようなつもりで、私なりにあれこれ考え通してきました。

ですけど、時間をかけて繰り返し考えれば考えるほど、結局はこうすることが、真実あの人の思いに沿った選択になるのだと、私には思えるのです」


「かつてこの座敷で、主人があなたとふたりでお話をしていた時の、あの少年のような明るい笑顔といったら…あの笑顔は私、今でも忘れません。どれだけ仲のいい夫婦だからと言っても、ああいう表情というのは、また別の次元のものなんですね。あんな輝くような表情の主人なんて、長年連れ添ってきた私ですら、ほんとに見たことなかったんですもの。わたしね、あの時ふたりがあんまり仲がいいもので、見ていて何だか憎らしいくらいで…ごめんなさいね。ほんとに誰が見ても実の兄弟のようなんですもの。ああ男同士っていいなぁって…女の私なんかから見ても、どんなに羨ましかったか知れませんわ。でね、あの人にしても、これからの大事な残り後半の人生、もっともっとあなたと愉しく心ゆくまで語り合いたかったに違いないって、私つくづくそう思うんです。

彼としても臨終の最期の間際になって、内心どんなにか無念だったろうな、悔しかっただろうなあって…それを思うと私、今だってほんとに悔しいんです。そんな悔しい思いがあったから、あれ以来私は、運命や天命ということについて、この心の中で、どれだけ罰当たりな恨みつらみを繰り返して来たことか、知れやしません。だから私、こう思ったんです。

それならば、あの人の魂が籠もったこの書類を、そっくりあなたの手もとに預けておけば、あの人はこれからもずっとあなたと共に生きていけるし、書類の中の文字を通して、また以前のようにあなたとお話が出来るんじゃないかしら。何よりもそれはあの人自身が、きっと一番喜んでくれることに違いない、わたし、そう思えてならないんです。これが私の結論です。いいえ、これは決して私ひとりの意見なんかではありません。これはどうか、あの人自身の遺志だと思って、ぜひあなたに受けていただきたいのです」

今は亡き彼を思う心情を、このような切々とした口調で奥さんの口から訴えられた時には、もう私は返す言葉すら見当たらず、彼女の前に、ただ言葉もなくうなだれるよりほかに仕方がなかった。

それから数日が経った頃である。段ボール箱数個にわたってぎっしりと詰め込まれた、相当に重い荷物が私の家に届けられた。

それからというもの、その日誌の夥しい集積の中に詰まった、貴重な記述の内容に触れるごとに、私は驚きの目を見張ることとなった。そもそも彼が職務上取り扱っていた刑事事件の詳細な記録などは、言うまでもなく警察組織の中にその全容が保管されているし、門外不出のものである。ただ彼はここで、本筋である彼個人の日誌の記述の傍らで、日々に自分が関わった事件にまつわる彼の生々しい感想や、彼独自の個人的な見解を密かに開陳している。また同時に彼は、携わった事件の記録の一端を、ある時はさりげなくその印象を述べ、またある時はかなり克明に書き込んでみたり、とまあ言わば天衣無縫というか、自由闊達にしるし残しているのだった。

そういうわけで今のところ私は、彼が残したこの記録のほんの片鱗を、ちらちらと覗いているのに過ぎないわけだが、それでもぞくぞくとするようなその興味の奥深さは、私を捉えて放さぬようなところがあって、読み込んでいくと実にキリがないのである。

今回は、最近たまたま私の眼にとまったものを、ひとつここに紹介してみようと思う。記述の内容からすると、その事件そのものは、警部がまだうら若い時分のことらしいので、かなり古いものには違いない。ゆえに彼にしても当時は、恐らく警部という身分ではなかっただろうとは思われる。しかしここで何よりも注目されるのは、彼の言い方によると、現場の状況を調べるほどに、いかにも奇妙な点が幾つも出てきたというのである。

確かにこの内容を読み進んでいくと、彼の懐いたと言うその奇妙な思いが、そのままこちらの心にも充満していくのを、感じないわけにはいかないのである。

ひとり住まいの中年男性が、その住居の中で死体となって発見された。その家屋は平屋建てで、玄関の扉はしっかりと施錠されているのだが、家屋の一番端に位置する奥の間の窓ガラスのうち、一枚が大きく破砕されている。近所の人から警察に通報があったのは、朝も随分と遅くなってからだったのだが、通報の内容としては深夜に何かが壊れるような大きな音がしたという程度の情報であったらしい。しかし実際に要請があって警部が現場に到着したのは、結局昼前近くになっていたようだ。現場のその砕かれた窓は見る限り、木っ端微塵にしかも、かなり大きな範囲で砕かれている。それは何か、硬質で大きな物をぶつけたか叩き割ったかという手段によるものらしく、破砕の瞬間は相当な衝撃と激しい音がしたものと考えられた。

またこれは現場の痕跡から明らかなのだが、どういうわけか、現場には金品などをあさった痕跡が全くみられていない。そうすると加害者が侵入した目的というのは、当初から被害者を殺害すること以外にはなかったといえる。こういったことから、やはりこれは何かの怨恨だろうという線が濃厚とみられた。

ところで被害者の特徴として、頸に明瞭な絞痕が残されているのだが、それがなぜか左手である。左手の痕跡しか見当たらないのである。またその絞痕の指なのだが、どうも細いのだ。被害者自身の手の寸法と較べてみても随分とサイズも違うし、やはりかなり細い指である。警部は自ら何度も確認をおこない、また何人かの専門家にも検死を依頼して、くどい程に確かめたようだ。それらの結論から言うと、この手は女性のものではないかということである。痕跡からみる限りでは、一応は扼殺《やくさつ》と言える。ところが後日判明した司法解剖による鑑定の内容によれば、死亡推定時刻は前夜深更から未明にかけての間とされている。それから被害者の心臓は、彼が実際に頸を絞められるよりも前に、あるいはその直前に既に停止していた可能性が、かなり高い確率で存在するということである。つまり被害者の直接の死因は扼殺ではなく、むしろ心臓停止によるものらしいということなのである。いずれにしても不可解な点の多い死体である。そもそも加害者は、本当に女性なのか。また仮に女性だとしても、どういうわけで左手だけで扼殺した、いや扼殺が出来たのか。仮に加害者が左利きだったとしよう。しかし女性が片手だけで犯行をしおおせるとは、何とも不自然な気もする。

また被害者が仰向けに倒れていたのは玄関前のホール床面なのだが、彼は既に靴を穿いている状態であった。ただし靴裏からは、戸外の土壌として新しいものは検出されていない。彼はおそらく殺害される時点では、まさに玄関から出ようとする直前であったに違いない。ところが靴を穿いて玄関から逃亡しようとした彼は、恐らくその背後から襲われて、頸を掴まれ後ろ向きに半ば引きずられるようにして、ホールの床に倒されたものとみられている。しかしこれは相当な力業《ちからわざ》である。

およそこのような点からみて警部は、この犯行が女性によるものであるとする鑑定意見に当初から疑問を呈していたらしいのである。すなわち、指が細いからといって、それが直ちに女性であるとの証左とは言えないではないか。例えば巷間にパガニーニの指をしたような男があったとする。たまたまその男がある筋から依頼を受けてこの家に闖入し、犯行を演じたものとしよう。ところが初犯であった彼は、自ら手を染めた犯行に恐れをなした。その結果、もしかすると当初盗る予定であった金品には結局手さえ付けぬまま、這う這うの体で気もそぞろに現場を立ち去ってしまった。ざっとこのように考えてみたところで、別段不都合な点も無いではないか、というわけである。

さらに現場の状況から推察されるのは、奥の間の窓が割られる音を聞いた彼が、その直後に起こした行動は、玄関から走って逃亡しようとすることであったらしい、ということである。もしそうだとすると、音がしたその時点では、彼はその深夜の時刻に少なくともまだ起きていた。そして何らかの活動をしていた、ということになる。また更には、深夜突然に家のガラスを割られたその時、彼は反射的に、その大きな音が一体何を意味しているのかについて、その瞬間すでに理解をしていた、ということにはならないだろうか。もしもこれが私のような普通の人物ならば、「今のは何の音だろうか」とまずはその場所にまで行って、確かめようとするに違いない。ところが彼は、そうはしなかった。突然大きな音がした。その瞬間に全てを理解した彼は、瞬時に逃げようとしたのである。

この事件の顚末をみるに、この裏には相当に深い因縁めいた何かが隠れていそうである、との強い疑念を持たないわけにはいかない。そもそもこの被害者とはどのような人物だったのか。またどのような生業《なりわい》をこととする者であったのだろうか。順当に言って、この事件を捜査していた当時の警部ならば、こういった基礎事実はある程度把握していたものと考えるのは、ごく自然だろう。しかしながら、この記録が本来警部の私的文書たる日誌であるという性格からして、そのような記録が皆無であるというのも、これまた仕方のない話である。また事実そのような当時のデータは、ここには何ひとつとして記載されてはいない。そこで我々としては、ただ想像するしかないわけである。もしかすると被害者は、マフィアの首領かなんぞのように、つねに誰かに付け狙われているような人物であったのかも知れない。
このように、判明している部分が余りにも少なく、全体が神秘の薄明の中にあって、やがて時の波間に杳として埋没していく類《たぐ》いの事例の中でも、この事件は恐らくその代表例といえるものだろう。ところがその中でも唯ひとつの大きな手がかりといっていいのが、現場に残されていた被害者による一冊の手記である。その手記が発見された現場の状況は、およそ次のようなものであった。

ガラスが割られた部屋とは反対側の奥の間には、被害者の書斎がある。そこには書架や机が並んでいるのだが、机の傍らには一冊のノートが、まるで力まかせに叩きつけられでもしたかのように抛り投げた状態のまま放置されていた。これら一連の状況から、恐らく逆側の奥の部屋で物音が聞こえる間際まで、被害者はこの部屋にいたものと考えられる。ところで、ここで何よりも大きく目を引くのは、その部屋の床面である。六畳敷きの部屋の真ん中あたりの畳一枚だけが、完全に引き剥がされている。それのみか、その床下の土が相当に荒々しく掘り起こされているのである。その掘り起こされた土は、周囲の畳をはじめ、あたり一面に激しく飛び散ったままになっている。黒々とした土で荒らされたこの一場の狼藉のありさまは、この土木作業がいかに苛烈なものであったかを生々しく物語っている。このように、かなりな労力を要するとみられるこれらの作業の一切が、果たして女性だとされる加害者ひとりの仕業なのか、あるいは被害者自身の手によるものなのか。ここでもまた大きな疑問が生ずる。と同時に、そもそもこの作業自体が、何を目的としたものなのか。こういった一連の疑問については、実はいまだに明確な断定ができるまでには至っておらず、結局のところは不明のまま、謎めいた闇に埋もれているといわざるを得ないのである。

ところで前述のノートだが、鑑定の結果、被害者のいわば日記のようなものであったらしい。警部はその日記の記述を読み込んだところ、その内容からただならぬ関心を懐いたとみえて、珍しくその記述を部分的に抜萃するなどして、自身の日誌の中に彼なりの入念な記録を残している。

また警部は、その日記から引用した部分と部分との間にも、原文の記事の概略を独自に書き込むなどの補足を施して、後日のために全体を容易に通読しうるようにと、念入りな工夫まで施している。ここで編者としてひと言、私から読者に申し述べてお許しを願っておかねばならないことがある。

今回私は編者の立場から、この警部の補足部分に対して、いささかその内容の充足を期すべく、僭越ながら若干の想像力をもって、より分かりやすく記述を書き加えるという、ささやかな企図を施した。また、便宜のため幾つかの章題を加えたことを、ここに白状するものである。

但し、これは申すまでもないことだが、全体としての記述の本旨や内容の本質的な根幹部分に関しては、毛筋ほども改変したものでないことは、もちろんである。この件に関しては、誓って申し上げるということを、あえて強調しておきたい。

ここからの記述は、被害者が書きしるした日記の記述内容からすれば、結局は警部が残した日誌を通しての孫引きということになる。こういったわけで、以下の記述にみられる「私」という表現は、つまり故人となった被害者自身を指すということになる。

次が、警部の残した関連記事の全文である。

＊
＊
＊

吹雪の中で

あれほどの烈しい吹雪も珍しかった。少なくとも、その時の私にはそう感じられた。

何回目のチベットかと今さら訊かれても、もう即答すらできないけれども、今回私は、登山家仲間では中々の難敵で知られるこの山に、再び単独でアタックをして、前回同様ほぼ計画通りに登頂を無事成功させることができたのだった。全てが実に順調だった。私は晴れやかな気持ちで下山を開始した、その矢先でのことだった。

この山については、前回で登頂を成功させたことから、今回私はそれとは別のルート、つまり普通ならば誰も選択しないようなルートにあえて挑戦することを、前回の登頂成功の直後から、内心では既に決めていたのだった。今考えると、少し調子に乗っていた部分もあったかも知れない。確かにそんな気もしている。今更何を言っても、すでに後の祭りではあるが。

山頂に到着した時には、全く見事な快晴で、実に素晴らしい思い出になった。そうしてその時点では前回同様、私は今回も順調に下山していけるものと、確信していた。ところが私のこの予測は、見事に裏切られてしまった。下山の途についで間もなくのこと、見る見るうちに物々しい暗雲が迫ってきたかと思うと、突如として凄まじい吹雪が襲ってきたのだ。

急峻な斜面のどこをどう眺め渡そうとも、この狂気のような嵐から一時的にもせよ身を隠せるような場所など、当然どこにもありはしない。私も登山者としては、それなりに経験はしてきたつもりだが、この時ばかりはさすがにこの先は、もう幾らも進めないものと観念せざるを得なかった。このままこの猛吹雪にさらされていれば、徒《いたずら》に体力を消耗するばかりだと思った私は、横殴りの暴風に吹き飛ばされそうになりながらも、どこか適当な場所を見つけ次第、何とかテントを張る工夫をしてみるという方向で検討しない訳にはいかなかった。そう考えながら、なおも少しずつじりじりと苦心して降りて行き、周囲の場所を検分しながら私は進み続けていた。だがそうやってしばらく進んでいくうちに、ありがたいことには斜面が部分的に穏やかになっているような場所に入ってきた。そのうえ不思議なことには、その場所へ辿り着いたあたりから、その凶暴な吹雪の猛威が気のせいだろうか、幾分和らいできているように感じられた。心中少なからずホッとした私は、さてここらあたりでテントを張るべきかな、などと考えながら、それでも時を惜しんで、なおも慎重に歩みを進めていた。

だがどうしたことか、私が歩みを進めながらあたりをキョロキョロ見渡していると不思議なことに、ふいに胸がドキンとする瞬間がある。これには私も驚いて、実際に心臓が止まるような思いをした。まるきり理由がわからないのだ。訳が分からない。一体何だというのか。我ながら怪しく感じた私は、もう一度よく確認をしてみようとした。注意深く視線を凝らし、今度はあたりをじっくりと舐め回すようにして冷静に首を動かしながら、丹念に周囲を観察してみたのである。

むろん当たり前だが、何度見返しても自分の周囲には、至るところ白一色の雪しか目に入らない。ところが奇怪なことに、その中である一定の方向へ視線を向けた時にだけ、どうもその視線のあたりに何かが「ある」ような気がする。しかし自分でも、それが何なのかは皆目わからない。これは一体どういうことだろうかと不審に思った私は、何やら得体の知れない胸騒ぎのようなものを感じ始めていた。私は、自分の感じている胸騒ぎの根拠をはっきりと確かめてみたいという気持ちも手伝って、結局のところ、差し当たりその方向に向かって少し進んでみることにしたのである。

なんとそれは、人家のようだった。こんな山腹に？　家？　驚いた私は、何度も自分の眼を疑った。まるで赤道直下の沙漠をさまよう者が、蜃気楼に幻惑されるかのように、自分はたった今、リアルな夢を見ているのか。もしかしたらいま自分が吹雪だと思っているこの天候は、何もかも全てが夢の中の出来事なのだろうか、などという馬鹿げた疑念がむくむくと念頭に浮かび上がって来るのを、その時の私は感じないわけにはいかなかった。だがともかくそうやって歩みを進めながら、あれこれ考えているうちに、とうとう私はその家の扉の前まで来てしまっていた。私は扉の前に立ち尽くしたままで、暫くの間どうしたものかともちろん躊躇もしたし緊張もした。しかし結局のところ私は、とうとう意を決してコンコンと、その頑丈そうな木の扉を叩いていた。

しばらく待ってみたが、何の応答も無い。しかし果たしてこんなとんでもない場所に、本当に人が住んだりするものだろうか。それとも単にこれは、今は使われていない無人の小屋なのだろうか。実を言うと扉をノックしながらも私は、かなりあやしいものだと思っていた。それは外見から見る限りでは小屋とは言っても、当たり前だが決して簡素な雰囲気のものではない。こういう場所に建つからには必然でもあるがログハウスという感じの、小さいながらもかなり頑丈な造りをした、どっしりとした構えの建物である。

正直に白状すると、その時の私は内心、もしもこの小屋が空き家ならば、こっそりこの場所を拝借して、この暴風から退避することが出来るし、おまけに今夜はこの場所で、朝までゆっくりとひとりで寛ぐことだってできるだろう。しめしめ有り難い…などという手前勝手な考えがあったというのも、確かに否定はできない。だがその前には差し当たり、まさかとは思うが一応は、ここが空き家なのかどうかを確かめることが先決である。そこで私はもう一度改めて、今度は少し大胆にドンドンと、先ほどよりもかなり強めに扉を叩いてみた。その叩く音が響くのと同時に私は、自分の心臓がドクンドクンと激しく鼓動を始めているのを感じた。だがその時である。扉の向こうから人の声のようなものが小さく聞こえたように思った。もちろんこの猛烈な吹雪の叫びに紛れて、充分には聞き取れなかったのかも知れないが、何やら「はい」と聞こえたように感じた。それも…いや、まさかとは思うのだが、果たして気のせいだろうか。私はそれがどうも、何か女性の声のような気がしたのである。

しばらく間を置いてから、そのいかにも重そうな分厚い扉が、音を立ててゆっくりと動いた。そして、わずかだけ隙間が開いたかと思うと、薄暗い中ほどから人影が…それも、じっと外を覗くようにして立っている女性の姿が現れた。こんな猛烈な天候のさなかの不意な来客となれば、女性ならずとも警戒するのは当然だろうし、仕方のないことだとは思う。

しかし、申しわけないがこちら側としても、その扉が開いて対面をした最初のわずか数秒間の間に、全神経を集中させて相手に対する観察をしないでは、居られなかった。しかしこれはこれで当方としても、場合が場合だけに、まぁ自然ないきさつだったろうとは思う。だがその女性の年齢はと言うと…それがどうも分からない。一見すると若いようにも見える。またよく見ると中年に近いようにも見受けられたが、とにかく背の高い女性が、スッと私の目の前に立っていたのである。

着ている服が全体に黒っぽいものだから、薄暗い部屋を背にして彼女の顔や首や手など露出している部分ばかりが、妙に白くボッと浮きでているように見える。すらりと背が高く、ほっそりとしていて、長く豊かに背中まで伸びた黒髪は絹のように繊細で、つややかな光を湛えている。目鼻だちは大きくぱっちりとしていて、肌の色は透き通るように白く、その大きく見開いた両眼からは、黒くて奥深い瞳の輝きが、まるでこちらの心の中を窺うように、じっと注がれている。思わず私はどぎまぎしてしまい、視線を逸らして俯いてしまった。しかし、これら一連の印象は、実際は全て瞬時のうちに私の心に映じたものに過ぎない。次の瞬間には、彼女はこの突然の訪問に半ば驚き、半ばうろたえながらも、とっさの判断で、何やら私に声をかけてくれた。しかしそれが、嵐の叫び声で途絶えがちになって聞こえないので、彼女は今度は身振り手振りを交えて、取りあえず中へ入りなさいという意思表示をしてくれたのである。

逆巻く風にほとんど押し込まれるようにして、よたよたと私は小屋の中へと足を踏み入れた。

その背後で彼女は、風の侵入を避けるために戸をしっかりと締め切った。そのあとで彼女はようやく少し静まった空間の中で、私に向かって、

「まあ、とにかくどうぞ」

と涼やかな響きをたたえた静かな声で、私に手近の椅子を勧めてくれたのだった。


家の中を見る限りでは、その雰囲気からしてどうやら彼女は独り暮らしのように思えた。私は勧めに従って、その頑丈な木の椅子についた。言うまでもなくここでは全てが木製である。リビングと言えそうなこじんまりとした、しかし落ち着いた雰囲気のその部屋には、少し大きめのテーブルと二脚の椅子とが置かれている。いずれも、造作はかなり丈夫にできている。テーブルの向こうには小さな暖炉に火がくべてあり、勢いよく燃える炎がパチパチと音を立てて、しきりに威勢よく揺れている。その暖炉の炎の上あたりに鍋を置く台が据えられていて、どうやらそこがそのまま竈《かまど》になっている様子だった。

彼女は、熱いお茶を淹れるからとひと言ことわって、私に背を向け竈に薪をくべて鍋の支度を始めた。さすがに鍋は木製ではないが、私は座ってお茶を待つ間、この強風のもとでは煙突から逆流してくる風のせいで、火を扱うのもひと苦労だろうなと、妙にこの小屋の主に呑気に気を遣ったりなどしていた。

彼女がこちらに背を向けて、そうやって竈の火と格闘している間に、私のほうはぐるりと小屋の内部を眺めわたして、少し様子を窺ってみた。小屋は実際にその中へ入ってみると、外から見るよりも意外とゆったりとした空間になっている。それは全体に木造独特の、ほのぼのとしたいい雰囲気を醸しだしている。まず入ってすぐに私が今座っている居間兼食堂があって、この奥にもうひとつ、すぐ向こうに部屋が見えている。つまり、ふた間続きになっているようである。ここから見る限り奥に見えているのは、どうやら寝室であるらしい。それからこのふた間のあいだには、何と下へ降りる狭い階段が見えている。おや地下室があるらしいなと、直感的に私はそう見て取った。恐らくは食品の冷蔵に使用する為の、非常に性能のいい天然の貯蔵庫なのに違いない、と私は勝手な想像をしていた。こんな貯蔵庫ならば、ぜひわが家にもひとつ欲しいものだ、こいつはうらやましいなと私はひとりで、思わず感心したり羨んだりしていたのである。

「もう少ししたら、お茶が沸きますから」そう言って、鍋に向かって屈んでいた姿勢を正して、彼女はくるりとこちらへ振り返るかとみえたが、依然としてそこに立っている。彼女はまたすぐに鍋の傍に戻れるような体勢のままで、その横の壁際に背を凭せかけて、斜向かいの角度から真っ直ぐに私の方を見つめた。私はまたもや気まずさを感じて、とにかく何か感謝の言葉のひとつでも述べなければと、急に焦りだした。

「ほ、ほんとに…突然こんな時にお邪魔をして、申しわけありません。少しばかり休憩だけさせて頂けたら、もう、そ、それで充分ですので…、どうかあの…お気遣いなく」

私は、目の前のテーブルの木目に向かって、しきりに何度もお辞儀をしていた。

彼女は柔らかで落ち着いた物腰と、丁寧な優しい口調で返事をしてくれた。

「いいえ。それは私も、最初は少しびっくりもしましたけれど、でもこんなに酷い天気ですもの、さぞお困りでしょう。登頂からのお帰りなのですか？」

と和やかに問いかけてきた。その物静かで、そして涼やかによく通る声に耳を傾けていると、彼女が柔らかな微笑みを浮かべて私に向かって話し掛けてくれているのが、目をつぶってでもありありと伺えるような気がした。私は、やっぱり木目に向かって大きくコックリと頷いて、その通りだという意をあらわした。そうしているうちにお茶が沸いてきたとみえて、じわじわと水が沸騰するような音が聞こえてきた。彼女は再び竈を覗き込んで、沸いていた鍋のお茶を小分けして、大きめの頑丈な木製のコップに注いで、私の前に静かに置いてくれた。

「どうぞ」

「これはどうも、ありがとうございます」

コップで盛んに湯気を立てているお茶は、冷えきった身体を温めてくれる、何よりもありがたい飲物だった。それをうやうやしく両手に持ってゆっくりとお茶をすすって暖をとりつつも、私は相変わらずテーブルの木目に微笑みかけてはニコニコと挨拶をしているような具合だった。そうやって視線を落としながらも私は、彼女の視線がじっと自分の方に注がれているのを、それとなく感じていた。どうやら、お茶を飲んでいる私のほっと和んだ表情を眺めて、彼女も満足の微笑みを浮かべているらしく、いつかその場はやんわりと、どこか穏やかで平和な雰囲気を漂わせているように感じられた。

物音に気が付いて、私がふと視線を上げてみると彼女は、部屋の向こうの壁際を沿うようにしてゆっくりと歩いているところだった。長身の彼女は、それぞれの壁面の高い位置に据え付けられた燭台に灯を点して歩いていたのである。それぞれの燭台の下まで移動すると、その燭台に手を伸ばして、燭台に三本立っている蝋燭のうち一本ずつを引き抜いて、自分が持っている移動用の燭台の灯に近づけてその蝋燭に火を移す。そして点灯した蝋燭を静かにまた差し戻すという作業を、ひとつひとつ繰り返している最中なのであった。

私はそれを見ていて今更のように気が付いたのだが、この部屋には燭台が三か所取り付けてある。つまりこの建物はこのリビングから二間続きなので、もとから次の部屋との壁面はない。リビングにある壁はあとの三面だが、そのどの壁面にも燭台が据え付けてある。玄関の扉がある壁側には、扉のすぐ脇に付いている。ついでを言うと、奥の部屋にしても四方のうち、部屋の出入口の面を除く三面の壁面にも、やはりそれぞれ中央高所に燭台が取り付けてあるらしいのが窺えた。

しかし私は、こんなところで思いがけず目にすることになったこの燭台などという珍しい道具に、正直なところ内心少々驚いていた。いかにここがチベットの山中だとは言え、いやたとえここが奥チベットの田舎であったにしても、今どき油を使ったランプぐらいは使用していそうなものだと思うのだが、この家では未だに昔ながらの蝋燭なのかと思った。しかし考えてみると、こんな険しい山腹のただなかの、とてつもない場所に建つという環境からすれば、まあ蝋燭というのもやむを得ずというところか。いや、むしろこれは当然と言うべきなのかも知れないなどと、ひとりあれこれと考えたりしていた。

そんなふうに考えて、私は勝手に納得したり感心したりしていた。だがしかし、そんなことよりもまず私としては、その燭台が目に入った途端、もうそんな時間かと思って慌ててしまった。本当に暗くなってしまうまでには、早々にこの小屋を辞さなくては。私はそのように考えて、やにわにあたふたと気を揉みだしたのである。

しかしどういうふうに彼女に切り出したものかと、私はそわそわとした心持ちに襲われて、何だかもう落ち着いて座ってなど居られなくなってきていた。私はそこに座ったままで、外の様子を少し窺おうとした。向こうの壁には、ひとつだけ小さく口を開けている明かり取りの窓が見える。そこからは、ぼんやりとした鈍い光が射してきている。その光の様子と、先ほど私が入ってきた時の外の状況とを較べると、なるほど空の具合も、やや暗くなりかけてきているような気がする。しかし吹雪の叫び声や勢いは、その前後を較べてもさほど変わっているとは思えなかった。

「あのう…」と、ついに私は彼女の靴を見つめながら、ひと言切り出してみた。そんな私の心のうちをよそに、彼女はどこからかもうひとつの燭台を取り出してきて、両手で大事に持って来たかと思うと、静かに私の目の前のテーブル中ほどに置いてくれた。そして先ほどと同じようにして、その三本の蝋燭にひとつずつ火を灯してくれた。そうかと見ると、すぐに彼女はまた竈へと向かって行き、何やらせわしく作業を始めている様子である。私はそんな彼女の背中に向かって、努めて明朗な声音で挨拶の言葉をかけた。

「おいしいお茶を、ありがとうございました。甘えてつい長居をしてしまって、すみません。そろそろ…」と言いながら私は席を立った。そして、椅子の横にドッサリと放置していたままだった自分の荷物にふと手をかけた瞬間、私はようやくにして気付いたのである。自分の荷物にたっぷり山盛りに雪が積もっていたせいで、無意識に置いたその場所の床面一帯を、ぐっしょりと濡らしてしまっていたことを。それを見るなり、しまったと心中申しわけなく思いながら、私は彼女に向かって丁寧に頭を垂れて、今更のようにお詫びの言葉を述べた。


「あら」と、彼女はさも意外だという面持ちで、私の方へやや振り返るような姿勢となって、やはり涼しい声で軽やかに反応した。

「私の耳には、嵐の音はまだ止んでいないようですけど。さっきと全然変わっていませんわ。それに…」と彼女は静かに続けた。

「今、ちょうど温かいスープを作っているところですのよ。ぜひ召し上がって力を付けて行って下さいな。もっともお気に召すかどうかは、分かりませんけれど」そして彼女は続けて、

「もしも、いま仮にここを出て行かれたにしても、あなたはどこかこのすぐ近くのところで、しかも暗い中を手もともわからないような状態で、テントを張ることになるのではありませんの？　それだったら夜が明けて明るい朝になってから、お出かけになればいいのではありませんか？」

と優しく声を掛けてくれた。

「いやいやいやいや…そ、そんなわけには行きません。だ、だいいち…」

私は彼女の言葉をさえぎって申し立てた。ところが彼女は、私がまだ最後まで言い終わらないうちに、こちらが言いたいことを察したものか、すぐに私の言葉に反応した。

「あの、休む場所なら決してご心配は要りませんわ。私はどこでだって休めますし、それに実はこの地下にも、ちゃんと休むくらいの場所はありますのよ」

とまるで私の思いを先読みするかのように、説明するのだった。

「いやしかし、私は…全く初対面の自分に対して、貴女にそんなことまでして貰っては…

それでは余りに非常識だし、余りに、申しわけがありません。…と言っても、そもそも実際の話が、悪いのは突然訪ねて来た、この私の方なんですけど。でもそれに…それに地下では、ここよりもずっと寒いでしょうし…」

「まあ！　大丈夫ですわ」

と彼女は、さも私が何かおかしな冗談を言いでもしたかのように、またも笑みを含んだ明朗な声で私をさえぎって、口に左手を添えながらコロコロと笑っては華奢な肩を波打たせるのだ。彼女の肩が揺れるのにつれて、その肩を包み込んでいる、なよやかな長い黒髪がゆらゆらとゆらめいて、まるでなまめかしい光を放つ生き物のように、サラサラとうごめいているようだった。

「案外そんなに寒くはなくて過ごしやすい部屋ですし、それに私、普段からでもよく地下へ降りてひとりで休むことがあって、つまりもうひとつの居間のようなものですのよ」

と、さもおかしそうに彼女は打ち明け話をするのである。その言葉を聞いた私は即座に『それは真夏のいっときのことでしょうが』と思わず突っ込みたくなった。それに大体、彼女にとって何が一体そんなに面白いのか、私には全く見当も付かなかった。とはいいながら結局のところ私は、そのまま何ひとつ返す言葉も出せずじまいで、せっかく勇を鼓して自分から切り出した話の結末は、情けなくもそれきり気まずく途絶えてしまう運命となってしまった。

やがて幾らも経たないうちに彼女は私に対して、大きく切った野菜がゴロゴロと入った温かくて濃厚なポタージュスープと、乾パンにそれから堂々たるチーズとで、簡素ながらも心身共に温まる、夕食のもてなしをしてくれたのであった。こうして結局のところ私は、彼女から半ば押し切られるような形となって、その小屋で一夜を明かすという次第になってしまったわけである。

つまり彼女の意向によると、私は贅沢にも奥の間にひとつしかないベッドを使わせて貰い、彼女はと言えば、どうやら地下にあるという寝床で休むというのである。だがしかし、これは無論当たり前の話だけれども、私が借りるというそのベッドなるものは、普段は彼女が毎日使用している筈のものである。当然私としてはかなり困惑もするし、何とも言えない一種複雑な気持ちにもなるわけである。こういう次第で私は、これはもう今夜は一晩ろくに眠れそうにもないなと絶望的な思いにも捕らわれて、観念する羽目となった。

そして本当に夜になってしまった。

彼女はテーブルに置いてあった燭台を、立っている私に手渡すと、自分は自らの燭台を手にしながら先ほどのようにダイニングの壁面を回り、今度は燭台をひとつひとつ消灯していった。そして燭台を持ってぼんやりと突っ立ったままの私に向かって、どうぞ寝室を使用して下さい、でも休む前には消して下さいね、と燭台の取扱注意をさらりと告げてから、それではと、ひとこと私に挨拶をいい残して、ゆっくりと地下室へと降りて行った。

こうして私は、その燭台を両手に持ったまま隣の部屋へと移動し、ぽつねんとひとりその部屋の真ん中に突っ立っていた。それは部屋といっても、かなり殺風景な場所である。この部屋の壁にもやはりあちらの居間と同様に、燭台が三箇所取り付けてあったけれども、これは固より火は灯されてはおらず、ただ私の手元の燭台の明かりだけが、ぼんやりと心細く暗い室内を照らしだしている。ふと振り向けば背後の壁には、私自身の姿がくっきりと大きな影を揺らしながら、じっとこちらを見つめている。

奥の壁面の一角にはあちらの部屋と同様に、やはり小さな明かり取りの窓が開いていて、その下あたりにベッドが置かれている。ベッドの手前には先の居間で使用していたものと同じような椅子がひとつ。この部屋にあるものといってはただそれだけで、あとは何も置かれてはいない。簡素というかガランとした、何とももの寂しいような部屋である。

ふと入り口の方を振り返ると、私が先ほど通り過ぎてきた階段が、闇の中に描かれた、陰気な墨絵のようにぼんやりと見えている。

とその時である。その階段の降り口の手摺りが始まるあたりに…何やらぼうっとした光がフラフラと浮いているのに、私は気が付いた。

ギョッとして身体をこわばらせ、私は無意識に半歩あとずさりしていた。確かに、何かが光っている。ゆらゆらと揺らめくような、頼りなげな光が…。私は、半分逃げるような体勢になって固まりながら、それでもその光るものの正体を知ろうとして、目だけはしっかりとそこを見据えていた。穴があくほどじっと見ているうちに分かってきたのは、どうやらそいつは前進するようすでもなく、また後退するというわけでもない。それはふらふらと揺らめいているようだけれども、ただ同じ場所でゆらゆら揺らめいているだけのようで、どうも前後の移動は、していないように見える。

その光は、床面すれすれに近いような低い位置で微かに揺れながら、どうやら移動はせずに、ただじっとしているようである。だが本当に動き始めるのは、まだこれからのことなのかも知れない。そのようにして、かなりのあいだ観察をした結果私は、どうやらそいつは動いていないらしい、という結論に達した。そのことがようやく呑み込めてくると、さすがに少しは気持ちも落ち着いてきた。なおもしばらく眼を切らさずに睨んでいるうちに、次第に大胆な気持ちが頭をもたげて来だした。両手でしっかりと握った燭台を、私は鼻先にかざすように持って自分の前を照らしながら、恐る恐る一歩二歩と近づき、じっと目を凝らして相手を観察しようとした。

私がその場所に見たのは何と、階段の手すりの下に立てかけてある、大きな鉞《まさかり》であった。

その大きく鋭利な刃先が、こちらの燭台の揺らめく光に照らされて、単に鈍く光を反射しているのに過ぎないのだった。しかしそれは、見るからに恐るべき代物だった。刃渡りはおよそ三〇㎝もあるだろうか。これだけ大きな刃物を見るのは、私も生まれて初めてである。これは恐らく薪を割る時に使用する物に違いない。こいつで割って出来た薪は、まとめて地下に積み上げるなどして貯蔵してあるものと、容易に想像がついた。

怪しい光の正体が判明したことで、すっかり胸をなでおろした私はベッドに戻ると、ぐったりとそこに腰を下ろしたまま、何ということもなく茫然としていた。安心したらちょっと疲れたので、しばらく物思いにふけっていたのだが、こうしてぼんやりと起きていても仕方がないと思い、私はおもむろに燭台の火を吹き消して、ベッドに横たわった。

全くの闇だ。何ひとつ見えない。そもそも自分が眼を開けているのか閉じているのか、自分でもわからないくらいである。外の吹雪は相変わらず続いている様子だが、それが気のせいだろうか、以前と較べると吹きすさぶ風の音が、いくらか和らいできているようにも感じられる。その風の音に不安な心を揺すぶられながら、私は暗闇の中であれこれと、その日一日に出会った数々の奇妙な出来事をいちいち思い返しては、あれこれと思いを巡らしていた。そうこうしているうちにどうやら、私はうつらうつらと眠ってしまったらしい。

真夜中の音

目を覚ますかなり前から、すでに私は寒さのせいで全身を固くこわばらせていたように思う。目を開けてからも、私は硬直した体のままで、なおもベッドの中で身動きができずにいた。

寒い。それは奇妙なほどの寒さに思えた。どうしてこんなにも寒いのか。それに、いつからこんなに寒くなったのだろう。果たして自分は、風邪をひいてしまったのか。静かに思いを巡らしていると、さまざまな記憶がよみがえって来た。温かな夕食をご馳走になった時。最初に一杯の熱いお茶を頂いた時。それから、そもそもこの小屋を訪れて、部屋に第一歩を踏み入れた時。これらのどの瞬間の記憶と較べても、今のこの気温からすれば遙かに温かく過ごしやすかったように思う。それは勢いよく燃えていた、あの暖炉の火があったせいだろうか。それとも、これは単に深夜の冷え込みというやつなのだろうか。そのうちにどうにも我慢ができなくなった私は、自分の伸ばした手すらも見えない闇の中を、まずは床面に足を降ろし、ベッドの脇に放置してあった自分のバックパックを全くの手さぐりで探し出した。そしてその中から、紙のように薄いが保温性能抜群の毛布を引っぱり出してきて、それを身体にグルグルと巻き付け、ベッドの上に膝を抱えてダルマのように丸くなった。そうやって暫くすると、ようやく自分の身のぬくみで心地よく温まってきだした。この寒さのせいで、すっかり目が醒めてしまった私は、このままこうやってここに座ったままで、朝を待っていようかなどと考えたりした。その時の私は、冷たいベッドに再び横たわろうなどという気分には、到底なれそうにはなかったのである。

それにしても、今は一体何時ごろなのだろうか。膝を抱いて丸くなったまま毛布の団子となった私は、ぼんやりと考えた。身体のほうは何とか暖がとれたものの、顔や耳は氷のように冷たいままである。しかし、それを手で温めたいとは思っても、一瞬にしろ毛布から手を出すことさえ辛い。私は、自分がベッドに横になる直前に、頭上の壁にある明かり取りの窓をちらと確認したことを覚えていたが、今はどこをどう見回しても窓どころか、どこも一様に真っ暗闇であるところをみると、とにかくまだ真夜中であるには違いない。腕時計は、休む前にバックパックの中に放り込んでしまった。

静かだ。完全な無音状態で、音というものが何ひとつ耳に入ってこない。息を凝らして、じっと周囲の様子を窺っているうちに、次第に私は何やらフワフワとした、不思議な気持ちに捕らわれた。

自分は今、夢を見ているのだろうか。これは果たして夢の中なのか。私は全ての感覚を研ぎ澄まして、じっとひたすら周囲の様子を窺っていた。あれほど激しかった筈の吹雪の音も風の音にしても、全く聞こえてこない。底知れぬような静寂である。それは空恐ろしいくらいで、耳がジーンと微かに鳴る気配すら催すほどであった。段々と私は、妙に不安な思いに襲われ始めた。何か軽く胸を締め付けられているような、息苦しいような気分だ。何だろうか。それが自分でも皆目分からない。しかし何となく、いやな気持ちがする。何故か心がそわそわして、どうも落ち着かない。

とその時。私は、おやっと思った。今のは何だろう。かすかな物音が、ふいにどこからか途切れ途切れに聞こえたような気がした。しかしその一方で、やっぱりこれらの何もかもが、全て夢の中のことのようにも思えるのである。困ったことにその時の私には、現実と夢との境目が、まったく見当すら付かなくなっていた。それでも取りあえず私は、全身を耳にして、ひたすらその音に集中していた。…間違いなく聞こえる。何かが耳に響いてきている。だがこれは、風の音ではない。それにこれは、外から聞こえてくる音ではないようだ。つまり家の中からだという気がする。とは言っても、もちろんこの部屋の音でないことは確かだろう。しかしそれはそうと、これは一体何の音だろうか…。まてよ…これは、あの入口の方…そう、階段のある、向こうの方から聞こえてくるような気もする。

闇の中であたりを窺いながら、私はなおもじっとそれを聞いていた。すると、それが今度はどうやら人の声のようでもあり、しかも何やらぶつぶつと呟いているようにも聞こえてくるのである。

はて…と私は考えた。これはもしかして、彼女の寝言なのだろうか。不穏な思いに駆られた私は、そっと起き出してみた。忽ちぞっとする寒さが私を襲った。たった今、温かな毛布から抜け出たものだから、その瞬間私は思わずゾクッと全身を震え上がらせた。しかし鼻を摘まれても判らないような漆黒の闇である。私は神経を集中して立ち上がり、部屋を出たところにあるはずの階段の…そちらの見当に向かって、おそるおそる一歩ずつ、ゆっくりと歩きだした。変な話だが私はこの時、もしもここでコトリとでも物音を立てようものなら、何かとんでもない事が起きてしまうというような得体の知れぬ予感めいたものを、どこかでうっすらと感じていたのである。

私はそろりそろりと、何かにぶつかったりしないようにと慎重に歩みを進めた。この小屋は、かなりに古い建物だと思われる。仮にも木の軋む音など立てないようにと、ひと足ひと足細かく神経を遣いながら、かなりの時間をかけて、ようやく私は階段の入口付近までやって来た。するとどうだろう。地下ではまだ明かりが灯されているようなのだ。

驚いたことにその階段の下からは、怖ろしいほどの冷気がひたひたと押し寄せてきていた。それはまるで、地の底から湧き上がってくる、いやむしろ盛り上がり、あふれ返ってくるかのような冷気である。こんな場所に立とうとすること自体、とんでもない無謀な行為に思えた。それは、氷の刃《やいば》のようなその空気の通り道に自ら進んで身を置いて、この冷気の標的となり矢面に立とうとするようなものだからだ。

そこへ立った瞬間、その立ち位置から慌てて逃げ出そうとする欲望を抑え止《とど》めるために、私は自分に対して相当な苦痛を強要することとなった。それは、こんな冷気にさらされるくらいなら、いっそ戸外に出てしまった方が、よっぽど温かいに違いないと思わせるほどの空気である。その刹那に思い起こしたのは、この小屋を訪れる直前まで経験していた、あの吹雪だった。それは確かに怖ろしい嵐だったけれども、むしろあの烈風の中に身を置いた方が、まだしも温かいのではないか、とすら思えた。それは一種、不思議な感覚だった。ここは屋内なのだから、もちろん無風の筈である。ところが、身体の芯から凍らせていくかのようなその冷気は、戸外などよりも一段と身の危険を感ずるほどに物凄いものだった。しかしそれほどの苦痛に耐えてでも私をその場所に留まらせたのは、やはりその時の私には、目に見えない地下室への関心の方が、それよりも一層勝《まさ》っていたという他にないのかも知れない。暖炉も火の気も何もなく、氷のように冷たい石に囲まれた、まるで陰湿な牢獄のような空間で、そんな氷室のような場所で寝ることが……いや現実に安眠することなど、果たして普通の人間に出来るものだろうか。そもそも彼女は、どんなふうにしてここで休んでいるのだろうか。もしかして、家の中でテントでも張っているのか。それに彼女は何でまた、この時間に起きているのだろうか。

地下へと続く階段というのは、ゆっくりと左へ向かってカーブを描きながら降りていっている。そのせいで、この入口に立って見ている限りでは、階下に広がる空間は直接視界には入らない。目の前にはただ階段室の冷やかな石壁が見えるばかりである。その階段は途中で降りていく段にしても、頭上や両脇の壁にしても、その全体が石造りであるせいか、ひんやりと寒々しい感覚があるが、それだけに音や光などは、よく反射するものと思われる。むろん私が入口に立った時は、どちらを向いても漆黒の闇である。ところが、その闇の中を降りていっている石壁を伝って、下から這い登って来る仄かな光が、ぼんやりと見える。その鬼火のような怪しい光は、ちろちろと明滅しながら冷やかな石の肌の上をこちらにまで伝わってきている。いかにも頼りなげなその光は、闇夜の中を遠く浮かぶ灯台の光のように幽かに見えている。この状況からみて、階段の下に広がっている地下の空間には、明らかに蝋燭の火影が揺れているらしいことが察せられた。

果たして彼女は、本当にまだ起きているのだろうか。まさかとは思うが彼女の場合、明かりの消し忘れなどあり得ないことだとは思うのだが…。

と、その時、彼女の声が聞こえてきた。思わず私はギョッとした。その内容は聞き取れないものの、何か会話をしているようだ。だが一体誰と？　階段の入口で棒のように立ち尽くしたまま、私は自分の身体が次第に固くこわばっていくのを感じていた。じっと階下の様子に耳をそばだてていると、彼女の声が間を置いて途切れ途切れに何度か聞こえてくる。しかし会話をしているのだとすると、相手の声が聞こえてきそうなものであるのに、それがどうも聞こえて来ない。するとやはりこれは、彼女の単なる寝言なのだろうか…。

と思ったその時、おや、と私は思った。いま何か、金属のような音が響いた。それはほんの一瞬、いや何秒かほどの間、確かに聞こえた。地下の空間は石室だし、おまけにこの階段の石壁による効果も手伝って音は反響をするのみならず、むしろ多少の増幅さえするかと思われるほどである。だが今の音から判断する限り…それはどうも鎖の…あのジャラジャラと響く音のようだ。

鎖？　一体、何のために？　私は自分の日常の生活の中で、鎖を使用する場面を思い描いてみた。家に鎖はないが、一般にはペットを繋いでおくのに使用するくらいだろうか。だがしかし、金属は…。ここで私は、不審に思った。これほどの冷気の中では、金属は危険だ。間違って素手で触れなどすれば、瞬時に皮膚は吸い付くように密着して、そのまま凍傷を起こしてしまう可能性が充分にある。なんでこんな環境下にわざわざ危険な鎖なんぞを使う必要があるのか。それほどの必要が、果たしてどこにあるのだろうか。

とその時ふと…その金属音の合間に、声が。

驚いたことに、それは男の…それも、かなり低く響いて唸るような太い声に、私には聞こえた。それが耳に届いた瞬間、私は背筋がゾッとしてしまった。もちろん何を話しているのかは判らない。判らないが、とにかく間違いなく、誰かがいるようだ。しかし今の鎖の音は、どういうことなのか。その男は、鎖で繋がれているのか。いやしかし、現に彼女と会話をしているのではないのか。だが…。あるいは今、私が男の声だと思ったのは、つまりは人間でなくて、何かの動物なのだろうか。そうだ。それはやはり、彼女のペットなのかも知れない。ちょうど鎖に繋がれた犬のような。しかし犬だと、あんな声は出せない。ならばゴリラはどうだ。ゴリラなら、ちょうどあんな声も出すのではないか。確かに人間に近い声なのに違いない。それにゴリラが鎖を使用する分ならば、確かに先ほどのような凍傷の心配はないだろう。では本当に彼女は、この地下にゴリラのような動物を飼っていると考えていいのだろうか。すると先ほどの彼女は、ペットの可愛いゴリラ君に向かって、この夜分にひとり優しく語りかけていたということになるが…。だが、待てよ。ゴリラは熱帯性の動物だ。こんな場所だと飼えないのでは…。様々に勝手な想像を続けていると、私は考えもまとまらなくなり、すっかり混乱してきてしまっていた。

階段の入口に凍えて立ち尽くした体勢のまま、いつしか私は自分でも考えの収拾が付かなくなっていた。仮にその相手が本当に人間の男性で、これが単に在りきたりな夫婦の会話をしていたものとするならば、もちろん何らの不都合もないわけである。だが…こう言えば笑い話のようだが、もしも仮に私が彼女の夫だと…そう仮定してみても、こんな空気のただ中で呑気な会話を交わすなど、私にはとても想像すら及ばぬ行為である。

足下の地下室の中では、今私が立っている場所よりも、なお一層冷気が激しいだろうことは、目に見えている。そんな所では、これは私ならずともガチガチと歯の根すら合わずに、とても会話をするどころの騒ぎではない筈だ。普通の…そう、普通の人間ならば。ここをもってしても、これはどうも、何もかもが普通ではないという気がする。次第に私は彼女という人物が、どうもこれは普通の人間ではないようだという気がしてきた。普通の人間でないなら、では何者なのか。そんなことは分からない。

そもそも階下から発生しているとしか思えないこの冷気の原因は、何によるものなのか。この地下の、一体どこからそれが湧いてくるというのか。私はなおもそうやって、あれこれ思案をしていたものの、その結果としてそのとき私が感じたのは、「こうしては居られない」という激しい焦りのような感情だった。今この瞬間にでも当の彼女自身が、下からこの階段をゆっくりと、こちらへ向かって上ってくるかも知れないのだ。いや、もしかしたら、そのもうひとりの「何者か」を連れて、ここを一緒に上がって来るのかも知れない。

それに、もしも私がこの場所で、この状況をじっと立ち聞きしていたということが知れたら、一体自分はどうなるのか。それを想像してみるだけでも、空恐ろしい気がした。

ともかく私は、どうやら聞いてはいけないものを聞いてしまったに違いない。これ以上ここに居てはいけない。そのとき私は本能的に、身の危険がひたひたと差し迫ってきているのを感じた。そう思うと、私の心臓は早鐘を打つように激しく鳴り始めた。だがしかし、夢にもここで走るわけにはいかない。私はやはり足音が聞こえないよう細心の注意を払いながら部屋へと戻り、手早く支度をして荷物を背負いこむと、寝室から玄関の方へと移動をしかけた。その途中で、階段の足もとに立ててある鉞に気付いた私は、通りがけにそれを取って手に提げ、そのまま玄関の方へと移動した。

戸口には閂《かんぬき》がしてあった。私はそっとそれを引き抜いて静かに床に置き、扉に手をかけてゆっくりと音を立てないよう気をつかいながら開けた。外のようすを窺うと、嵐はパッタリと止んでいる。私は完全な静寂が支配する戸外へ出てしまうと、再び静かに扉を閉めておいた。あの女は早晩私の様子を窺うために、地下室からこっそりと階段を上がって来るのに違いない。その時、階段を上がってすぐ前面にある玄関の床下に、閂が転がっているのを目にした瞬間、寝室へと向かう迄もなく、もうそれだけで私が脱走したのは一目瞭然となる。いやそれ以前に、玄関の扉がそのうちに風のために、ダラリと大きく開放されたままとなってしまうかも知れない。そうすると自然に入り込む風のせいで、敏感な彼女は地下に居ながらにして、閂が差してある筈の玄関口が開いていることに、あるいは気付いてしまうかも知れない。とにかく彼女に脱走を気付かれるまでの短い時間のうちに、一刻も早く山を降りてしまわねばならない。鉞は、自分の特大のバックパックの中に長い柄の方を差し込んでしまっておいた。かなりの重量物ではあるが、取りあえず荷物と一緒に担いで持っていくことにした。もしも万一邪魔になるようなら、悪いが途中のどこかで捨ててしまえばいい。その時の私はとにかく恐怖の余り、何が起こるか分からないという気がしていたので、こいつさえ持っていれば、多少気持ちも落ち着くような気がしたのである。

私は取りあえず先を急いだ。うっすらとした月明かりだけを頼りに、私は猛然と山を降りて行った。彼女に気付かれるより前に、出来るだけ時間を稼がなくてはならない。私はひたすらそれのみを念じていた。たとえ雪だるまとなってこのまま山を転がってでもいいから、少しでも先を急ぎたいというくらいの気持ちだった。しかしあのまま小屋で朝まで過ごしていたとしたら、あの寝室で私は一体どのような目にあっていたのだろうか。それを考えると、もう体中の震えが止まらなかった。とにかく少しでも早く山を降りようと、私は狂ったように先を急いだ。

もうとっくに、夜は明けていた。必死の努力の甲斐あって下山はかなり順調に捗り、早くも山麓近くまで来ていた。すでに足もとの雪は、歩くのに支障をきたすほども残ってはいなかった。もう暫く降りて行けば、恐らく村らしい山道も現れてくるに違いない。そう感じた私は、思わずほっと安堵の吐息を洩らしていた。
だが…その時、私の耳に聞こえてきた音が自分の吐息だけではなく、それとは別の…何か他の物音が混じっているのに気付いて、私はギョッとした。無意識に振り返った私の視線の遥か向こうには何と、あの女と覚しき姿が見えているではないか。

やはり後から私を追って来ていたのだ。しかしその姿は、あの小屋で見た時のものとは、どうもかなり様子が違っている。確かに遠目ではあるものの、何だか背丈が一層高いような気がしたのと、何よりも私の方をジロリと見据えて脅すような呻き声を洩らしながら、怖ろしい勢いで駆けて来る。長い黒髪を振り乱し、血走った眼をギョロリと見開いたその形相のもの凄いこと。それはもう、私に温かい夕食を出してくれたあの時と同一の人物だとは、到底信じられないほどだった。今にもこちらに飛び掛かろうとする勢いで追って来るその姿を見ると、まるで紛れもない狂人のようである。どこから見ても、彼女が私が脱走したことに怒っているのに違いないということだけは、ひと目でありありと分かった。

一方私も私で、自分なりに必死に逃げてはいるのだが、彼女の方が背は高いし足のリーチも長い分、競争となるとかなり向こうの方が有利だ。

時間とともに追手との距離が、じりじりと縮まって来る。距離が接近してくるのに伴って、女のウウゥという恐ろしい呻き声がますます近くで聞こえて来る。


私は懸命に走りながらも、とっさに背中から鉞を何とか取り出して、その柄を右手に固く握りしめた。そうやって鉞をしっかりと握りしめながら、私は必死に走り続けた。恐怖に震えながらも背後の相手との距離が、ますます迫って来るのをはっきりと感じてはいたが、私はギリギリのところまでと怺えて逃げた。そのうちに、女のハアハアという気味の悪い吐息が耳にかかるような気がしたかと思った瞬間、突然私の左肩が、ぐいっと力づくに鷲掴みにされた。余りの痛みに私はアッと声を挙げた。と同時に私は、振り返りざまに一瞬だけ立ち止まるようにして、右手に握った鉞を高々と大きく振りかぶり、私の肩を掴んだままの女の右手の手首に向かって、あらん限りの力を籠めて打ちのめした。

だがその瞬間、私は手元が狂って自分の肩を切り付けたかのように感じた。酷い激痛で私が叫ぶのと、女がけたたましい呻き声を挙げるのとは殆ど同時だった。私は何が何だか分からなくなっていた。ふたりの動きが同時に止まり、ふたりが同じように痛みの為にしやがみ込んでいる。血しぶきがあたりに降りかかって、私の顔やら肩やらが一面に血だらけになっている。

痛みをこらえながらよく見ると、私の左肩に張り付いている女の右手首の部分には大きな生々しい傷口がパックリと開いていた。鉞は見事に命中したのだ。女の手首の傷口からは、なま温かな血潮がドクドクと流れ出ている。よく見れば私の一撃は確かに当たってはいるのだが、まだ完全には切断されずに、その傷口の奥には手首の白い骨がまだ見えているではないか。その一方では、これほど鋭利な刃での強烈な打撃なのに、その女の手はまるで石のように鞏固に私の肩を掴んだまま離さなかったのだ。そのため、打撃による衝撃の激しかった分、女が突き立てた五本の指先が私の肩へと食い込んでしまい、肩の肉の中に一層、のめり込むという結果になっていたのである。この状態を見た私は俄然、もう無性にムラムラと腹が立ってきて、今度こそはとばかり狂ったように全身を大きく使い、渾身の力をぶち込んで、女の手首の傷口に見えている、その白い骨の箇所をめがけて、猛烈な一撃を叩き込んだ。瞬間、またもや肩に激しい痛みが走った。

今度は、とうとう女の手がぶち切れたのが、私にも分かった。というのも、女が恐ろしい叫び声を挙げて、千切れた自らの右腕を抱えるようにしてその場にうずくまっている姿が見えたからだ。激痛を堪《こら》えて丸くしゃがんだその身を長い黒髪が包み込み、それはまるで不気味に大きな黒い固まりのように見えていた。ところが痛いのはしかし、私も同じことだった。周囲の雪には血糊が溜まって、あたり一面はもう真っ赤に染まっている。今だ。無我夢中のまま私は、死に物狂いになって逃げ出した。

左肩が激しく痛む。走りながら思わず肩を見ると、何と驚きの余り私はわが目を疑った。まだ私の肩を掴んだままの女の手の指が、その一本一本の指が、まるで未だに私を恨んででもいるかのように、ますます一層の力を籠めて、私の肩の肉を握りしめてきているではないか。こいつは生きている。生きたままで私の肩をまだ未練がましく掴んでいるのだ。肩に食い込んでいるその指先が余りにキリキリと痛むものだから、ふと背後にあの女が実際に私の肩を掴んだまま、まだ追って来ているのかと錯覚するほどの、それは恐ろしい痛みだった。だが何度見返してみても、実際に私の肩に取り付いているのは、手首の先には何もない、単なる千切れた手首なのである。しかしその手首の無惨な切り口からは、いつまでもダラダラとした血がジトジト滴り続けていた。その血は私のジャンパーをみるみる赤く染めていき、その赤い部分がじわじわと増殖してきているのである。だがともかく、私は先を急がねばならなかった。走る途中でふと気付いたのだが、何と私は意識すらせずに、血だらけの鉞を未だに固く握ったままで、走り続けていたのである。これには気付いた自分自身が、呆れ果ててしまった。私は、慌ててそいつを路傍向こうの木立の茂みに向かって、出来るだけ遠くへ投げ飛ばしておいた。

だが、こうしているうちにもあの女が、どこからか不意にひょっこり再び姿を現すやもしれない。もしもまた襲って来るとしたら、それこそ怒りの余りに何をされるか分からぬ。もしも捕まったが最後、今度こそ命は無いに違いないなどと思うと、全身の震えが収まらない。もうこうなったらいっそ人ごみの中に紛れ込んででも、とにかく姿をくらまさねば、と祈るような気持ちになって、ずんずんと先を急いだ。

急いではいるのだが、何とも肩が痛い。痛いのをなおも我慢しながら行くうちに、ようやく村人と擦れ違ってもおかしくないような雰囲気のするあたりにまでやって来た。走りながらも、私はいつしかホッと胸を撫でおろしていた。そのようにして先へ先へと急ぎながらも、私の考えることはというと、私の肩を絶えずキリキリと痛めつけているこの手首を、どのように退治すればよいものかということだった。今や私の頭の中は、むしろそのことだけが独占しているような状態だった。

しかしその時だった。ハッと気付いて、私は狂ったように自分の外見の確認をし始めた。

考えてみれば、自分は血だらけのままだ。おまけに私の肩には、女の白い手首が石のようにしがみ付いているではないか。これはいかん。これではいかんぞ。ここで、人に出会うわけにはいかないじゃないか。

どうしたらいいのか。今すぐにでも何とかしないと。だが、手首は上着の上から肩に深く食い込んだままだから、この状態だと着替えるわけにもいかない。私は仕方なく、手首の上から厚めのジャンパーを、もう一枚着込むことにした。それから顔や手などに付いた血痕を洗うのに、どこかに川はないかとしばらくのあいだキョロキョロと探して歩いた。だがこんな所で都合のいい川など見つかるわけもない。私はとっさに道ばたへ行き、残っている雪を掻き集めて、そいつを取りあえず無理やり顔や手足にこすり付け、ゴシゴシと洗ってすませておいた。しかしこの手首の事には全く思案に暮れた。仮にこのまま日本まで戻れたにしても、私はこの手首のヤツと共に、ずっと生活をせねばならないのだろうか。それを思うと、私はほとほと暗澹たる思いに悩ましくなっていくばかりだった。加えて空港から航空機に乗り込むにしても何にしても、とにかく先ずは自分の身なりをきちんと確認して、心中の不安を拭《ぬぐ》っておきたいという思いも強かった。そこで私は、その日は可能な限り都心部にまで移動しておいて、空港近くのなるべくひとけのない安ホテルで一泊しようと考えた。

すでに私の頭の中は、手首のことで精一杯…というより、もうその事より他には、何も考えられなくなっていた。どうにかして、この手首を取っ払う手段は無いものか。

取りあえずホテルの居室に落ち着いた私は、脳がうなりを上げて沸騰するほど、この手首をやっつける手段について、それこそ血眼になってあれこれと考えに考えた。山を降りて来る途中の道で切断されてから、あれほどの血を出してきているというのに未だにこいつは、しっかりと生き永らえているのだ。それが証拠に、たった今でも私の左肩を苛み続けているし、その力たるや全く衰えも知らずに、グイグイと握ってきている。手首だけのくせに、五体が揃っている私よりも何層倍も元気な様子は、見るからに恨めしいくらいだ。こちらといえば、もう疲労困憊で死にそうだというのに、だ。

まずもって言えることは、そもそも病院でこの手を取り除く手術をして貰おうなどというのは、とんでもない気違い沙汰である。このことだけは間違いがない。こっちは何も罪を犯したつもりなど更々無いわけだが、それはつまり自分から逮捕されに行くようなものだろう。それにまた、この上この手首に向かって何か下手な細工でも仕掛けようものなら、それこそこいつは途端に目を剥いて、恐らく肩からほんの少しだけ位置を変えて、クッと私の首でも締めかねないだろう。そうでなくともこの手首の奴にとっては、気が向きさえすればいつだってお好みの時に、すぐ横にある頸を絞めて私の息の根を、いとも簡単に止めてしまうことができるのだ。そんなことなど、こいつに取っては鼻唄まじりの朝飯前だろう。まるで私は、このちょこざいな手首ひとつに、自身の生殺与奪の権を完全に掌握されてしまっているというわけだ。ところがそれを阻止する手段など、こちらには何ひとつ無い見事な丸腰ときている。ああ、このように考えあぐねている瞬間にも、この手の奴は「どうだ、どうだ」とばかりモゾモゾと動いては、肩の肉をぐいぐいと締め付け、私を悩ましている。

風呂に入れないなどは差し当たりまだいいとしても、本当に何とかしないと、いつまでもこのまま放置できるものではない。だが、一体どうしろというのだ。日一日と時が過ぎるほどに私はますます、この手首の奴が腹立たしく恨めしくなって、いても立ってもいられないほどに動揺してくる。しかしそのくせ、どうにも手の施しようがないし、なす術も無い。どんな手があるというのだ。

こんな精神状態では、横になって休むどころか第一、ろくに居眠りすらできやしない。

だって一瞬でもこちらが眠りこけてしまったが最後、奴はいつこちらの首を絞めにくるか分かったものではない。つまり私は、瞬時の睡魔に負けたばっかりに、永遠にこの世を去らざるを得ない羽目となってしまうに違いないのである。正直な気持ちを言うと、この手首と私自身の首との間のほんのわずかなすき間に、分厚い鉄板の衝立でも立てて置けるとするならば、ちょっとは私も安心して多少眠れそうな気もする。そうでもない限り気を許せる瞬間など、あり得ようわけがないではないか。いつかもう私は、文字通り心身ともに疲れ果ててしまっていた。挙句のはてには、このままではやがて気でも狂ってしまうのではないかと、変に確信めいた想像までしてしまうほどだった。

それでも私は搭乗ゲートでは、ブクブクに着膨れた異様な格好ではあったが見事に通過し、機内では黙然とひとりくすぶりながらも帰国の途につくことができたのである。そのようにして、やっとの思いで何とか懐かしい日本の地まで、戻って来ることができた。

飛行機の機内では、いかにダルマのような着膨れ状態であったにしても、どんな国からやって来た人物だか知れないということで、まだ怪しく見られもしなかったかも知れない。しかしいよいよ日本国内に降り立つとなると、そのとき日本では確か六月の頃だったから、幾ら何でも大層なジャンパーを数枚も重ね着しているのは異常だろう。しかも全く寝てなくて、真っ赤に充血した疲れた目をトロリとさせているような人物が通りがかりもすれば、白い目でジロジロと見られるというのも仕方がない。だがどんなに暑くてもどんな目で見られようとも、じっと我慢するしかない。それは散々な辛い旅だった。

私がわが家の門を入ると、愛犬のジョンが向こうから私の姿を見つけて、待ってましたとばかり嬉しそうに賑やかに声を立て、ちぎれるほど白い尾っぽを振りながら走り寄って来た。そうやってわが愛犬が歓喜をもって私を出迎えてくれた時には、本当に私も久方振りに心からの笑顔になれた瞬間だった。ジョンというのは、全身がほとんど白に近い毛並みをしたレトリバーで、ほんの小犬の頃から我が家で暮らしている私の最も身近な家族であり、長年の無二の親友である。単に人間の言葉で話さないというだけのことで、あとは本当に賢い犬だから、私が考えていることなど大抵の事は察してくれるくらいだ。つまりは、暗黙のうちに呼吸で理解し合うことができるほどの親密な仲である。もしもこいつが人間だったらなあと、溜め息まじりに私は、何度繰り返し考えてきたことだろうか。

ところがそれがどうしたことか、私の着膨れした姿を間近で見た瞬間、ジョンはいきなり態度を変えた。彼は私に向かって…いや私の衣服に向かって、低く唸り声を挙げ、明らかに異様に興奮している。いかにも何か「怪しいもの」を見つけた、というふうである。私は、彼のその本能的な嗅覚というか、鋭い読みには恐れ入ってしまった。私は改めて自分の周囲を確認して、あたりに誰も人目のないことを何度も確認した上で、ゆっくりとジョンの目の前で、上着を一枚ずつ脱ぎ始めた。

おや、と私は思った。手首が動いている。そのとき私はそう感じた。服を脱ぎ始めていくうちから、ジョンは吠えるし、手首も私の服の中でモゾモゾと動くしで、まるで両者が相互に反応し合っているような具合なのだ。私は何故か不吉な予感がして、身体が小刻みに震えだしたのを憶えている。

そして、とうとう手首が私の肩の上に姿を見せた瞬間、ジョンはもうその手首に向かって食い付かんばかりに狂ったように激しく吠え立てて、今まさに飛び付くのではないかと感じた。しかし彼の様子をよく見ていると、その手首が私の肩に直接張り付いているせいで、どうやら彼なりに飛びかかるのを、ややためらっている様子が見えた。しかしジョンは、いつもの愛すべき温厚な様子などかなぐり捨てて、白い歯を剥き出しにし、激しい怒りを露わにしている。そして主人の仇とばかりにぐっと低い姿勢を保ちながら、手首の切り口あたりに喰らい付こうとして、至近距離からじりじりと身構えている。

とその瞬間、私の左肩に激痛が走った。余りの痛さに、「あっ」と思わず私は叫んでいた。

ふと見ると、なんと手首が…私の肩からジョンの顔面めがけて飛び移っているではないか。

ジョンが今度はキャンキャンと痛みの叫びをあげ激しく頭《こうべ》を振って、必死に逃げまどっている。

もちろんジョンの眼は、正面からは見えない。あの手首が大きく五本の指を開いてジョンの顔面に覆い被さり、ジョンの両眼にはそれぞれに細く長い指が深く食い込み、じわじわとのめり込んでいく。みるみるうちに、その指は見えなくなっていき、ますます奥へとズブズブ深く入り込んでいく。ジョンは、血だらけになっていく自分の顔に吸いつくように張り付いて、なおも離れようともしないその見えない敵を、取り除こうと懸命になっていた。必死に前の両足を交互に振り回し、もがいているものの上手くいかず、激痛を訴えて狂ったようにキャンキャンとけたたましく叫び続けて、飛び跳ね走り回っている。一方私はといえば、凍り付いたように立ち尽くしたままで、走り回るジョンの顔面を、しばらくボウッと見つめている始末だった。

その時、突然に私はある事を思い付いて家の中へ駆け込み、必死になってある物の探索を始めた。

確か以前に奥の棚のどこかへ、しまった気がするという朧げな記憶を頼りに、私はあちらこちらをぶちまけ、ひっくり返しながら懸命に台所中をひたすら探し回っていた。その間にも、庭から聞こえるジョンの激しい叫び声は長く悲痛になっていき、そのうちには次第に痛々しく、やがてもの悲しい調子へと変わっていった。

やっとのことで、私は台所から丈夫な大きめの、円筒型の缶を探し出した。それと鉄製の菜箸とを私は併せて持ち出してきた。

ところが、私が大慌てで玄関を出てジョンのいる場所まで戻って来た時には、憐れなジョンはもう既に、こと切れてしまった後だった。頭部を無惨に血だらけにして、自分の血潮でできたどろどろの血溜まりの中に、彼は力なく静かに横たわっていた。

真っ赤に染まっているジョンの頭部を見ると、その顔面にはいまだに、生白い手首の奴が憎々しく張り付いている。奴は長い五本の指をジョンの両眼に深く突っ込んだ状態のままで、まるで白く巨大な蜘蛛か何かのようにモゾモゾと蠢いている。恐らくその長い指先と鋭利な爪は、ジョンの両の眼球を破壊し尽くしたのち、更に眼窩を貫通して脳髄にまで至ったものに違いないと想像された。恐ろしい凶行を働いた後もなお、その場所で呑気にのうのうとしているかに見えるその様子を見ていると、私の心は見る見るうちに激しい憎悪と憤怒とに逆巻いていき、今にも沸騰せんばかりになっていた。

どのようにして、あの忠実なジョンの仇を取ってやるべきかと、私はその場で拳を握りしめ、地団駄を踏みながら怒りの余り、だしぬけに悪寒に襲われたかのように、おかしいほどガタガタと身震いしているのが自分でもはっきりと分かった。その時の気持ちを率直に言えば、重くて巨大な岩石をビシバシと叩きつけ、手首の奴を何度も何度も叩き潰してやりたい気持ちで一杯だった。だがしかし、その一撃が命中して、見事に相手が潰れたらいいものの、もし少しでも手元が狂って一度空振りでもしたが最後、手首の奴はクルリと翻って、今度は私の顔めがけて飛んでくるのは間違いないのだ。

私は、ジョンが身代わりとなって手首から私を開放してくれたことに、心からの感謝の思いを静かに呟きながら、極度の怒りと緊張とに震える両手で、今持ってきた缶をしっかりと握りしめた。そして、そっと缶の蓋を開け、缶の身の方を握った左手を、横たわるジョンの顔へと静かに近づけた。その大きめの缶の直径は私の予想通り、ちょうどその手首が入る程度の大きさだった。もしもあの時に、もっとじっくりと手段を検討するような時間があったなら、私としてもあるいはもっと他に、何か良い処理の仕方が見付かったのかも知れなかった。しかし、あの時とっさに私の頭に浮かんだ方策と言えば、これ位の手段しか思い付かなかったのである。

手首のゆくえ

私は左手で握った缶を、ジョンの顔面にピタリと押し付けた。思った通り、手は何とか缶の口径の中に収まっているので、真正面から見れば差し当たり、手は見えない状態になっている。ただし手そのものは相変わらずジョンの顔面に張り付いたままの状態で、さして動きは見られない。

さて、どうする。

私は横たわるジョンの顔面に向けて、缶をそうやって押し付けたまま、そこにどっかりとしゃがみ込んで暫くのあいだ思案していた。それから私は左手に缶を握り、右手にジョンの頭を押さえ両者を圧着させたまま、ぐいぐいと頭を揺すってみた。私はジョンに対して申し訳なくて、思わず目をつぶってしまったのだが、次には両手で缶と頭部とを挟んだままで、更に缶を下にして地面に押し付け、おそるおそるコンコンと衝撃を与えてみた。だがこれしきのことでは、なかなか容易に手は外れてくれそうにはない。そこでようやく私は最後の手段とばかりに、握った缶と顔面とのわずかな隙間から鉄製の菜箸を差し入れて、無理やりに手の指を、もぎ取ろうとする試みを始めた。ところが、奴の指先が余りに深くジョンの眼窩に潜り込んでいる為に、ちょっとやそっとでは離れてこない。私がそれを無理やりに引き離そうとすれば、そうでなくとも無惨に血まみれになっているジョンの憐れな顔面を、更に傷つけ痛めつけることになってしまう。

私は、もう目に涙を溜めながら、こわごわ菜箸を動かしてみた。

しかしこれを暫く続けるうちに、次第に私も大胆になってきて、グリグリと菜箸をかき回すようにして顔から手の指を引き剥がすことに集中するようになってきた。私が眼窩へ菜箸を差し込んで指を引き出そうと動かすたびに、ジョンの両眼の底のほうから、グチュッ、グチュッ、という無惨な音が響いてくる。実を言うと私はその時、涙で自分の手元もおおかた見えないような状態になりながら、この何とも辛い作業を続けていたのである。ところで考えてみれば、仮に向こうの道ばたを誰か通りがかりの通行人が、この一連の作業を見かけたならば、どれほど奇怪なものに見えたことだろうか。運が悪ければ、たちまち警察に通報されたかも知れなかった。何せ私がしゃがんでいる庭のこの周辺は、一面がむごたらしい血の海になっていたのである。

私はいつしかじっとりと脂汗をかいていた。と、その時である。左手に持っていた缶の中で、突然ガサリと乾いた音がした。缶と顔との隙間からそっと覗いてみると、何とあの手首が離れて缶の中に落ちているではないか。しめた、今だ。私は、いちにのさんの呼吸で、缶の身を顔面から離すと同時に、すかさず右手に持っていた蓋を押し当て、瞬時に缶を密閉した。

よおおし！　よおし。これで、まずはひと安心だ。しかし私が両手で持っているその缶は、やたらにガサゴソという音を立てている。缶の中で手が盛んに動き回っているのが、持っていてもその重みの変化で、ありありと感じられるのだ。実際のところ、こうして持っているのもかなり気持ちが悪い。その感触からすれば、まるであの手首を、あろうことか直接自分の手で握ってぶら下げているような感じさえしてくるのである。

今思い出しても、それは背筋がゾッとするほど気持ちが悪い。だが当然この状態では、この両手を離した途端に中の手の奴が彷徨い出ることになる。私は大急ぎで家へと戻り、缶をガムテープでグルグル巻きにして、出来る限り厳重に密封した。封をし終わって、ふうっと大きな溜め息をつくと、私は安堵の余りにその場所へ、そのままペッタリと座り込んでしまった。

ところで、ここまで来て私は、はたと考え込んだ。

さて、私はこの缶を、どこへやったら良いのだろうか。


私がまず最初に思い付いたのは、狭い庭先の土中深く、それも出来るだけ深くに埋め込んでしまうことだった。私は最初この案がとても気に入って、しばらくこの線で、あれこれと考えを巡らせてみた。

しかしここで思い出したのは、私が帰宅してきた時にジョンがやたらと興奮して、ジョンにはまだ見えてもいない筈のあの手首に対して、服の上から敵意を剥き出しにして狂気のように吠え立て、今にも飛びかからんばかりの様子を見せていたことである。ここから推測すると、仮にこの庭のどこか土中深くにこの缶を埋めたとしても、やがて時間の経過と共にそこらの野良犬などが、この庭の一帯を荒らしたり、または少しずつ掘り起こしたりなどといったことが起こりはしないだろうか。

それは実際、考えれば考えるほど、充分に有りそうなことに思われた。

あるいは一般のゴミと一緒に公共のゴミ廃棄業者に託してしまおうかという策も考えた。しかしこの方法だとあの手首の奴が収集の際、缶が潰れようとする瞬間にするりと抜け出すという可能性も、充分に考慮に入れなければならない。そうなるとあいつは、さらなる殺人行為を遂げないとも言えないではないか。ましてや、ひとたび自由の身となったからには、あいつは町中《まちなか》に繰り出して果てはパニックでも何でも起こしかねないのではないのか。これでは余りにも無責任かつ無謀な行為ということになるし、第一に一切の根源となる過失を犯した私の罪も当然大きいと言わねばならず、社会的な糾弾や制裁もむろん不可避になるに違いない。

それでは家でこっそりと焼却を試みるというのは、どうだろうか。いや、これも同様に剣呑だし、むしろ前者よりも一層無謀な結末になるだろう。焼却温度も遙かに低いのだし、何よりも自分自身に危険が降りかかるという羽目になる。炎の中で缶が焼け落ちた後に、くすぶっている焼け跡の中から黒こげになった手が、恨めしやとばかりソロソロと這い出て来ないとも限らぬではないか。何しろ相手は尋常そこいらの代物では無いのだ。

このようにして私は、およそ考え付く限りのあらゆる手だてを次々に片っ端から検討してみた。しかしながら結局のところ、これだという決定的な手段となると、ついに見つけることが出来なかった。

そこで私が最終的に考え付いたのは、世間の誰にも迷惑をかけず、またこの缶の中身について絶対に勘づかれることのない方法、つまり缶そのものを自分の監視下に置くことだった。これを思い付いた当座は我ながら相当満足もし、自画自賛の興奮に酔って、自分もどうして中々大したもんだと、かなり感心してしまった。このように結論した私は、早速その計画を実行すべく行動を開始した。私は缶を家に運び入れ玄関の扉をきっちりと施錠して、おもむろに書斎中央の畳を外して、それから縁の下の土壌を大型のシャベルでせっせと掘り起こし始めた。さて、どれくらい掘り進んだだろうか。かれこれおよそ一m前後は掘ったと思うが、私自身すら入れるほどのその大きな穴の底へ、蓋を下の状態にして缶を埋め込んでおき、更に庭から重く大きな石を見つけて来てその上へと、どっかと据え付けておいた。そうして再び元の土を堅く念入りに埋め戻しておいた。

それは結局、数日に及ぶかなり大がかりな作業になったものの、ようやくのことで誰に知られることもなく、無事に全てを終えることが出来た。作業を終えた当日の夜は、私もこれでようやく幸福で平穏な日常に戻ることができるものと、心の底からふつふつと沸き上がるような喜びにひたることができた。もっとも考えてみれば、確かにひとつ屋根の下で、あの手首の奴のミイラの上で毎日生活を営むというのは、それは私としても決して気色のいいものではない。むろんそれはそうなのだが、しかしだからといって世間の人たちを始め犬や他の生き物などに、この奇怪な手の存在を知られてしまうわけにもいかないではないか。言うなればこの手首の件というのは、ただ私ひとりの問題であって、どこまでも私個人の責任というべきだ。そうであってみれば、自ら多少のリスクを背負い込むというのも、当然止むを得ないと言う他はないのである。私はそのように考えて、自分の行動に正当性をみることが出来たし、実際自分でも、あらゆる方法の中でこれが一番正しいやり方なのだという確信が持てたのである。

このようにしてそれから幾日かの間は、それまであれほど待ち焦がれていた平穏な日々が、ついに私にも訪れたのである。肩の傷も病院ですっかり処置を施して貰うことができた。わが最愛なるジョンの生命を賭した献身のお陰で、あれ程ひどかった肩の傷の痛みもようやくにして日ごとにましになってきていた。安らかな日々の中で、私は改めて忠実なジョンの魂に対して、心からの感謝の祈りを捧げたものであった。

だが、私があの缶を始末してから、数週間が経ったころだろうか。

その夜はどういうわけか、やけに月の明るい夜だった。ベッドに横になっていても、窓からやたらと白い月光が差し込んで来ては眼に付いて、それが気になってなかなか寝つけなかった。私はどうにも寝苦しくて、ゴロゴロと寝返りばかり打っていたのを今でも覚えている。

その時である。突然耳に何かの音が響いた。だがこの部屋で音を出すものなど、何ひとつとしてない筈なのだ。ここで勝手に動き出す物といったら、目覚まし時計以外には、何ひとつ無いはずなんだが…。

私は不審に思って、寝床の中でじっと聞き耳を立ててみた。するとしばらく経ってから、また同じような音がした。それがどこからなのかはよく分からないが、何かしら不明瞭でかすかな音が、確かに聞こえた。しかしその夜は、ただそれだけだった。あとは何も起こらなかった。

ところが、それから何日か経ったころ、また同じような真夜中の時間に、同様のことが起きたのである。

今度はもう私も上半身を起こして、今夜こそ音の原因を突き止めようと、部屋の中をあちこち探ってみた。しかし、どうしてもその音の出どころがわからない。そして最後に、まさかとは思いながらも私は、畳の上にゴロリと寝ころんで、畳に直《じか》に耳を当ててみた。するとどうだ。その音は、まさに私が耳を当てた先、つまり床下の地面の底から響いてきているではないか。そう思った途端、背中にゾッと寒けが走った。あいつは、まだ生きているのか。生きていて、いまだにあの缶の中をゴソゴソと動き回っているというのか。何というやつだ。果たしてあの手首の奴は、不死身なのだろうか。例えどんな目に遭おうと、死を知らない身だとでも言うのだろうか。そんな馬鹿げた話があるものか。しかし…。

このことがあってからというもの奇妙なことに、夜中になると聞き耳を立てるという行為が、半ば私の毎日の習慣のようになってしまった。そのようなことを繰り返しているうちに私は、ふとあることに気が付いた。その音が明確に聞こえて来る夜と、それから殆ど聞こえて来ない夜とが、どうやら周期的にあるようなのである。そこで私は、日記に暦を書き付けて、音の聞こえた日を毎朝その都度記録していった。

その結果分かったことは、なぜか例の音が聞こえるのは、決まって月夜の、つまり満月の夜であることが判明した。他の日にも確かに聞こえはするものの、それはさほど気になるほどでもなかった。それがどういうわけか、満月の夜に限ってその音が一段と激しくなるのである。つまり奴は、満月の夜になると俄然動きが活発になるということであるらしい。

だがこれは一体、何を意味しているのだろうか。もちろんそれは分からないが、ただ私の方で分かるのは、満月の日は今月では何日だというふうに、あらかじめの予測が立つということ。

　さてそうやって予測が立つようになってからというもの、自分でもその満月の日というのが、無性に気になりだした。私は月の始めに、ひと月分のカレンダーの日付に特大の丸印を付けるなどして、ずいぶん先から満月の夜の為に心の準備をせずには居られなくなった。そして、いよいよ満月当日の夜半ともなると、予期していた通り賑やかな音が始まりだす。それは本当に満月の夜には一〇〇％間違いなく、地中からあの不気味な音が確実に響いて来るのだった。かと言って実際のところは音以外には、何か特別な事が起こるというわけでもない。差し当たっては、ただ音がする、それだけに違いない。違いはないのだが……。

　やがてそれもひと月経ち、更にもうひと月経ち、というふうに時間が経過していくと共に、その地中からの音というのが…音の様子、性質が変化していると言えばいいのだろうか。何か次第にその内容が違ってきているように思われるのだ。こんなことを言えば誰しもが、何を戯《たわ》けたことを、と一笑に付するに違いないのだが…。第一の違いはと言うと、その音そのものが、次第に大きくはっきりと聞こえてくるようになってきている。

それから音の様子。つまりこれは、あの手の動き方暴れ方が相当に激しくなってきているのに違いない。以前は単にガサゴソなどという、むしろ単純で可愛いくらいの音だったものが、時を経るに従ってそれは、ゴトゴト、バタバタ、ゴシゴシ…と、こんなふうに激しい音に変わってきていた。それは本当に「狂ったような」というのが、どうみてもピッタリとくるような音に変貌してきているのだ。

月夜でもない平生の日だと、私もそれこそ何事もなく、平穏な一日をめでたく過ごせるのである。ところがそれがひとたび暦に丸印が付けられている日、つまり月が満ちる夜ともなれば、もう私は既に朝から何ひとつ手にも付かずに、ただ刻一刻と近づいてくる夜の恐怖に、ひたすらおののいているという有様である。そのくせ一方では、まるでその深夜の時間を半ば待ち望んででもいるかのような妙な感情さえ現れてきて、まるきりの廃人のように成り果てる始末なのである。

こうなると、もう既に自身ですら自分というものが理解もできず、制御すらもほとんどできなくなっていた。

このようにして、月の満ちる夜ごとに半狂乱になりながら、うなされ続けていたさなかの、ある夜のことである。もう既に夜明けも近くなっていたに違いないと思うのだが、汗だくになってベッドの中でのたうち回っている中で、ふと私は気付くことがあった。

その頃には、あの手が立てる音もますます激しさを増していて、一体どんなふうにしたら、こんな激しい音が出せるのか、というような凄まじい騒音になっていた。しかし月夜ごとにこれほどの音が出るということを考えてみると、あの缶そのものも相当に破損をしてきているということではないだろうか。もしかすると、ひょっとして部分的には金属疲労に達して既に破れたりし始めてきているのかも知れない、などと思いが及んだ。この考えに至った瞬間、私は背筋に寒けが走った。

ということは、あの手首がやがて土を掻き出して、自力で地上へと這い出てくるかも知れないということではないのか。それに、この音というのは…これは…何かを呼んでいるのか…何を？

そう思った途端に私は、もう自分で自分が、とうとう気が狂ってしまったかと感じた。

既に私には、もう何が何だか分からなくなっていた。つまり、この音は…この月夜ごとの激しい音というのは、あの手が…あの手が自分の主人を呼んでいる音だというのか。

この考えが私の脳裡に浮かんでからというもの、もう自分は昼も夜も全く分からず、月夜も何も分からぬ本当の狂人になってしまったような気がした。月の満ちるごとに、あの音は、ますます、ますます激しく狂おしい騒音を打ち鳴らしている。朝まで。
私の耳には、もう耳栓をしようが何をしようが、その音は追いかけて来た。
何をしようと何処へ行こうと、もう逃げられはしない。
もうおしまいだ。来るのだ。奴が…あの女が。ここへ、ここまでやって来るのだ。
いや、来るなら、来るがいい。どこにも逃げはしないぞ。
どうしてこんな遠い国のちっぽけな家なんぞ、わかったりなんかするものか。
来れるものなら、来てみるがいい。

来れるも、
え
あ
え

ノートは、ここで終わっている。

内容から察するに、被害者は深夜に至るまで、この回想記を綴っていたものらしい。

恐らく、加害者が闖入《ちんにゅう》する間際に至るまで、書かれていたものと考えられる。

つまり、これは被害者にとって、絶筆とみられるものとされている。

＊　＊　＊

しかしながら、この手記の内容からも判る通り、概してみたところ被害者は、何らかの事由により精神が錯乱していた痕跡がみられる。しかも錯乱の容態が日を追って昂進していっているようである。だが容態が昂進する中にあっても彼は、なおも手記を書き続けている。その結果、最後には殆ど狂乱状態の中で手記を書きなぐっていた、というようなありさまが推察される。また最終的には、そのような状態のまま生を閉じるに至った。即ち狂死と言える状態に近い形で死を迎えたのではないかと、みられている。

冒頭に略述した鑑定結果の中で、死因はむしろ扼殺以前の心臓発作であったとみなされる、との推定がなされた所以である。

従って、この手記の記述内容がどの程度まで信憑性を持ち得るものであるか、という問題は事実判定の施しようのないところである。つまり、これがどこまで信用できるものであるのかといえば、はなはだ疑問を懐かざるを得ない。

もしかするとこの手記は、最初から筆者自身による全くの空想物語でないとも言い切れず、この内容を見る限り、実際のところは何とも判別の付けようもない文章である。

これをどのように読まれるかは、一切読者にお任せすることとしたい。

月の渚の砂浜に

——または　亡霊に教えられた大切なこと——

物語の由来

故警部Uと私との関係、それから警部Uの人となりといったことについては、以前にまとめた話の中で、あらかたお話ししたつもりである。同時に、故人が残した一連の日誌や記録類のいきさつに関してもそちらに説明した通りで、皆さまには先刻ご承知頂いているものと考えている。

その朝も私は書斎に山積みにされたままの資料を前に、相も変わらず気ままにそれらを渉猟していたのだった。しかし突然、何やら不審な思いにとらわれて、ふと私の手が止まった。

『おや？』と私は思った。いま見た…いや見えたと思った物、あれは何だったのか。それまで私はまるで読み飛ばすかのように手当たり次第、ひたすら書類に目を通していたのだがその群れなす同種の記録の中に、どうも毛色の違った別種の物が、チラリと目尻を掠《かす》めたような気がしたのだ。俄然私はもう夢中になって、手許のノートを片っ端から引っつかんではその表紙を見返していった。しばらくの間、私は目を皿にして次々に表紙の再確認をした。程なくして遂に目当ての物を引っぱり出すことに成功した私は、漸く探し出したノートを手に取り、改めてその表紙を眺めてみた。確かに表紙のデザインといい、また冊子全体の趣からして、どう見てもこれは他とは別のものだ。次にひらりとその表紙をめくった瞬間、私は自分の予想がまさに的中したことを覚《さと》った。というのも、そこに記された手書きの文章を見れば全てが一目瞭然だったからである。つまり、その文章の字面はもとより筆跡の線の太さ、体裁、はたまた文体と、要するに何から何までが明らかに他とは別物なのである。これはどうでも警部とは別人の手による、全く別の記録であることは間違いない。こう確信すると私としても、さすがに食指の動くまいことか。たちまち好奇心の止み難き衝動に煽《あお》られた私は、即刻その場でそれを読み込まずには居られなくなったのだった。

ひと通り目を通してみた私の印象をひとことで言うと、何といっても眼を惹くのは内容の異様さである。そもそも記事の冒頭からして既に、普通だとは言い難い。話は、ひとりの入院患者から始まっている。ところがその人物が、深夜に急死をする。ただその終わりかたも尋常ではない。何やら謎めいたものがある。まあたったこれだけを見ても日常の枠など、軽く飛び超えていやしまいか。だがこの謎にまつわる物語は、ここから展開していく。

しかしともあれ皆さまには、この序文のあとに直接その記事の全容をそっくりご覧いただくことになる。ゆえに、あとはぜひともご自身の目で、とっくりとこの内容をご検分いただければと思う次第である。

次に私が気になったのは、この別人による記録がそもそもどういう事情で、わざわざ警部の手もとに移されることになったのかという点だった。私の中では、そいつがどうも引っ掛かったまま、解けない問題として妙にくすぶり続けていたのである。しかし、とにかくその経緯を知る当事者である警部当人が既にこの世にいないからには、それを知る手段といっても、こちらでただ推察するしか方法がないわけだ。もっとも、実際にその記事を追っていく中で、私から見てまんざら気付いた節《ふし》がないわけでもなかった。それは、この記録の筆者はどうも医療従事者のようだ、いやかなりの確率で彼は医者だったに違いないと思われる点である。むろんこれも私の推察だろうと言われれば、当然否定はできない。だがたとえこれしきのことであっても、この記録に関する手がかりの一端にはなるだろう。このように考えた私は、これをひとつの糸口として更に自分なりの詮索を進めてみることにした。

もちろん私は自分を単なる野次馬だとは思わないし、また思いたくもないが、さりとて自分が元来かなり物好きな性分であることを敢えて秘匿するつもりもない。そんな性格も手伝ってか、私はこの筆者の素性を知りたいと願って、当時熱心に思案を重ねていたわけである。私は、日誌の筆者であるU氏とこの記録の筆者との接点を、何とかして探りだせないものかと考えた。そこから私は、U氏の日誌の記述をひたすら丹念に読み込んでいけば、記事の中に鍵となる何らかの痕跡を発見できないだろうかと思い付き、早速その線で探索を始めることにした。実を言うと、この探索を始めた当座などは我ながら妙案だと、多少自讃の思いもあったものだ。だがいざ作業に着手したところが、読み込む日誌の量が量だけに、これが結果として相当に手間とひまのかかる企てであることが判ってきた。それでも私は自ら励まし性根を入れて、根気よく時間をかけながら捗《はか》の行かない調査を黙々と続けていったのである。

こうしてかなりの日数《ひかず》を要したものの、努力の甲斐あってどうやらそれらしい手がかりが見つかった。結論をいえば、それは日誌のごく最初に近い部分、すなわちU氏がまだ大学生の頃の記事の中に発見できたのだった。

さて、その日誌本文の記述である。その頃の記事を追っていくと、学友はもとより筆者の交友関係にまつわる様々な人名が、当然ながら実名のままで次々と現れてくる。それらをつぶさに辿っていくと、U氏とごく仲の良い一連の人物たちの名前の中に、ひとりの医学生についての記述が二、三箇所出て来るくだりがみえる。日誌の記述からするとU氏とその青年とは、元来は学内のサークルで活動を共にしていた仲だったようである。そしてこの青年が、実は後年に医師となったということなのである。こうした一連の記事をすり合わせて勘案するに、実はこの青年こそがのちにこの記録を綴ることとなった人物当人であるという公算は、限りなく大であるということになる。ついては、ここでひと言お断りをしておく必要がある。それはこの青年の名前についてである。先述のようにこのU氏による記録というのは、もとより私的文書たる日誌であるから、そこに散見するこの青年の氏名にしても常に実名で記載されている。ゆえにここでは、のちに医師となったその青年の氏名の表記を、以下S医師とさせて頂くことにする。

ここで再び、先に提起していた問題へと話を戻そう。すなわちこのS医師による記録がどのような経緯で警部の手もとに移るに至ったかという素朴な疑問である。これもやはり最終的にはこちらで推し量るしかないが、どうもS医師という人物は後年医療の道に入ってからも猶しばらくは、U氏と随時連絡を取り合っていたらしい節がある。こういった事情全てを考慮のうえ自分なりの推測をまとめるならば、およそ次のようになる。

当時のS医師は、駆け出しの医師としてそのキャリアを開始したばかりであった。そんな彼がある患者について、急遽主治医として担当することとなった。しかもその患者というのが症例としてかなり特異な事例であり、医師の立場としては相応に貴重な経験になろうかと思われたものだった。ところがその患者は、あっけない急死を遂げてしまう。当然彼としては職務上、患者遺族に対して故人の死因特定とそれまでの経過説明をすることになる。ところが医療者からみてこの患者の臨終の状況は、不幸な偶然が幾つも重なり合っていたというのである。

ひとつは患者の最期が、突然死と言えるほど余りに急なものであったこと。また当時の患者本人の病態として周囲に対する粗暴な言動がみられ、剰《あまつさ》え露骨な暴力に及ぶ事例が頻繁に見聞されていたこと。また患者の死亡時刻が人目のつかぬ深夜であったこと。およそこのような条件から、当初遺族からは一時的に、患者の死因について少なからず疑念を抱かれかねないような状況に立ち至ったようだ。こうなると主治医たる彼の対応次第では、自身の立場はおろか下手をすると病院自体にまで嫌疑をかけられる畏れすら生ずる。ベテランでも無い身で、いきなりこのような事態に直面してしまったS医師は、当時相当に逡巡狼狽したであろうことは想像に難くない。

この患者による医療スタッフへの暴力は一時相当に酷いものがあったらしい。勢い日ごろ看護師たちからは少なからず恨みもかっていようかと想像される。患者が亡くなったのは、深夜の密室である。ここで仮にも医療側の不備を匂わすような言葉を片言隻句でも口外しようものなら、とんでもないことになるのは明白だろう。その瞬間から、病院の全スタッフはもとより組織や体制への疑念の裾野は無限に広がってしまうに違いない。このような状況において、高ぶった遺族の感情からすれば、病院が作成した死亡診断書に、果たしてどれほどの意味があるものだろうか。

かような苦境に追い込まれていた彼の脳裡にこの時ふと、かつての学友で今は刑事となっていると聞くU氏のことがたまたま想起されたのではないだろうか。S医師は自身の立場と同時に、ひいては病院の潔白を客観的に立証する意味からも、藁をもすがる思いをもって旧友のよしみから刑事事件のプロであるU氏の見解をぜひ照会したいと希望するに至ったのではないか。こうすることによって彼は、この患者の死にまつわる事件性の有無を始めとして、その死因に関して懸念される問題点などについて第三者的立場から専門家としての的確なアドバイスを仰ぐべく、彼なりの手段を講じたものと考えられる。こういうわけでS医師は、急死した患者に関する一切の記録を、結果的に直接U氏に供することになったのではないか。とはいえ、これまた所詮は私個人からみた憶測の域を出るものではないわけだが。

さて専門家でもない私が、ここであれこれと贅言を連ねるのは、もとより真意ではない。早速、いよいよそのS医師の残したノートの全容を、ありのままお目にかけようと思う。

ただこの資料の原文というのが、長大な分量の記事を細かな文字で、のべつ幕なしにただ連綿と書き連ねてあるばかりで、文面として甚だ読みづらい憾みがある。そこで版を起こすにあたり、編者としては一般の理解に資せんとの微意を催し、内容を適度に区切り各個に簡単な表題を付して、章立てのように適宜分かりやすく整理しておいた。

皆さまにはこれも他意なき老婆心として、ひとえにご海容のほどを庶幾する次第である。

編　者

＊　＊　＊

真実への旅

　ある年の夏の日のことである。暑い日中の陽差しもようやく傾きかけようとする夕刻近く、さる市街地の総合病院へ家族同伴で来院してきた、ひとりの妙な患者があった。

　その患者は一見したところ特に変わった様子もなく、ただ安静にしているように見える。病院の記録によると、この患者の診療に際してはまず受け入れの当初から、そもそも担当科をどこにするべきかとの判断を下すのに、どうやら何かと手こずった模様である。

　患者は実際、どこかにケガをしているというわけでもないし、まして衰弱した老人というわけでもない。それどころか見るからに元気そうな、むしろ青年とすら言っていいような年齢である。要するに内外の疾患を前提としてもその症状が、これといって明確に把握できなかったという点もあったようだ。差し当たりということで、いきおいその患者は、あちらこちらと院内を巡って、立て続けの検査づけにされるという憂き目にあうこととなった。言い方は悪いが、つまりたらい回しとなった。ところが、である。この青年は外科的診断で異常は見つからないし、内科の診断でも正常とされた。さらに脳神経外科からの所見でも、外科的障害及び異常は見られないと判断されている。しかし、それでも同伴の家族たちは全く納得できなかった、ということである。

このようにしてその青年が最後にやってきたのは、一般の精神科であった。そして結局のところ患者は、その精神科での入院と決まったのである。それに加えて、たまたま当日その精神科で当直の勤務として詰めていたことから、その患者の担当医として急遽命ぜられたのが他でもない、当時まだ若手の医師であったこの私だったのだ。確かにそれは、全くの偶然としか思えぬ出来事であった。…少なくとも当時の私には、そのように思われたのだが。

来院の当初から患者の付き添いとして同行していたのは、患者のうら若い妻と患者の実の母親とのふたりであった。のちに病室が決まってからも、この両婦人は互いに面会の順番を決めるなどの意見交換をして、献身的にできる限りの看護に努めようと、仲よく互いに気遣い助け合っている様子だった。ところがその一方で患者本人の容態はと言えば、皮肉にも気の毒なことに日ごとに悪化の一途を辿っていた。ひとことで表現するなら、錯乱が徐々に進行しつつあるという危険な状態にあった。

患者は、入院のわずか数日後には、幻聴や幻視がしばしばみられるまでに容態は急速に進行してきていた。そのうえ厄介なことには、夜間になるとその興奮の度合いが一層増長するのである。こと日中にあっては、この患者は穏やかな口ぶりで看護師などとも社交的な会話を交わすような、好感の持てる、人のよい青年なのである。ところが夜間に入ってある時間に至ると、それまで静かに臥床していた青年が、ふいに上体を起こしたかと思うと高度の興奮状態に陥るのである。さらにエスカレートをすると、ほとんど人格が変わったようになる。周囲の物を投げ飛ばし備品を蹴とばし、果てには看護師に暴力をふるうなど、時には近寄ることすらできないほど危険な状態にまで至る。その間、彼がうわ言のように口走っているのは、ごく断片的でまるきり無意味な発語である。その内容としては、たまに何かの単語や片言が聞き取れる程度であって、大方は言葉ともつかないような意味不明なものである。

この点だけをみれば、一見するとジャーゴンのようにも思える。ところが発語が意味不明だからと言っても、ではウェルニッケ野あたりの中枢に何らかの障害がみられるのかというと、特にそういうわけでもない。つまり外科的にはどこから見ても、全く疑いのない健常者だというべき状態なのである。これを、どう考えるべきなのか。こんなわけで私は、これを特別な臨床例として、この症状には当初から深い関心を懐いていた。いやそれどころか白状すれば、私はその発語を始めとする症状進行の特異さに注目する余り、一時などは病室の機器などの陰にこっそり小型マイクをしのばせておいて、その音声を記録しておこうかなどという不遜な考えすら、密かにいだいていたほどであった。

この患者の主治医となった当時の私は、担当した臨床経験など知れていたし、また直接診察に当たった症例数も、もちろんまだ決して多くはなかった。こういうわけで、私は当初からこの症例を特異なケースとして学的関心と探究心をいだきながら、懸命に患者の経過を観察していたつもりだった。ところが私の記憶では、あれは患者が入院してきてからわずか十日後のことだった。その日の未明に、患者が病室のベッド上で突然死亡してしまったのである。

死因は、持続的な興奮状態が極限にまで達したことに起因するショック死によるものと診断された。いわゆる狂死ということになる。その経過からしても急死といっていいような状態であった。結果的に時間が時間であったことから、病室で患者の臨終に立ち会ったのは、担当医師である私と看護師との二名だけであった。時刻は未明であり、戸外はまだ暗いような時間だったが、急遽ナースセンターから患者の自宅に一報がなされた。ところがそんな時刻にも拘わらず事情を聞き付けてから家族が病院に到着するまでは、驚くほど迅速なものだった。

駆け付けたのは故人と同居していた家族、前述の若い妻と故人の母とのふたりである。沈痛な覚悟の面持ちで、揃って病室に入られた時には、両人とももう既に赤い眼をされていた。病室で故人との対面を果たされた二人は、終始悲嘆の涙に暮れていた。私は担当として、病室のベッド脇に佇むふたりを前にして、患者の死に至るまでの経過を可能な限り詳細に説明をした。しかし説明とはいっても、ほぼ毎日といっていいほど交替で献身的に患者に付き添い続けていたこの遺族に対して、今更こと新たに申し述べる事項も実のところさして見当たらないような具合であった。当時のことで未だに脳裏に残っていることをひとつ挙げるとすれば、それは痛ましい悲しみの中でも互いにハンカチを手にして肩を寄せ合いいたわりあっていた、二人の女性の仲睦まじい姿である。文字通り互いに支え合っているかのような、そのふたりの様子は、なぜか今でもはっきりとこの目に焼き付いていて、いまだに私の心から消えることがない。

後日、故人宅で告別式が営まれた。当日出席した私は故人の遺影を前にして、密かに深く心に期するものがあった。この患者の担当医として命ぜられた当初から私は、この事例に関しては自分がまだ経験も浅く、ごく未熟な医師であるとの自覚から、内心相当の気負いを感じていた。またその一方で、学術的に特異な症例として注目もしており、幾重にもわたり特別な関心を懐いていた。さらに担当医としては全く名ばかりの担当であって、最終的に不本意な結果となってしまった憾みというものが当然にある。立場上、一方的に非難されても仕方のない身でありながら、弁解の余地すら残されてはいない。はっきり言って自分としては、かなりに口惜しい思いの残る結果である。ゆえに尚更のこと、患者遺族に納得して頂けるまで、医師として何としても誠実に責務を全うしたいとの思いも強かった。そこで私は、ひそかに自分なりの綿密な精査をしてみようと決意するに至ったわけである。あらゆる手を尽くしてでも、自分として可能な限りの誠意を尽くしたい。そして、余りにもあっけなく突然の幕引きとなってしまった、この謎めいた症例の全容を明らかにしたい。そうすることで、非力な自分をこのたび仮にも担当として任せて頂いた、この傷心の患者遺族に対して、せめて慰めの一分なりとも、お示しをしたい。万一、それすら出来ないというのであれば、自分は一介の医師として、務めを果したとは決して言えない。故人の遺影を前にして、ひそかに私は幾度となくそう繰り返し、自分の胸に強く言いきかせていた。

今回の事例の核心を追究するに当たって、まず私は問題の要点を整理してみた。故人の狂気の因子に関してまず言えるのは、外科的には何らの障害も支障も来してはいなかったということ。そうすると自ずから内的な素因、それも心因性ショックか、その類いかという考えに至らざるを得ない。それならば、内的な側面からみて何らかの致命的ファクターが認められるのかどうか、ということがひとつ。さらに、淵源《えんげん》となり得るような事実がもしあり得るとするならば、それは具体的にどのような事実だったのかということ。あとは、それを見つける方法が問題となるだろう。

担当医として私の注意を惹いた特徴点といえば、患者の症状の特異さにあった。その特異さとは、病院に収容される以前の、発病の時点から死に至るまでの容態の変移の速さと、殊にその間の一種独特な、しかも動的な譫妄《せんもう》状態に端的に現れている。

果たしてこれらの症状が、どのようにその因子と関わっているのだろうか。

ともかく私は手始めとして、最初の行動を開始することにした。

告別式の数日後、確かある昼下がりであったが、私は故人のお宅を再び訪問した。訪問の目的は、患者の死に至るまで、病室で可能な限り誠実に付き添い続けていた家族から、出来る限り詳細な情報を収集することにあった。遺影に線香を上げ、手を合わせたのち、私は座卓を挟んで、いまだ哀しみの色濃い黒衣の未亡人と差し向かいとなった。ふと気が付いて、私が先日の告別式の際に顔の見えていた故人のご母堂はと問うと、告別式当日の夜から体調を崩して以来、寝込んでしまっているとの返答であった。

私はその場で未亡人に向かい、改めて姿勢を正して座り直した。そして思い切って、担当医としての自分の密かな信念を、思いのまま率直にお話し申し上げた。私の話を黙って聴き終えた夫人は、どうやら私の思いにいささか心を動かして下さったようであった。彼女は、急に思い付いたように立ち上がったかと思うと、奥の居室へと入っていかれた。暫くすると彼女は何冊かのノートを、大事そうに両手でかかえて戻ってきた。それは彼女が毎日病室での看病を終えて、帰宅してから毎晩几帳面に綴っていたという、かなり克明な看護日誌と、またそれとは別に、故人自身が生前に付けていたという薄い日記帳であった。夫人の了解を得てそれらの資料に目を通しながら、一方で私は夫人に対して、思い付くまま和やかに幾つかの質問を投げかけていった。その時の私の質問は、およそ次のようなものだったと記憶している。

病院へ搬送される以前の生活歴の中で、いつもと違うというような、何か目立った変化はなかったか。入院前のある時期から、特に通常とは変わったようなことや、何かのきっかけとなるような面で思い当たる言動はないか。病気の発端となりそうな事柄、あるいは家族からみて特に印象に残るような出来事はないか。その時の質問は、差し当たり以上のような内容だったと思う。

夫人は私の問いかけに対して、記憶を辿るように思案しつつも、ひとつひとつ誠実に回答して下さった。その甲斐あって、その際の夫人による一連の報告から、幾つかの新たな事実が明らかになってきたのである。次にそれらをまとめて私なりに再現してみよう。その時の夫人は私に、概ね次のような話を聞かせてくれたのだった。

主人は、入院する少し前まで、ひとりで旅行へ行っていたのです。旅行から帰宅してきた時には特に変化もなくいつも通りの様子でした。でも、あれはたしか帰宅してから数日たった頃ですか、夜中に急に大きな声を出して、うなされだしたのです。主人が突然あんまり大きな声をたてたものですから、母もびっくりして飛び起きたようで、夜中でしたが大慌てで私たちの部屋へ飛び込んで来たほどでした。主人の変化が始まったのは、今思えば、その夜からのことでした。それ以来主人は、決まって深夜になると何かにうなされるのです。それが次第に頻繁になっていくのが、段々と私にも分かるようになりました。

そのうちに普段の生活の中でも、どことなく様子が変だなということが少しずつ増えていったように思います。何より主人は、毎晩ろくに眠れていないようでした。いつの間にか私は、起きてくる主人の眼のようすを毎朝無意識に注視するようになっていました。起床時の主人の眼は毎日決まって如何にも疲れたように赤く充血していて、可哀そうにトロンと血走った眼をしていました。日が経つにつれて、主人の行動や様子も徐々に変わってきました。そのうちには、どうみてもこれは正常とは言えないのではないか、というようなただならぬ雰囲気にもなってきました。その頃の主人は何というのか、理由も何もないのにいきなり興奮するようなことがよくあったように思います。想像してみて下さい。主人が同じ部屋に居るというだけで、あろうことか身の危険を感じてしまうんです。本当に悲しいことですが、最後の頃には母も私も毎日生活をしていて、家の中にいるのに、四六時中ピリピリとして緊張のしっぱなしでした。既にもう普通に生活が出来ないような状態になっていました。気持ちでは普段通りに生活しているつもりなのですが、母も私もほんとに毎日疲れ果ててしまう始末です。しまいには何か家にいること自体が怖いような気すらしてきて、それで…。主人には本当に悪いとは思ったのですが、母とふたりで相談した結果、こっそり入院の手配をいたしました。

元来あの人は、少年時代から旅好きの性分でして、ひとりで旅をするのが趣味だという人でした。それで結婚してからもその楽しみは変わらないで、ときおりまとまった休暇を取っては、相変わらずのひとり旅へ出かけておりました。私は、昔からの趣味のことだから、せいぜい楽しんできて貰ったら、本人もそれで仕事の励みにもなるだろうし、と思いまして、結婚したからといって束縛などはしないようにと心がけておりました。またそれにあの人は、影でこそこそしたり、浮気をしたりなんていう性分でもありませんし…そこのところはいいのですが、でも主人は私がどんなに頼んだりせがんだりしても、決して私を連れて出かけることはありませんでした。ですから私はいつも一緒に行けなくって置いてけぼりでしたし、それでいつも母とふたり、家でお留守番をするというのは、やっぱり妻として少し寂しい思いはありました。それでも私は主人が旅に出かけるという当日の朝には、必ず笑顔で気持ちよく出発を見送るようにしよう、そのようにキッパリと心に決めておりました。それから私が普段から気を付けていたことといえば、それともうひとつございます。

それは、主人が旅行から帰ってきてからあとのことです。旅先で何があったかとか、どこで何をしてきたかとか、そんな詮索話などは私たちからは一切、口出しをしないように気を付けておりました。だってそんなこと、訊かれた主人にしても気分が良くないでしょうしね。ただただ私としては、家庭の中では主人にはいつも笑顔で、機嫌よくしていて欲しかったんです。

ですが主人は主人で、旅から帰ってきて気分がいい時には、こちらから特に何か聞かなくても、むしろ自分の方からあれこれと、話をしてくれたんです。そうやって旅先での出来事や楽しかったことなどを、みやげ話のように夕食の時などに楽しく聞かせてくれることなんかも、よくありました。主人のそんな話をおかずにして、母と三人仲よくケラケラと笑いながら、賑やかに夕食を囲む時などは、それはそれで結構楽しいものでした。今になって改めて思い返すんですけど、結局子どもにも恵まれなかった私が、あの人と結婚してから一番幸せを感じることが出来たなと感じるのは、いま考えてみたら、そんな団欒のひとときだったんだなあって、最近つくづく思います。

今度の旅、つまり最後の旅だったんですけど…この旅のことについては、その日記帳にも多少書き込みがあるかも知れませんけど、帰宅後に主人が話してくれたことでしたら、まあそんなに多くはありませんが、幾つかなら私も覚えがあります。なんでも今回の旅は、北海道への旅だった、ということでした。それから辺鄙な海辺の村へ行った話だとか、そこで見た月がとっても綺麗だったとか…帰宅の当座は、まあそんな話をしていました。あ、村の名前ですか。…そうですね。

私の記憶だと、たしか○○村だとか言っていたように思います。

あの人、本当はあんな乱暴なんかするような人じゃなかったのに…。どうして急にあんなふうになってしまったんでしょうか。先ほども先生からいろいろと質問されましたけど、この原因というのが、本当のところ私にしても、まるっきり見当が付かないんです。だから、私だって本当は辛いし苦しいんです。主人が最期に病室でうわ言をいいながら、その実どんな思いを残して亡くなったのかと思うと、今でも心の中がもやもやとしてスッキリしないんです。もし仮に、この原因がはっきりと分かったとしたら、私も気持ちの上で、どんなに救われることだろうかと思うんです。それに、これまで普段あんなに気丈で優しい母でしたのに…困ったことに、あれからすっかり気落ちをしてしまいました。何もかも、まるで気力が失せてしまっているみたいなんです。今ではもう殆ど終日寝込んだままですし、おまけに最近は何だか段々と食欲も落ちてきているみたいなんです。こうなったら、ここで私が何とか踏ん張って、しっかりと母を支えて上げなくてはいけない。私も心の中ではそう思って、これで少しは気も張ってはいるんですけど、でも…このままだと、私ひとりでいったい、どこまでやっていけるか…もうわたし、この先どうしていったらいいのか…。

先生。もしかしたら、今までの私の主人への接し方で、何か落ち度や不備でもあったんでしょうか。あの人が急にあんなことになったのは…もしかしたら…もしや原因は、この私にあったんでしょうか。たとえば主人の心の中に、私への不満や怒りやなんかが、いろいろ溜まっていたりだとかいうようなことでも、何かあったんでしょうか。もしも…もしもそうなのだとしたら先生、この際何もかも私に、包み隠さず洗いざらい、全部おっしゃって下さいませんか。その原因がもし私にあるんだとしたら…。わたし母に対して何て言えばいいんでしょう。それに…それに主人ばかりか、もしも母まで亡くすことなんかになったら私…。

主人が、あんなふうになってしまった原因を、私どうしても知りたい。いいえ、知らないといけないんです。それさえ分かれば母だって、少しは気持ちの負担も軽くなるんです。ええ、きっとそうなんです。どうか先生、はっきりとした原因を突き止めて、私たちに教えて頂けませんか。お願いします。こんな相談が出来るのも、先生ただひとりきりなんです。わかってください。先生しかいないんです。お願いです、この通りです。どうか先生…私たちを見捨てないでください。何とぞ、どうかお願いします。お願いです…。

奥さんは、このように懸命に訴えると、座卓の座布団から身を引いたところで畳にきちんと揃えた両手の上へぽとぽと涙を滴らせながら、畳へ頭をこすりつけるようにして私に頼み込むのだった。それを見た私は、どうしたものかと、うろたえてしまった。すると彼女はその場に顔を伏せたまま、うずくまるようにして肩を震わせていたかと思うと、とうとう堪え切れず、わっとばかりに絞り出すような嗚咽をし始めた。これにはさすがに私も、ちょっと弱ってしまった。

奥さんの嗚咽は、とめどなく続いた。いま彼女に話しかけても意味がないと察した私は、彼女の高ぶった感情が幾分か鎮静するまで、しばらくその場から様子をうかがうことにした。そこで私は、うずくまって泣き崩れている夫人の鼻先ではあるけれども、座卓の上で先ほどから拝見している一連の資料をパラパラと繰っては、記事をちらほら目で追いつつ、自分の考えを少し整理してみることにした。

その日の夫人の談話はほぼ上記通りのもので、内容としてこれ以上のものはみられていない。だが、その中でも取り分け私の関心を惹いたのは、その村の名前だった。どういうわけか私は、その「〇〇村」という名前を夫人の口から最初に聞かされてからというもの、それが妙にどこかで聞き覚えがあるような気がしてならなかった。我ながらそれは何とも不思議な感覚だったが、どうしても腑に落ちないシコリのようなものとして残った。そしてこれが、ずっと後々にまで私の中で尾を引くこととなったのである。

そうやって私があれこれ考えていると…。どうやら、ようやく奥さんの感情も、やや収まりだしてきたようだった。機をみて私は、夫人に向かってゆっくりと話しかけてみた。

奥さまのお気持ちは、お察しします。また毎日を大変なご苦労のなか過ごされていることも、理解をしているつもりです。どうか奥さまにはお気持ちをしっかりと持って頂いて、お母さまのお側で常にお話しを伺いながら、その胸のつらいお気持ちを何とか支えてあげて頂きたいのです。その上で私にできることがありましたら、及ばずながらいつでも何なりと、お力添えになりたいと思っております。

それからご主人のご病気の原因に付きましては、私も若輩ながら担当医としまして、何としてでも原因を明確にお示しさせて頂けるように、これより直ちに自分なりの調査を開始する覚悟でおります。そして後日必ずや、奥さまの前まで詳細なご報告を果たしに参上する所存でおります。それが何月何日だとは、この場で確約は出来かねます。しかしこれだけはご主人の遺影の前で、敢えてお誓い申します。私はしかるべき日に、必ずこの場所までご報告に参ります。どうかご安心下さいと、是非このことをお母さまにもお伝え頂きますように。そしてお母さま奥さまには暫く時間のご猶予を頂けますように、お願いします。どうかお二人には、くれぐれもお気持ちをしっかり持って、お待ち下さいますように。

私はこのように夫人にお約束を申し上げて、心から夫人を慰めたのだった。

ついで私はその席で、看護記録など一連の資料の貸与を、慇懃に夫人にお願いしてみた。有り難いことに夫人からの快諾を得たので、私は丁重にお礼を述べて、それら全てをそのまま鞄に入れて持ち帰ることができた。その時、ふと向こう側にある柱時計を見ると、既に夕方近くを指していた。横の地窓に目をやると、あたりには早くも薄暮れ時の柔らかな光が、庭先一面にさまよい始めているのがうかがえた。私は思わぬ長居を詫びて、再訪のお約束を重ねて述べつつ、その日はそのまま退去させて頂くことにした。

その夜帰宅してからも、私はまだその村の名のことが気になっていた。一体どこで耳にしたのだろうかと、懸命に自分なりに記憶を辿るのだが結局判らずじまいで、どうしても思い出せない。私は遅い夕食を済ませると、すぐさま書斎に籠もり机に向かった。そして、その日の訪問で見聞した物事をひとつひとつ反芻しながら記録していった。その時の私の心境を簡単に言うならば、いよいよこれは大変なことになったぞという思いに尽きる。夫人を前にして、あれほどの大見得を切ったからには、どうでも約束を果たさぬ訳にはいかない。だが不憫な夫人のあんな様子を目の当たりに見せられてしまっては、私としては立場上、どのみち結局はあのような対応をしない訳にはいかなかっただろう。ともかく自分として、ことの責任は重大であると、ひしひしと痛感せざるを得なかった。つまり夫人の手前、私はそれなりの何らかの結果を出さない訳にはいかなくなったのである。

とにかく私は、まずは先ほど聞いてきた奥さんの話の内容を正確に記録することから始めた。続いて持ち帰った看護記録と、奥さんの話による自分なりの聞き込みの記録、それに患者本人の日記帳と言われる記録。これらをまず個別に吟味検討した上で、これらの内容全てに含まれる記事を、ざっと時系列に再編集するという難儀な作業にも着手した。

こうして記録上の調査が進むにつれて、患者の不可解な言動を理解することに関連して、その鍵となりそうに思われる幾つかの問題点が、徐々に浮かび上がってきた。

ひとつは、例の地名である。

私は勤務先の病院にあっても、パソコンは勿論のこと、あらゆる資料や機器を駆使して、この「〇〇村」という地名を探索し、調査してみた。その結果から言うと確かに一ヶ所、九州の一地方にそれらしい村の名が見つかりはした。しかし故人の旅は、北海道への旅程である。旅程と言っても単純に都内の自宅からまっすぐ北の目的地へと向かい、また目的地から南下して再び自宅まで戻って来ているに過ぎない。しかもこちらでは、彼が自宅を出発した日付、帰宅した日付を始めとして、その間の折々の行程の足どりすらも、既におおよその調べは付いているのである。その経路からして関東より西へ立ち寄った形跡も無いし、ましてや九州へ向かうなどとは時間的にも物理的にも到底あり得ない話である。こういうわけでこの九州の可能性を消してしまうとなると、結局はこれといった候補すら出てこないということになる。もしこれが仮に地図の紙面上において、その地名が記載されていないということであれば、平面図上での記載には自ずと限界もあろうかと推測することが出来る。しかし地名データとしてどれだけ探索し、また何度検索し直しても、私が聞いたこの地名が正確な限りにおいて、全国中ではその九州にしか『ない』という結果となっているわけだ。つまりそのような地名など、事実上どこにも見当たらないのである。

だが考えてみると、これは何とも奇妙な話である。『地図に存在しない場所』というものが、果たして訪問先としてあり得るのか。しかし夫人の証言からしても地名としては、これでまんざら間違いというわけでもなさそうである。もっともその夫人にしても、この地名は故人との会話の中で聞いたものだから、固より元来は音声のデータである。つまり表記としての漢字などは、全く分からない。だがその一方でこの音声データという点からしても、私の中でこの地名、この語の音に『聞き覚えがある』ということの事実が、重ね重ね引っかかってくるのである。私のこの『聞いた記憶』というのが、果たしてこの地名の存在を傍証するものなのか、それとも単なる聞き違いや私の思い違いに因るものなのだろうか。

それからもうひとつ。奥さんがその看護の経過の中で、たびたび耳にして印象に残ったと証言している患者の言葉の中で、特に注意を惹く例である。それは、

「ヨオチュ」「ヨオチュ」

と聞こえたというものだ。これは彼女の看護日誌の記事上で数ヶ所にわたって明確に記述が残されている。このように、故人がこれを日時を跨いで繰り返し同様に発音している事実からしても、どうやら単なる言い間違いや錯誤の類ということでもなさそうに思われる。しかしこの謎めいた発語の手がかりとなると、これはもう皆目見当も付かない。この言葉は一体、何を意味しているのだろうか。彼はこの言葉によって、奥さんに何を伝えようとしていたのだろうか。

それから更に私の立場上どうしても気になるのは、やはり病源論である。

以前にも述べたように、この患者に特徴的なのは何といってもその失語症的症状である。しかし器質的側面で見る限りでは、さしたる病変も見られていない。また通常の失語症に見られるような組織的変化も指摘できない。そうすると彼の症状は、外見こそ如何にも失語症的にはみえるものの、本質的には全く別のものではないかと考えられる。それは例えて言うならば、寝言やたわごとの延長線上に位置するようなものと言えるのかも知れない。但し、勿論それはただの寝言ではない。あれだけの幻覚や譫妄を伴った発語であるからには、相応の素因がなければならないだろう。だがもしそれが器質的素因によるものでないとするならば、よほどの深い心的外傷に起因するものと想定するのが順当だろう。言うなれば、一種パニック障害のようなものとも言える。そこで問題となるのが、その心的外傷を引き起こした事実とはどんなものだったのか、ということである。そして、その謎にまつわるヒントとして一番に浮上してくるのが、やはり彼の最後の旅ということになる。ここから差し詰め私の結論として言えるのは、彼の病根と彼の旅とは、どうやら深く密接に関連しているとみて、ほぼ間違いはないだろうということだった。

ある夜わたしは、変わった夢を見た。

それは平日の昼過ぎだった。私は勤務先の病院の賑やかな食堂の一角に座って、大勢の職員たちに混じって、いつものようにのんびりと食事をしていた。だいたい総合病院となるとどこでもそうだと思うが、女性の職員が実に多い。その日も、周囲は看護師たちのお喋りや笑い声などで、かなりザワザワと賑やかだった。そのせいでフロアテレビの字幕付きヴィジョンを観ていても、気が散って意味すら容易には理解しづらいくらいだった。

その喧騒の中で、ひときわ私の耳に響いてきていたのは、私が座っている椅子の斜めうしろ側のあたりから聞こえてくる声だった。主にそれは看護師の面々による会話のようだ。どうやら個々の故郷の自慢話などを話題にしているようである。当然関東出身の女性が大方のように思われるが、関西出身の看護師も混じっているように思われた。中にはどこの地方かは知らないが少し訛りに癖のある女性もいた。何やら出身地の特産品だとかいったことを得意気に話しているというふうであった。むろん私自身としては、そんな周囲の雑音などには気にとめずに黙々と食事をしているつもりではいるのだが、やはり女性の声というのは、こちらが気にせずとも妙に一方的に耳に入り込んでくるものである。ところが、そんな一連の音声の流れの中でふいに、

「その〇〇村というところはね…」

という会話の断片が、いきなり耳に飛び込んできたのだ。

その瞬間、びっくりして私はベッドから跳ね起きた。

そうだ。確かにあれは、食堂だった。ベッドに座した私の心臓は、興奮の余り激しく鼓動していた。つまり私の中では、かつて食堂で耳にした会話の朧げな記憶によって、どうやらその村の名前の響きだけが、かろうじて耳に残っていたものらしい。だが、あのときに話をしていたのがどういうメンバーであったのかなどは、いまさら調べようもない。私はもっぱら食事をしていたわけで、終始彼女らに背を向けていて、そもそもひとりの顔すら碌に見てはいない。ましてや、それが誰の声だなどとは、当然ながら全く分かりようもない話である。

「〇〇村…」

私の心の中で、その村の名前がいつまでも谺《こだま》して離れなかった。その村が実際にはどの辺りにあるのか。いや、何よりそんな場所がこの東日本に果たして実在するのだろうか…だがあれだけ苦労して検索をしても、結果として見付からなかったのである。どうでも私にとってその実在性というものは、依然として相当怪しいと思わぬ訳にはいかなかった。

ここで問題になるのは、私が食堂で偶然耳にしたその単語の素性である。私はこれをひたすら地名だと思い込んではいるが、だがそれは結局のところ、奥さんが故人から聞いた地名とたまたま非常に似通った「音」だというに過ぎず、実のところ全く別の言葉なのかも知れない。だって、もしもそれが本当に同一の地名なのだとしたら、検索作業の中で実際に候補として上がってこないわけがないではないか。こうして私なりに思索を深めていきながらも、しかしますますその謎は混迷の度を深めるばかりに思えた。

それから更に数日が経過した。その頃には私は、内心ひそかにある決意を固めていた。彼の死因について突き詰めて考えれば考えるほど、私にはどうみても彼のあの旅行が、またその旅行の内容が、重大な関わりを持っているものと考えざるを得なくなってきていた。そこから私は、この真相を知るためには、彼の旅行を自分で追体験してみるより他に方法がないのではないか、との結論に至っていたのである。とにかく私の中では、自分はあの遺族に待って頂いているのだという重い意識が、四六時中つねに脳裡にこびり付いて離れない。その意識が絶えず私の心を急がせもするし、行動をしようとする私の背中を、何につけても無闇に前へ前へと押しやるような、そんな心地がしていたのは確かである。

よし。こうと思い立ったが吉日だ。私に残された時間は限られている。一刻の猶予も許されない。このように感じた私は、その日の早朝に出勤するや、直ちに病院の係へ直行して休暇の打診をした。そして私は可能な限りの長期休暇を取得するべく即刻手続をすると、さらに翌日から休暇の消化を開始するために必要な段取りの一切を、その日のうちに済ませておいた。

そういうわけでその日の夜帰宅した私は、夕食を摂るとすぐさま奥の書斎へと移動した。そして直ちに、翌日の出発に向けて身辺の整理や荷物のまとめに取りかかったのである。

すると突然、入口の襖がガタンと大きな音を立てて、勢いよく開いた。かと思う間もなく、むっつりと仏頂面をした妻が、無言のままズカズカと入ってきた。そして腰に手を当てて、私の鼻先へすっくと仁王立ちに立ちはだかったのである。何事かと思って私が相手をよく見ると、驚いたことに彼女は鼻息も荒く、なにやらすっかり興奮の体《てい》なのである。

妻はその腰に手を当てて、まるで私を尋問するかのように、彼女としてはいつになく低い大声を出して、厳しく問いただした。

「あなた、それは一体、何をしてるの」

「いや…ちょっと…」

「ちょっとじゃ、わかんないわよ。分かるように、はっきり言ってよ」

「いや…ちょ、長期の休暇を取ったんだ。予定としては、あ、明日の午前に出発するつもりだ」

「突然何を言い出すの。訳が分かんないじゃない。分かるように、ちゃんと説明してよ」

凄味のある大声で妻はこう言うが早いか、グイとばかりに今度は私の右手を引っ掴んで、ぐんぐんダイニングキッチンのテーブルまで引っ張って行く。妻には、こんな力があったのか。その時、正直私はそう思った。リビングに入ると、妻は手前の椅子に無理やり私を座らせて、同時に自分も向かいの席に座り込んだ。見ればなんと、彼女の顔は涙でグショグショになっているではないか。結婚以来十数年、私はこんな様子の妻を初めて見たものだから、彼女の顔をまじまじと見たまま唖然として言葉も出ない。目の前の彼女は、まるで子どものように泣きべそをかいて頻《しき》りにしゃくり上げながら、懸命に私に話しかけているのである。

「ちょっとぉ。旅行へ行くんなら、はっきりそうだと、私に言えばいいじゃないの。何よ毎晩毎晩部屋でひとりコソコソして。第一いつ出かけていつ帰るだとか、予定はどうだとか、ひと言でも私に相談してくれればいいじゃないのよお。どうしてあなたいつもいつも私には、なあんにもろくに物も言わないで、帰ってお風呂入って黙って御飯だけ食べたら、そそくさと部屋に隠れていってしまうわけ？　私たち夫婦になって、一体何年になると思ってるの。私あなたの女中じゃないわよ。ねえ、何とか言ってよ。あなた私のこと、一体何だと思ってるのよお」

妻の様子は、しゃべればしゃべる程にますます興奮していくのがありありと分かった。見ていると、やがて彼女は泣くのを通り越して、しゃべりながらもダラダラと鼻水まで垂らし始めていた。洟と涙の入り混じったようなものが、頻りにポトポトと彼女の顎あたりから床へと滴り続けている。もうこうなると、既に見栄も女も捨てたぞという格好である。もちろん私は何とか彼女の気を落ち着かせて、この修羅場から脱出しようと試みてはみた。しかし、彼女の捲くし立てるような口ぶりの前には私の出る幕などはなく、当分のあいだ彼女は、思うがままにひとりでしゃべり通していた。こういう場合、黙って彼女の面前から逃げ出したりしようものなら、あとから何をされるものか知れたものではない。そういうわけで私は差し当たり『あなたの言葉に耳を傾けていますよ』という体勢のままでじっと耐えしのびつつ、相手の攻撃の火の手が下火になるまで、ひたすらジリジリと待つより他に手がなかった。しかし一方で彼女の口ぶりは、ますます激しさが増すばかりで、興奮の余り更にろれつが回らなくなってきているのが分かった。その発音はみるみる怪しくなっていくし、意味もますます不可解になってきていた。いま仮にその概略を我流で翻訳するならば、おおよそ次のようなものになる。

「あなただって、ずっと前は、そんなんじゃなかったじゃないの。病院でこんなことを聞いたとか、今日はこんな患者さんがいたとか、食事しながら話してくれてたじゃない。私が話す世間話とか噂話なんかも、食べながら笑って聞いたりしてたじゃないの。最近のあなたは、変わったわ。前とはまるで別人みたい。食事をしながら私がいろいろ話しかけたって、全然聞こえてないみたいだし、まるで上の空で目も虚ろだし、空返事しか返ってこないし、まるで何かの病気にかかって、熱に浮かされた患者さんみたいじゃないの。あなた、そんなんで、病院でちゃんと仕事ができてるの。それでこんどは、突然ひとりで旅行へ行くだなんて、どういう考えしてるのよ。私に別れろって言いたいわけ。そうならそうって、はっきり言えばいいじゃないのよぉ」

まあ話の主旨としては、大方ざっとこんな具合だと思う。だが実際のところはもうほとんど解釈不能なくらいに、発音などてんで支離滅裂である。恐らく喋っている彼女自身も、自分が何を言っているのか、ほとんど分かっていないんだろうな。直感的に私は、そう感じていた。

少し経った頃、妻がようやくひと呼吸を開けたようなので、すかさず私は、おそるおそる丁重に話しかけた。

「私が悪かった。最近、ある患者さんのことで頭が一杯になっていて…。今度の旅行も、実はその件の調査のために、病院には内密で…つまり自分の責任として、自分だけの判断で決行するものなんだ。だから誰にも話してはいないし、また、きみから他言もしないでほしい」

この時の妻に、果たして理解できたかどうかはともかく、私はこのように話した後、例の患者の経緯など、その概略を簡単に説明した。この探査旅行の成果を持って、患者遺族の側へ報告に赴くつもりであり、それなりの成果を得て報告をしないでは、面目が立たないこと。従って、きみと一緒に行くことが、かなう筋合いの企図ではないこと。これらを懇切丁寧に説明したつもりである。

妻は、私が必死になって説明をしているあいだ、始終タオルで顔をぬぐっては、またそのタオルで鼻をかんだりを何度も繰り返しながら聞いている。と言うと、何だかおとなしく静かに聞いているようだが、とんでもない。グスグス、ズルズル、チーンなどという音の方がうるさくて、とても人の話など耳に入ってるとは思えないような状況である。だから、その時の私の話を彼女が結局どの程度理解できたかは、全くもって私にも分からない。ただ私が説明を言い終えた後で、最後に妻が言ったひと言だけは、今でもはっきりと覚えている。

「しかたないわね。あなたは一度言ったらきかない人なんだもの。それで、いつ帰る予定なの」

だがこの突然の質問に、たちまち私は返答に窮してしまった。

「いやそれが、未定なんだ。つ、つまり…何らかの成果が出たら、帰るつもりだ」

「……」

妻は俄かにお面のような無表情となり、言葉もなくすっくと立ち上がったかと思うと、私の顔を見ようともせずにさっさと自分の部屋の中へと姿を消した。仕方無く自分の書斎に戻った私は、再び荷物の準備を続けた。しばらく経って、ようやく荷物の用意も万端整ったところで、私は明朝の出発に備えて、いち早く休まなければと思った。就寝前となって、少し私は喉が渇いたので、冷蔵庫のお茶を飲んでからトイレに行った。用が済んで、再び自分の部屋へ戻ろうと台所を横切った時だった。ふと何となく、なぜかいつもと違う雰囲気がして、私は思わず足を止めた。待てよ。何か物音がするようだ。私は、台所に立ち止まった姿勢のまま身動きもできぬまま、じっと聞き耳を立てていた。その音は、どうやら妻の部屋から聞こえてきているようだ。そう感じた私は彼女の部屋の襖の前に立って、少し耳を澄ましてみた。それは、寝床で妻が密かに啜り泣いているのであった。

あくる朝、妻は赤く充血した眼をして起きてきた。彼女は、私の姿を見るなりすごすごと私の前まで来ると、か細い声でひとこと、こう言った。

「ゆうべは、ごめんなさい。わたし最近、何だか淋しくって…」

ようやくこれだけを言うと、恥ずかしさで消え入るように身を縮めながら、私の前でシュンとなって赤い眼をうつむき加減にしばたたいている。妻のそんな姿を見て、たちまち私はいじらしいという気持ちで一杯になった。

その途端である。私は、その瞬間何もかも理解ができたような気がした。そうか。きっと彼女は堪らなくなったのだ。最近の私の姿を見るに付け、彼女は遣り切れなかった。ギリギリのところまで我慢をしたけれど、それも限界に達してしまった。そして遂に感情が爆発してしまったのだ。それはまるで猫に追い詰められたネズミのように、普段とは打って変わった別人となって精一杯の抗議に出たのだ。切羽詰まった彼女としては生理的に、そうならざるを得なかったのに違いない。

私は胸の中で、最近の自分の行状を冷静に振り返ってみた。すると最近の慌ただしい一連の出来事の流れの中で、無意識に押し流されていた自分に思い至った。同時にそんな毎日の中で、図らずも彼女をひとり等閑《なおざり》にしてきてしまったことに、ようやく気付かされた。ふいに私は眠りから醒めたような心地がした。私は何ともバツの悪い気まずさを感じると同時に、猛省を促されるような苦い思いに駆られた。いやそれどころか、妻をこんな窮地にまで追い込んでしまった自分という男に対して、相当に罪深いものを感じないわけにはいかなくなった。そして今更ながら私は、心から申し訳ないという思いで一杯になっていた。ところがどうだろう。その時の私はそんな彼女をひとり残して、あろうことか突然の単独旅行に出かけようとしていたわけだ。こんなに必死になっている彼女を前にして、私としてはこのままでは全く申し開きのしようがない、とても居た堪らないと思った。ここは夫としての立場上、彼女の前でこの際襟を正して、是非ともひと言、釈明の辞を弁ぜねばならぬと感じた私は、思わず固く身構えていた。しかし一体、どんなふうに切り出せばいいのか。

私は、うろたえていた。どうしたものか妻への次の言葉が、口から出て来てくれないのだ。もどかしい沈黙の中、それでも私は盛んに気を揉みながら何とか妻の理解を得ようとして、なおもその場にもじもじと立ち尽くしていた。するとその時だった。私の目蓋の裏に、いきなりあの黒衣の未亡人の姿が不思議なことにクッキリと浮かび上がってくるのだ。すぐ目の前に、夫人が畳に両手をつきながら身も世もなく泣き崩れている。まるで映画を見るようにありありと甦るその憐れな姿を前にして、たちまち私は身も心も粛然となった。その次の瞬間私は、心の思いをありのまま静かに話し始めていた。

「いや、私の方こそ、きみの気持ちに気付かないでしまっていて…申しわけない。本当に悪いことをしたと思う。しかしこの旅行にしてもちょっと突然のようだけれども、ゆうべも言ったように、これは仕事の延長だと思って貰わないといけない。これには、ひとりの人の…いや、ひとつの家族の命運がかかっているんだ。しかも、今この仕事をやり遂げることが出来るのは、私しかいない。つまり今、この家族を助けてあげられるのは、世界でこの私ひとりしか居ないんだよ。だから、もしもここで君が止めるからといって、私がこれを断念するなら、私は人でなしだということになる。君だって『人でなしの妻』だとか言って人さまから後ろ指を差されるのは、決して気持ちのいいものじゃないだろう。

それにね。いいかい。君が私に対して、例えどんな言葉で責め立てようが、よしんば泣き叫んで引き留めようとしたって、やっぱり私は行くよ。ここは君もわかってくれないといけない。私は結局、行くしかないんだ。でもその代わりと言っては何だけど、君には珍しい話や品物をいろいろ持ち帰るつもりでいるから、まあ君はのんびりと待っていてくれればいいよ。もちろん君に寂しい思いをさせるのは、私だって本当につらい。大事な用向きやなんかがあったら、いつでも電話をくれればいいから。もっとも、電話があったからといって即刻家へ帰るというわけにもいかないと思うけどね。とにかく留守の間、家のことは万事よろしく頼みます。いいね」

妻は私のこの言葉を、私の足もとをじっと見つめながら終始無言で聴いていたが、最後にポツリとひと言だけ呟いた。

「でも…。できるだけでいいから…早く帰ってよ」

私は今でもしばしば、あの時の情景を懐かしく思い出すことがある。

それは、いよいよ私が玄関のドアを出ようとする間際のことだった。妻はわななく唇を押さえようともしないで今にも泣き出しそうな表情をしながら、それでも引きつった微笑みを見せようとしている。その時ふいに彼女の右手が、ゆらりとその胸の前に現れた。それはフラフラと頼りなげではあったけれど、彼女は私に向かって手を振ろうとしているのだ。その手をひと目見るなり、私は思わずその手を自分の両手でしっかり握りしめていた。その手を自分の両手で包み込み、温めるかのように。

「ごめんね。申し訳ないけど…暫くのあいだ、頼むよ」
こう言い残して、私は淋しげな妻の背をそっと摩《さす》って別れを惜しみながら、意を決して門を出たのだった。

さて、こうして威勢よく家を出たのはいいが、私として先ずどこを目指したらよいものか、お粗末なことに、実は当座のところが全く見当すら付いてはいなかった。昨晩にしたって荷物のまとめやら、あの修羅場やらで、ほとんど物を考える暇《いとま》も余裕もなかったのである。そこで私は、差し当たり駅前にある行きつけの喫茶店に立ち寄ることにした。

朝の喫茶店特有の和やかな清々しい時間がゆったり流れる中、私は明るい窓際の席に陣取ると、直ぐさまコーヒーを注文した。そして早速持参した資料をやおら鞄から取り出しテーブルに並べ、今一度じっくりと眼を通してみた。資料というのは、例の遺族による看護記録と、それから故人自身が生前に記した日記帳、これらの原資料に加えて、私が今までの調査の結果得たデータを統合勘案して自分なりに取りまとめたノート、それに地図帳などである。私は、ここで改めて今回の旅程について、まずは落ち着いて大まかなプランをまとめてみようと思ったのである。

今回の旅というのは、例の患者の症例を手がかりとして、その因子をどこに求めるべきかと、自分なりに考えあぐねた結論としての、そのありかを探索するための旅行である。私の考えによると、発病直前の旅行とその因子とは、決して無関係とは言い得ない。それどころか早い話、病の原因は彼の最後の旅行の行程の中にこそある。いやあるべきだ、と考えざるを得ないのだ。私はそのような仮定の上に立って、言うなればいちかばちかの勝負に出たわけである。また、その旅程に因子があるとするならば、具体的に言って、それは行程の中のどの部分に潜んでいたものかというと、もちろんそれは今になっては分からない。分からなければ、実際に自分でそれを追体験してみて、わが身をもって探るより他に方法はないのではないか。むろんこの探索作業が、思うほどには容易なもので無いだろうことも、もとより承知はしているつもりだ。

しかしまあ実際のところ、今回の件というのは何から何までが、まるで雲の中を探るような話でもあり、全く要領を得ないし、分からないことが余りに多いというのも、争われない事実である。その意味において、これは確かにとんでもない冒険であるに違いない。いや実際のところ、本当に自分でもつくづくその通りだと感じてはいた。ところが、である。どんなに無謀だと言われようとも、私には事実上の退路などあり得なかった。ひたすら一路前進あるのみである。これには内心、人知れずつらいものがあった。こんな計画など、土台無茶な話なのである。これではまるで、決死の特攻隊じゃないか。当たって砕けろ、というわけか…。確かに、やってみなけりゃ分からない部分もあるにはある。それはそれで認めるが…。

ところで、もうひとつ私が仮説として考えていたことがある。それは、故人の発病の淵源は、最後の旅の中で彼が経験した、何らかの実体験に求められるのではないか、ということである。これはただ、このように考えるのが、より自然だという意味である。もしそうだとするならば、彼のあの一連の症状をもっと詳細に分析していくならば、その体験の手がかりとなり得るようなものが、まだ何かしら発見できそうな気もしてくるのだが、どうだろうか。だが詰まるところ、今回の旅の意味するところも、結局この一事を探るための実質的な方策ということになるのだが。

患者は、独身時代から続けている一人旅を、結婚をしてからも続けていたという。まあこれは、彼の性格の一部ともいえるもののようだ。彼の最後の旅もそのようにして、いつものようにふらりと気ままに出かけたもののようである。彼は旅行に際して、どこそこへ行くなどといった予告や前触れは奥さんに対して、かつて一度も口にしたことがなかったということだ。その旅が北海道へのものだったと明かしたのも、旅行から帰宅してからのことのようである。

そもそも彼は元来、海が好きな人物であったという。今回の旅も彼は北海道、それも網走近くまで足を延ばしている。それにあとの復路にしても彼は出来るだけ海岸線を縫うようにして本州へと向かい、また本州でも日本海側の海岸線に沿って移動している。返す返すも海を見るのが好きな男のようだ。こう言うわけで彼は、ある時は列車を使用し、またある時はレンタカーを乗り継いだりして、海岸を眺めながらの気ままな旅を続けたもののようである。

また、奥さんの証言に出てきた言葉と、それから患者の残した日記帳の記事との間には、幾つかの共通する語彙が見られている。重複しているという点からみて、これもやはりキーワードと考えてよいのではないか。どうもこういった部分が、結局のところは鍵になってくるような気もする。但し語彙とは言っても、それはごく簡単なもので、「白い砂浜」、「夜」、「月の光」、この三点に過ぎない。もっとも自分としては、さらに「○○村」なる語を付け加えておきたい気がする。これらの単語を並べてじっと睨んでいると、確かに何かが浮かんでくるようだ。何やら得体の知れない一種の予感めいたものが、妙にザワザワと胸に迫る気がする。果たしてこれは私の単なる気の迷いだろうか。この文字面のその向こう側には、本命となるその土地の雰囲気や風の香りといったものがまるで仄かな透かし絵のように、じっと息を殺して身を潜めていると思われてならないのだ。

それから彼の日記帳についてだが、その内容からすると綴られている記事そのものは、それほど多くはない。そもそもこれは記録というよりも、全く雑駁《ざっぱく》たるものだ。全体として、いかにも物見遊山《ものみゆさん》の旅らしく、気まぐれなことしか書かれていない。何やらを食べて美味しかったとか、どこそこの景色が良かったとか。およそこんな具合だから、これを見る限りでは寧ろメモ書きか、せいぜい雑記帳といったものに近い。こういう訳なので、例えば地名とか駅名とかインターチェンジや休憩所の名称といったような、まともで本質的な記事などは鼻から見向きもしていない。ただ、私が通読したところその中でもほんの数ヶ所、この日記帳に独自に現れている単語が見られる。またその中でもとりわけひとつの単語について、特に私の注意を惹いたものがある。それは「名物の月」という言葉だ。これはどういう意味なのか。当時の彼は、どういうつもりでこの語を使用したのだろうか。これはおそらく『○○村は名月で有名な地域である』ということではないか。私はそう考えた。ゆえに私の目的地は、その「名月で有名な○○村」でなければならない。その場所にまで辿り着くことができれば、必ず何かが見えてくるに違いない。そう考えて、まずは移動を開始することだ。この時の私の結論は差し当たり、以上のようなものだった。移動をし続けなければ、結論も近づいては来ない。とにかく私はそう思った。まずは信じて、前へと進むべしだ。

さてここで例の〇〇村なる地名の探索に関して決定的な手がかりとなったのは、何といっても私自身がひそかに実施した聴き取り調査の成果だった。私はあの夢を見て以来、あの食堂での職員の会話からヒントを得て、実は病院での勤務の合間をみて時間や機会の許す限り、それこそ片っ端からあらゆる職員に対して、質問応答を繰り返していた。そして毎日コツコツと、それを気長に根気強く続けていたのである。

その結果、〇〇村というのは東北に実在する一地域であるらしいということが判明した。ひとりの清掃婦のご婦人が、その地域近くの出身だとの事実に辿り着いたのである。ついでを言うと、看護師の木村君もその同県の出身だという嬉しい情報も得た。このふたりの婦人の説明によれば、その村は確かに月のきれいな村として言い伝えがある程の、月の名所と言われる地域だという。しかし彼女がふるさとにいた頃は、その地域はかなり辺鄙なところで、住民も少なく寂れた村と言われていたらしい。また日記帳の記事にみられるように、それは正しく日本海の沿岸だということである。おそらくふたりが説明してくれたその村は、まさに目的の場所であるに違いないと、私はひそかな確信を懐くことができた。

さらに耳寄りな情報も得られた。ふたりの説明によればその〇〇村という呼称は、地元の人たちでも、かなりの年配者などが使う、ご当地特有の古風な言い方だというのだ。だから多分現在の地図には載っていないと思う、という説明をふたりは聞かせてくれたのである。それを聞いた私は、それではその〇〇村という場所の現在の名称は、と直ぐさま質問を返してみた。しかしその質問に対してはふたりとも確答は出来ず、あやふやな返答しか出来なかった。結局のところその二人は同様に、実際にはその村まで行ったことなど一度たりともなかったのである。

その両人は揃って同様に、〇〇村と聞いて単純にその地方の昔からの言い伝えを連想した。つまりこの二人は、〇〇村と言えば月、月と言えば〇〇村という昔ながらのイメージを、単純に心に浮かべていたに過ぎないのだった。こうなると問題の場所の絞り込みとしては、ただ「あの辺りの地域」という漠とした想定を出ないことになる。つまり結局は、何らの明確な特定など出来ないままで終わってしまう。これは困った。ただ差し当たっては、少なくとも本命は東北近辺にあるということ。これだけはほぼ間違いがないと言える。そこで私は、故人の足跡を辿るという意味あいからも、まず本州の北端辺りを皮切りと考え、差し当たっての出発地点を、青森と設定することとした。そこから海岸線に沿うようにしながら南下していくならば、いずれは問題の海岸つまり「〇〇村」に行き当たることができるに違いない。よし、これで具体的な行程も決まった。

私はこのプランに従い、いずれ本州北端から順次南行していくという前提のもとに、まずは一路北へ向かって旅の途に就くことにした。持参した記録の細かな部分などは、その都度現地で考慮検討していけば良い。このようにして私の旅は、ようやく前へと動き始めたのだった。

＊　＊　＊

出発地として設定していた青森まで到着すると、いよいよそこから予定通りに、私は日本海側の海岸沿いに南下していく旅程に入っていった。ところが、である。実際に移動を始めた矢先に、そこでようやく判明するという事実が、あれこれ立て続けに露呈されてきた。早い話が、この行程の遂行に当たっては、思いのほか相当に面倒な問題が含まれているらしいという点が、次第に明らかになってきたのである。確かに理屈の上では私が立てた行程プランそのものは、決して間違いではない。少なくともその時点では、私にもそれなりの確信があった。

しかし故人が実際にどこをどう歩いたかという、詳細な行動の記録が残っていないからには、それを追体験しようという私の方でも、当然むやみに次々と移動し続けるというわけにはいかない。

やや理想的な表現をすれば、故人が〇〇村で見聞したものと全く同じ体験を、実際に私が自身で再現することができないのであれば、結局のところ今回の旅は徒労だし、失敗と言うことになるのではないか。

また一方で、目的を達成するためには行く先々で、当然その場所が実際の〇〇村であるのか違うのかを、いちいち検討し見きわめなければならない。そうやって、まずはその地の当否について白黒を明確に判定すること。その確定をみてから次の移動を開始するという手順を逐一踏まないことには、所期の追体験の可能性など結局なくなってしまうだろう。

そういう意味から、移動中にあっても海岸や風景などを常時吟味しながら、それらしい地域や場所を見かけたら、直ちにその都度現地まで行って調査確認をする。場合によっては現地の人たちから昔話やら伝説やら噂話等を伺うなどして逐一データを採取する。このようにして、道中無限に点在する可能性のある地域を片っ端から洗い出しつつ、そのひとつひとつの候補を潰して行きながら、一歩一歩進んで行かざるを得ないのである。だがこれは全く気の遠くなるような、とんでもない作業である。こういうわけでこの旅行は、中々に行程もおぼつかないのみか、当初には全く予想だにしなかったほど大変な手間と労力とを要するものとなってしまった。これには私も、ほとほと参ってしまった。だからといって自身が計画したこのプランを、ここまで来て今さら抛擲《ほうてき》する訳にもいかない。こんな弱気の虫が現れる時には、私はいつも変わらず、あの時の夫人の哀れな姿を思い返していた。そして

『あの夫人の現在の痛ましい境遇を思えば、自分のこんな苦労など、何でもないじゃないか』

　こう念じて自分を奮い立たせた。そして、

『たとえこの先に何があったとしても、断じて私はこれを完遂しなければならないのだ』

　この文句をまるで呪文のように繰り返しては、その都度私は自分の心に鞭打って、日ごと自分を励まし続けていた。

　このようにして日本海の沿岸を南下する行程を開始して以来、夢中のうちにたちまち数週間が過ぎていった。毎日の作業を続けるなかで、当然私としても今回の自分のプラン全体について、まるで日課のように確認再考を繰り返していた。もしかすると自分は、どこかでとんでもない間違いをおかしてはいないだろうか。日毎夜ごとに私はこの一点を、どれほど躍起になって考え尽くしたことか。しかしその結果はいつも変わらず同じだった。全体としてこのプランに修正の余地はないとの結論に一応落ち着くのである。こうなれば自分としても、この確信に殉じるべきである。この結論にひたすら忠実に、ただ実行あるのみではないか。私は毎回このように、決まって自身を鼓舞することになる。ところが毎日打ち続く地道にして単調な作業の中、ある時は疑念の度を深め、またある時は確信の思いを強くするなどを日々繰り返しながら、今にも心が折れそうになることが実は幾度となくあった。いやそれどころか…白状すると一度など、日々繰り返される作業の連続で私はまるで力も尽きたかと思うほど心身ともに疲れ果ててしまったことがあった。既にもう考えることすら満足には出来なかった。恥ずかしながら当時私の心にあったのはただ『もう嫌だ』という気持ちだけだった。何もかも全てを投げ出し今すぐにでも家へ戻ろうと考えた私は、本気で帰り支度を始めていた。私は、ふて腐れて泣きたくなっていた。『毎日毎日こんなことを繰り返して、一体何の意味があるというんだ。馬鹿馬鹿しい』

情けないが正直なところ、私は実際こんなふうに呟いていた。

ところがこんなふうに、私がささくれ立った気持ちで自暴自棄になる時に限って、どういうわけだろうか再びあの未亡人が脳裏に現れるのだ。そして突っ伏して泣きじゃくる、あの悲痛な姿が眼前にチラチラし始めるや否や決まって私の心はたちまち火が消えたようにシュンとなって、途端に我に返るのだ。今考えても、何ともこれは不思議なことだった。

万一私が、もしも何の成果も得ないでこのまま手ぶらで戻ったならば、あの未亡人は私をどのように思うだろうか。これは自分の妻にしても同じことだ。彼女にしても一体どんな眼をして、私を迎えるだろうか。そう言えば玄関で別れたとき確か私は彼女に、大事な用向きがあったら電話するようにと言った記憶がある。ところがあれ以来、鞄の中の私の電話は押し黙っている。でもこれは、彼女が私の仕事に気を遣っているというのではないだろう。淋しがり屋の彼女のことだ。もしひとたび電話をして私の声を耳にしたら、一層淋しい思いをすることになる。それが辛いから、彼女は一度も電話ができないでいる。きっと、そうなのだ。

『悪いなあ…』

私は彼女を不憫に思った。こんな私のことを、毎日首を長くして家でひとり待ってくれているんだ。申し訳ない…。すると玄関で別れた時の彼女の姿が、目の前に現れてくる。

引きつった笑顔をみせながら手を振ろうとする姿。そうだ。彼女のためにも私はここで負けるわけにはいかない。私は、弱い自分が急に恥ずかしくなった。きちんとした成果を持ち帰って、彼女に報告するんじゃなかったのか。こんな所で立ち止まって、一体お前は何をしてるんだ。

こんなふうに、日々にどうしようもなく揺れ動く気持ちと闘いながら私は、この計画の実現に向けてほとんど祈るような思いを懐きつつ、ひと知れず毎日黙々と作業を続けていた。今回の計画というのは私にとって、実現させるより他には道がないという途方もない代物だった。早い話が何のことはない。私にとってそれは、文字通り背水の陣以外の何物でもなかったのだ。

いつしか秋も深まり、朝夕はかなり冷え込む時節となってきていた。それは出発から既にふた月ちかく経ったある日のことである。初志貫徹というけれども、その時分には私も、この作業は当初想像していたより途轍もなく困難なものであることを、身に沁みて痛感していた。それでも私は、相も変わらずまるで判でついたように、訪れる先々の地域で昔話を尋ねたり噂話に耳を傾けたりして、その都度記録を続けながら、いつ終わるとも知れない気の遠くなるような作業を、ひとり黙々と毎日地道に繰り返していた。

その日の私は、しばらく振りにレンタカーを借りて、道行く車もまばらな海岸沿いの辺鄙な国道を、ゆっくりと走らせていた。そのまま次の、あるいは次の次の駅前まで移動して、そこで車を返すことになっていたのである。もちろん絶えず海岸線の方に気を配り、視線を投じながら運転しているのだが、海沿いとはいえ樹々の生い茂る区域やトンネルなどに差しかかると、当然目的物を見失う羽目になる。だがそれは故人が当時移動した際にも、その状況はほぼ同様であった筈だ。ゆえに私も基本的に故人同様、車や鉄道を使用して、それらしい景色が目に入り次第すぐに海岸まで降りて調査をするべく、常に身構えながらの移動を続けていた。

その日は昼を過ぎた頃から、徐々にトンネルが増えてきたようだなと思うや否や、矢継ぎばやに次から次へと、うるさいほどトンネルが続くようになってきていた。そうしてかなりの間トンネルばかりが続いていたので、左右の視界が遮られっぱなしで、いま自分が一体どんな形状の海岸線を走っているのか、私は全く見当すら付かなくなってしまっていた。もっとも、どんなにトンネルが続いたにしても、水際が断崖絶壁のようなら全く問題はない。歩けるような場所ではないからだ。だがもしも、そこがきれいな砂浜の続くような場所であるとしたら、一度海岸へ向かい、実際に水際まで降りて行って、探りを入れなければならないことになる。
長いトンネルが続いて　ようやくそれを出たかと思う矢先、今度は辺りに樹が立ち並んでいて、まるで周囲が窺えなくなってしまう。かと思うとまた再びトンネルへと突入してしまう。目まぐるしく周囲に様々なものが立ちはだかって事実上、車が進行していく前方だけしか分からないような状態が続いていた。しばらく運転を続けるうちに、私は次第に不安になってきていた。そこで私は、何とか脇へそれる道とか、路肩が幾分か拡幅されている箇所はないのか。そこで一旦停車して周囲の光景をうかがうことができる様な場所に出ないものかと心待ちにして、なおも走り続けた。ところが、道は行けども行けども、相も変わらず狭い上下一車線のトンネルが、クネクネと続くばかりである。これには私もいい加減、いらいらしてきていた。

どれくらい走っただろうか。あるトンネルが途切れたと思った途端、さっと急に視界が開けてきた。どうやら駅は既に過ぎたようだ。駅は、先ほど見えた辻の見当を入ったところだったのに違いない。などと考えていると道路は、徐々に海岸線から遠ざかってきているように思われた。私は次の分岐点に差しかかると、迷わず脇へそれる道へと入った。思った通りだ。道路はいつの間にか、海岸からかなり離れた辺りを走っている。私は本線をそれて、そのまま針路を海岸線へと採り、浜へ向かって車を走らせた。海へと近づくにつれて、爽やかな潮風が吹き渡るようだった。もう陽も随分と傾きかけてきている。心地よいと思っていた風も、長く当たっていると冷え冷えとしてくるくらいだ。あたりに生い茂っているのは、これは松なのだろうか、などとあれこれ考えながら走っていると、ようやく海辺へと出てきた。

月夜の伝説

それは珍しいほど白くきれいな砂浜だった。私は適当な駐車位置を見定めるつもりで、さらに歩くほどの速さで車を進めながら、ゆっくりと周囲を見渡していた。あたりには人影ひとつ見あたらない。

低い堤防の切れ目から浜辺への降り口が覗いているすぐ手前のところで、私はようやく車を停めた。車を降りた私は周りの景色に目をやりながら歩きにくい革靴のまま、砂浜の細かい砂の感触を確かめるように、浜の辺りをうろうろと、暫くのあいだ歩き回ってみた。

おそらくそれは、いにしえに仕込まれた防風林の名残りかとも思われた。遠く延々と続く汀が描きだす優美な曲線から、隔たることおよそ十数m離れた手前には、そのなだらかな砂浜の曲線をなぞるように、ほぼ完全に平行する曲線を描いて、青々とした松原がどこまでも続いている。そこには、いにしえの先人の職人技という形容を超えて、正しくこれこそ天然自然の美の極致であろうかと唸《うな》らせるほどの、不思議な説得力があった。それにこの独特の景観には、何とも言えず伝統的な和の風情が漂っていて、心からいい眺めだと感服せしめずには置かないものがある。砂浜と海との境の、その白く静かな波うち際へと目を遣った時、たちまち私の視線は釘付けとなった。寄せては返す汀の線と、緑濃き松原の線とのふたつが互いに寄り添うように一体となり、たそがれ時の淡い光の中に、なめらかで繊細なカーブを形作って、遙かに霞む彼方へと私の視線を遠く誘《いざな》い込んでいく。私はいつの間にか、眼前に広がるこの絵のような風景に、すっかり我を忘れ時を忘れて、ただ茫然と見とれていた。

と、その時である。ふと我に返った瞬間、いきなり私の胸がドキンと高鳴った。

もしかすると…ここではないのか。

慌てて私は車へと引き返し、急いで先ほど通過してきた筈の駅の方角へと車を走らせた。

そうして駅前の店でレンタカーを返却し終えると、私は今しがた車でやって来た道を、今度は自分の足で戻って行った。車の時にはそんなにかからなかったと思っていたのだが、実際歩いてみると、これが微妙な坂にもなっていて、結局のところが何のことはない。終日がかりの小学生の遠足ほどの、かなりな道のりを歩かされる羽目になってしまった。そんなわけで、やっとの思いで私が再び浜に戻った頃には、すでに日はとっぷりと暮れてしまっていた。

ようやく着いたのはいいが、その時点で私は既にどっと疲れていた。だがここまで来たからには、今更もう引き返すわけにもいかない。そう観念した私は重い鞄を提げたままで、仕方なくぼちぼちと、取りあえずは浜辺を歩いてみることにした。

渚に近づくにつれて、静かに打ち寄せる潮騒の音が、耳に心地よく響いてくる。それはまるで、終わりのない子守歌のようだ。汀を歩いていてふと気が付いたのだが、暗い…。何とも暗い夜だなと思って思わず空を見上げると、頭上にはどんよりとしたぶ厚い雲が、重々しく広がっている。

私はぶらぶらと、あてもなく波打ち際を歩き続けていたが、そのうちどうやら腹も減ってきていることにも気が付いた。あたりは月もないままに、すでにすっかり暗闇に包まれてしまった。ぽつねんとひとり闇の中で波打ち際をテクテクと歩みを進めながら、私は考えに耽っていた。

　こうやって今夜は、このまま月も出ないで終わるのかな…。しかしあの患者が訪れたというのは、果たしてこんな場所だったのだろうか…。歩いてゆくうちに、空腹も手伝ってか私は次第に心細くも情けないような、すっかり滅入った気分になっていた。そうして疲れがますます重たく自分の頭上にのしかかり、やがて本気で襲ってくるのだとの予感がますます私を憂鬱にしていた。


　そうやって、とぼとぼと歩くともなしに歩いていた時、おやっ、と思った。…何だろう。あたりの景色がにわかに、ぐんぐんと明るくなってくる。まるで、早回しで夜が明けていくみたいだ。何事かと思って、空を見上げると…先ほどまで中空にかかっていた厚い雲が、上空の風に散らされるようにして、みるみる千切れて薄れていく。そしてその裏側からは、眩しいほどの見事な満月が、皓々と厳かな姿を現して来ているではないか。

「おおお」

　思わず私は、天を仰いだまま嘆声を洩らしていた。厳かに白銀のような輝きを増してゆく周囲の光景に取り巻かれながら、しばらく私は雲間の月を見上げていた。私はまるで、銀色にきらめく霊薬を遙か天上から全身に浴びせかけられた人物のように、急速に目が醒めていくような心地がしていた。ただただ無言で佇みながら、自分の全身の隅々にまで、ぞくぞくとするような、言いようのない清らかな興奮が充ち満ちていくのを感じていた。つい先ほどまでは確かに空腹のはずだったのだが、今はそんなことなどすっかり忘れてしまって、たちまち元気が甦ってきて、気が付けば不思議なほど身も心も軽やかになっていた。

しばらく経ってようやく我に返った頃には私はもうすっかり嬉しくなっていて、前とはまるで別人のような足どりで再び浜を歩きはじめた。濡れるように降り注ぐ白い月の光と、そのもとできらめき揺れる波間の光に包まれて、夢みる者のように、私は波打ち際をひとり漂うように、音もなく彷徨《さまよ》い歩いていた。

その時だった。何か物音が、耳に響いた気がした。

私は驚いて立ち止まった。どうも、今のは背後の方から聞こえたようだ。それも、かなり遠くから響いて来たような気がする。だがこれは変だ。静かに眠るようなこの波音に入り混じって、一体何の音が聞こえると言うのか。このあたりに何も無いのは、分かりきっている。ここには猫一ぴき居もしなければ、何も無いはずだ。もしかして空耳のようなものだろうかと思い、私は自分の耳を疑っていた。ようやく気を取り直して、再び歩きだそう

とした、その瞬間、

「おーい」

今度は間違いなく聞こえた。何だかひとの声のようだ。私は身を固めたまま、じっと耳をそばだててみた。


「おーい、そこなひと」

それは三たび聞こえてきた。確かに人の声だ。私は背後を振り返って声の響いた辺りに向かって一心に虚空へと眼を凝らしてみたが、もちろん見えるものなどありはしない。さやさやと呟き続けるさざ波が寄せては返しを繰り返す、夜目にも白い砂浜が、どこまでもうち続いているばかりである。もしかすると潮風がいたずらをして、遠くの彼方からいろんな物音を運んでくることなども、時にはあるのかも知れない。しかしそれにしても…三度目のは意外にはっきりと聞こえた。

急に意を決したように私は突然くるりと踵を返して、今歩いて来た方向へと後戻りを始めた。声の主がどこにも見えないので確かに少々薄気味が悪いのだが、このまま真っ直ぐ戻って行けば、恐らく誰かその近辺に居るのかも知れない。何となく私は、そう思ったのである。

波打ち際を歩いて行きながら、私は考えた。
先ほどの声を聞いた時、私はなぜかヨーロッパの古い伝説を思い起こしていた。それは「ローレライ」つまり「待ち伏せする巌」という、古来有名な巨岩の話である。かの風光明媚なライン川を舟で下っていくと、その中流あたりの右側に巨きな岩が現れる。その岩には、あたかも蔦や葛が古色蒼然と絡みつくように、誰からともなく言い伝わった世にも不思議な伝説の影が、今も変わらず付きまとっているのである。

皓々と月の輝く、夏の夕べのライン川。刻々と深まりゆく宵やみの中、一艘の舟が銀色にきらめく鏡のような水面を割くように静かに下っていく。果たして観光の旅だろうか、小舟の上にはひとりの青年が自らゆったりと櫓を漕いでいる。川面には穏やかな夜風がさわさわと心地よく吹きすぎてゆく。月明かりに浮かび上がる幻想的な周囲の光景に見とれながら、彼はうっとりと夢見心地でのんびり櫓を漕いでいる。とそのとき突然、耳に響くものがある。耳を澄ましていると、どこからか、うら若い女性の声が響いてくる。どうやら歌を歌っているらしい。それも今まで耳にしたことすらないような小歌である。何と美しい歌声だろう。青年は声の主を求めて慌てて四方を見渡す。すると彼の視線の先に、あるものが現れる。流れの向こう右手に聳える巨きな岩の真上に、乙女がひとり白銀の月明かりのもと佇んでいる。氷と輝くラインの水面のようにも艶やかなその長い黒髪を梳《くしけず》りながら、彼女は不思議な小唄を甘く切ない声で、無心に歌い続けている。青年は棒のように立ち尽くし、視線はその娘に釘付けとなったままだ。まるでその姿は、舟の上に氷の像が載っているかのようである。

舟上の青年は、心揺すぶられるような娘の歌声にすっかり心奪われるうち、流れに舵を取られてしまう。舟は流れに押され、みるみるうちに速度を増していく。やがて青年の乗った舟は磁石に吸い込まれるかのように岸の岩盤へとぐんぐん近づいていく。あれと見る間に舟は激しく岩壁にぶつかったかと思うと、一瞬にして粉々に砕け散る。青年は沈んだ舟もろともに水流に呑まれ、とうとうラインの藻屑と消えてしまった。舟を呑み込んだあとの川面は、もとのように月光の中に輝き渡っている。まるで全てが一場の夢であったかのように、何もかもがしんと再び静まり返る。

今に伝わるローレライとは、およそこのような伝説である。

…確かに先ほど耳に響いてきたのは、なるほど人の声のようだった。だがしかし…。それは娘の声なんかではない。それどころか、どうも野太い男性の声のようだったし…。それに、誰かを呼んでいるような感じの…。

波打ち際をまっすぐ進んで行くうちに、やがて前方…向こうの低い堤防のすき間から、果たしてひとつの人影が現れた。それは何と、まるで海老のように腰が曲がって杖をついている、白髪の老人であった。私はその深く腰の折れ曲がった小さな老人をひと目見たとたん、急にガクンと肩を落としてしまった。その自分の反応に私は、おやと思った。それは、自分でも奇異に感じるほどのものだったからだ。そう言えば…これがあの伝説だと、恐らくこのシーンは麗しの乙女が岩上から絶妙なる歌を聴かせる場面なのに違いない。してみるとこれは、この両者の落差が余りに大きいからだろうか。だが待てよ…。その女の歌声を聞いた者は、ひとり残らず命を落とすと昔から言われている。だとすると、これが本物の妖女でなくて、失礼だがこんな田舎の一老人であったことは、自分としてはやはり幸運なのに違いない。命拾いをしたのだから、無論これ倖いと喜ぶべきだろう。それを喜ぶどころか、逆にこんなに気落ちしてしまうというのは、どういうわけだ。

幾らのんびり屋の私だとは言え、まさかこんな場所で現実にあの伝説の再来に立ち会えるなどと、本気で考えるほどの呑気者ではない。それはそうだが…しかしまあ胸奥横町の何丁目かには、ひそかに期待をする心持ちが隠れていたものやも知れぬ。とにかく未だに記憶に残っているのは、その老人を目にした途端にガクンと肩を落とした自分に気付いて、私は思わず失笑をしてしまったことである。

考えてみると、古今東西を択ばずして魔界の女性《ニョショウ》というものは、その妖しい魅力で人を惑わすものと、およそ相場が知れている。しかしともすれば人の常として、怖いもの見たさという衝動にも中々に抗し難いものがある。見るのは滅法怖い。だがその怖い一方で、ひと目なりともその姿を見ておかないことには、死んでも死にきれないという気もしてくる。これは理屈も道理も無い、ほとんどヤケクソのような心持ちである。だがこれこそ、理不尽な人の性《さが》と言うべきものだろう。昔の小唄風の一詩にいわく、『逢《お》うてみたいは山々なれど　聞けば逢うには命がけ』といった類《たぐい》である。やれやれ私も人の子なりということかと観念して、ここはひとまず納得しておくこととした。

よく見るとその老人は、か細い白髪が肩まで伸びていて、それが潮風にフワフワとなびいている。その厳めしく皺深い風貌からして、相当な年齢かと思われる。しかし彼は一体、いつの間にこの場所へ来ていたのだろう。そしてこの砂地に立って、いつから私を見ていたのだろうか。

とうとう私は、その老人のすぐ目の前にまでやって来た。さっきの声は、どうみてもこの白髪の老人がこの場所から叫んだもののようだ。…ということは、私に向かって何かを言おうとしたのだろうか。私は老人の顔をじっと見つめた。

その顔全体は深い皺に覆われているが、特に眼が落ち窪んでいるせいだろうか、そのふたつの窪みの奥から放たれている眼光には、妙な威厳が具わっている。もしもその眼光でジロジロと見つめてこられでもしたら、誰だって狼狽《うろた》えてしまうに違いない。私はそんなふうに思った。口を見ると、これまた萎《しお》れたように内側に縮んでしまっている。見たところそれは、まるで上下の唇をすっぽりと呑み込んでしまっているかと思えるほどである。私はこれほど凋《しぼ》んだ口を目にするのも生まれて初めてのことなので、相手の目も憚らずに思わず見とれてしまっていた。こんなになるなんて、一体この人は今いくつになるのだろうか。それにこの口で物を食べるとなると、この人は実際どうやって食べることになるのだろう。これで食べにくくはないのだろうか、などと余計な心配までしてしまった。一方その腰は、殆ど二つ折りだと言えるほどに曲がっているせいで、一見するとずいぶん身体が小さく見えている。だがよく見ると、骨格は元々太いようだし、体躯は全体にがっしりとしている。ここからすると、これでも昔はそれなりにかなりの背丈はあったものと容易に想像された。見れば彼はすっかり曲がった腰のせいで、真っ直ぐ前方へと視線を向けること自体が随分と辛そうだ。どうやら普通に前を見るのにも、かなり苦労がいるようである。またそれに、薄く見開いた両眼をしきりに瞬いているところをみると老人は、何とか私の顔を見上げようとして、彼なりに努力をしているらしい。でもそれは必ずしも成功しているとは言えなかった。ゆえに彼としては取りあえず、出来る範囲で視線を前に投げておこうかという程度で満足しているようだった。

私は勇を鼓して、まずはひとこと挨拶をしてみた。

「こんばんは」

「……」

「あのう、さっき私に何か、言われたでしょうか?」

老人は、私の目をジロリと見上げるかのような動きをして、おもむろに口を開いた。

「そうじゃ、あんたにな」

それは、その容貌通りに重々しい、しわがれた声だった。ただその発音は、何かを口に銜《くわ》えているかのような、フガフガと、やや不明瞭なところがある。無理もない。彼は自分の口そのものを銜え込んで喋っているような具合なのだもの。

「すみません。私に、何か…」

老人は、こちらの眼をじっと覗き込むようにして、言葉をその都度じっくりと吟味するかのごとく発音する。

「おぬし、どこから来た」

私がこの土地の者でないことを、直感的に分かるのだ。かなりの高齢と見受けるにも関わらず、どうやらその眼光はまだ健在とみえる。私は内心少なからず感心して、即座に答えた。

「はい。東京から、すこし事情がありまして。あの…」

当時の私は人の顔さえ見れば、無闇に質問するのが半ば習慣になっていた。その時の私も既にこの時点で、目の前の老人がむろん地元の人物であると手前勝手な判定まで下していた。またその判定の上でとにかく彼の口から、まずはこの地域の評価を直接に聞き出そうと、殆ど無意識のうちに反応していたようだ。次の瞬間、私はこんな質問を口にしていたのである。

「あの、この辺りは…月の名所だとか言われることは、ありますか？」

「ある。それにこの辺りの浜には随分以前より、芳《かんば》しからざる話が伝わっておるでな」

老人が発したその言葉のただならぬ雰囲気に、私は胸のどこかでザワザワと、急に騒ぎだす何ものかを感じずには居られなかった。

「ゆえにわしは、あんたに声をかけて、呼び戻したのじゃ」

「あのう、私…何か、しましたっけ」
老人が何と答えるのかと思い、私は固唾をのんで相手の様子を見つめていた。するとどうだ。驚いたことに老人は、突然天地に轟くような大声を、がなり始めたのである。

月の浜辺を　ひとりでゆけば
老婆の座りて　あるとやら
老婆の姿ぞ　見しものは
ついに狂うて　死ぬとやら

この老体にして、この大音声もさることながら、最初の瞬間私は、彼がてっきり昔の流行り歌でも唸《うな》り始めたものかと思った。しかしその調子からして、それが小唄や唱歌といった代物とは全く異質のものであることは、すぐに理解ができた。または詩吟のようなものかとも思った。しかし詩吟特有のあの抑揚とも違っている。その独特のリズムは、例えば老人が自分で勝手にでっち上げた音階を付けて、詩歌を我流でごり押しに吟じたものかと思えなくもない。ところがそれでいて、その旋律にはどこかしら物寂《ものさ》びて鄙《ひな》びたような響きがある。そのせいだろうか。じっと耳を澄ましていると、何やらのどかで懐かしいような感情がひたひたと押し寄せてくるのには驚いた。私はすっかり感服してその歌に聞き惚れていたが、ふと気付くとその不思議な歌は、既に終わってしまっていた。その一方で、この詩句の内容を耳にした私は驚きのあまり寒けすら覚え、にわかに身震いをし始めていた。実は足までがガクガクと震えだしていた。怖いのではない。このいきなりの驚きは、この時の私には余りに衝撃的だった。

第一に、こんな老人が、こんな寂しい場所で、こんな詩歌を突然朗誦してみせるなんて、一体誰に想像できようか。いやいやいやいや、そんなことより何より、この詩の内容が…。

「お爺さん…し、今の詩歌は、どういうことですか」

「昔からの言い伝えじゃ。あんたは、さっき、あぶないところじゃったに」

「それじゃ、助けて下さったんですか。あ、ありがとうございます。あの…いまの詩の意味を私に、詳しく教えて頂けないでしょうか。ぜひお願いします。実はその為に私は、とうきょ…」

まさに探していた財宝に突然遭遇したという喜びに駆られ、がぜん饒舌になりだした自分に気付いた私はその時、眼前の相手の様子を見るや、思わず口を閉じてしまった。

老人は視線を落として、私の足もとあたりをなぜか、ぐっと睨みつけている。どうも彼はそうやって、何かを黙々と考えている様子である。私は息を呑んだまま、じっと相手の返答を待った。

ややあって、老人はゆっくりと視線を上げると、再び私に向かって口を開いた。

「よろしい。おぬしには、特別に聞かせてしんぜよう。但し…」

「ただし…何ですか」

老人はひと呼吸、戸惑ったのちに、私に向かってこう言った。今度は、声の調子が少し変わった。

「この話は、えらく長い話じゃがの、おぬし、それでもええかの」

「もちろんです。どんなに長くなっても構いません。どうか、最後まで私に聞かせて下さい。この通りです。ぜひお願いします」

「わしはずっとここに立っておって、もう随分と疲れてしもうた。ではじっくりと語ってしんぜるで、おぬし、わしの家まで、きんさい。ここから近いじゃに」

こうして私は、この不思議な老人の案内に従って、彼の自宅へと共に連れ立って行くことなったのである。

ほどなくして老人の古びた簡素な住まいに到着すると私は、座敷へと案内された。聞けば奥さんは、先年病死をされたということである。つまり老人は現在は独り暮らしだというので、またもや私は、驚いてしまった。全くこの老人には、あの浜で会ってからというもの、私は驚かされっぱなしである。しかしこう言っては何だが、どうやらまんざら悪人でもなさそうに思われた。

老人はお酒が好物だとみえて、のそのそと頻りに小股で歩き回っては丸いちゃぶ台に熱燗などを並べ始めている。その様子からして、彼はどうやらおもむろに夕食の支度を調えているもののようである。結局老人は、魚の干物とか奴豆腐とか煮豆だとかを温かい御飯と共に、私に出してくれた。先生年齢の割には、意外と食欲が旺盛である。おまけに彼は私にも熱燗を勧めてくれたのだが、自分としてはこれから大事な話を聞くことになるので、さすがにそれは遠慮しておいた。それよりむしろ老人の方が、酒に酔っぱらって肝心の話の筋を忘れたりはしないだろうかと、私は専らそちらの方が心配で、先生飲みすぎないでと、ひとりハラハラと気を揉んだりしていた。一方で食事の方は、もちろん遠慮なくご馳走になった。

こうして小さな丸い座卓に老人と差し向かいでゆっくりと食事をしながら、ぽつりぽつりと様々な話ができた。その時の話によると、この村には宿泊のできる場所などは、どこにも無いということである。そこで老人は食後の私の心配までしてくれて、「今夜は煎餅蒲団でよければ泊まっていけ」と言ってくれたのだった。私はその好意に心から感謝の意を述べて、ひとは外見ではわからないものだと、つくづく感じ入ってしまった。

さて、食事が済んで片付けも終わった。老人と私とは食膳を囲んだ姿勢のまま、互いにゆったりとくつろぎながら、いよいよ本題の話を聞かせて貰うこととなった。注視する私の目の前で居住まいを正し真顔になった老人は、ようやくおもむろに口を開いた。彼は最初に「この話はな…」と言って、話そのものについての簡単な説明から語り始めた。これより自分が語るのは、ずいぶん以前からこの辺りに伝えられ、噂となって久しい言い伝えである。ゆえに、誰が語り始めたとも今では判らないが、これはかつてこの浜で本当に起こったことである。でなければ決して噂などにはなりはせぬ。だからこそわしは、あの時おぬしを浜で引き止めたのじゃ。

…と、このような前置きがあって後、老人は次のような言い伝えを、秋の夜長の長物語という体で語ってくれたのである。ところで私は彼の話を聴くうちに、あることに気が付いた。この老人の話振りが、妙にものものしいのである。当初私は、これは単にこの老人の性格的な口ぶり、いわば彼の語り癖なのかと思った。しかし、やがて話が進むうちには、どうやらそれは私の勘違いであることが分かってきた。つまりこの物語そのものが、もとより古めかしい伝説めいた話なのである。それは昔の情趣たっぷりに語られるというもので、まるで幼時に寝床で聴かされるお伽話のように、耳に心地よく響いてくるのである。
　こうしてこの時の話は、私にとっても古風な伝説として、深く心に残るものとなった。

＊＊＊

ある夏の夜も更けたころである。人影もささぬ、いなかの村の、月の輝く浜辺であった。ひっそり静まり返った波打ち際には、さわさわと寄せては返す潮騒の音ばかりが、気だるい夢を見るかのように果てしもなく、うち続いている。永遠に続くかとみえるその単調な調べのただ中、浜辺あたりをフラフラと歩きまわる、ひとりの男の影があった。

　これなるは　山の向こうの　となり村より　月につられて　さまよい歩き　浮かれいでたる　若衆なりし　村のはずれの　古屋の窓より　顔いだし　遠き山の端　眺むる先へ

ぽっと優雅に　出で給う　まろき月影　しげしげと　観れば望月　嬉しくなりて　斯くまでの　名月拝むに　この小屋の　窓よりしては　埒もなや　何としてでも　今宵の月は声も名高き　隣の里の　浜よりとくと　眺むべしとて　思い付くなり　膝栗毛　ふらり気ままに村を出る　酒は飲まねど　ぐうたらの　酔興者が　月を追い　暗き山路をひとりゆく　健脚自慢が精をだし　夜明け前には着くべしと　せっせ歩いて山越えて　ようやく隣のこの村に　はるばる着きてふと見上ぐれば　空の先導　はや傾《かたぶ》きて　白き月影さえざえと　更けぬ一夜となりにけり。

やがて、村の浜辺までやって来て改めて月を仰いだ時、彼は額の汗を拭いながらひとり呟いた。やれやれ、やはりこの浜の月は絶景だわい。苦労してここまで来た甲斐があったというものだ。彼はつくづく感心して、得意の心持ちで満面の笑みとなり渚伝いに歩きだした。月下の幻のように浮かび上がる、見渡す限りの絵のような光景すべてを、彼はそっくりそのまま自分ひとりが独占したかのような思いにとらわれ、すっかり豪勢な気分に浸っていた。かくまで贅沢で幸福な経験なんぞ、この先またとは味わえまいとしみじみ嘆じながら、男は渚伝いにフラフラと、月夜に踊る小蟹よろしくそぞろ歩いておった。

月光の底に白く透き通るような砂浜の上へ、松は黒く長い影を静かに落としている。さやかに降り注ぐ銀の光の波のなか、それは天上にいるような風景であった。波間に揺らめく月光に導かれるかのように、彼はなおもとぼとぼと浜辺を歩いていく。ずいぶんと夜も更けていたのだが、この男はそんなことなど一向に気にも留めない様子である。大きな丸い月の後をどこまでも追い続けるかのように、彼はなおも浜辺を浮かれ歩いている。

この時ふと見ると、行く手の先の波打ち際に、ひとつの黒い人影が目に入った。おやこんな時間に、と不審に感じて彼が近づいていくと、その人物は打ち寄せる波に素足を洗うようにして、じっとうずくまっている。それは背の曲がった白髪の老婆だった。よりによってこんな夜更けに、こんな所で一体何をしているのだろう、と彼は不思議な思いに駆られた。そこで男は、老婆の背後から親しく声をかけてみた。

「おばあさんや、どうかしなすったかな。おうちに帰らないんですかい」

ところが彼が何を言っても、幾度問いかけても、老婆からの返事は全く返ってこない。相も変わらず彼に背を向けたまま海に向かっている。もしやこの老人は耳が遠いものかと、幾度か目には相手の耳元に向かって大声を出してもみたけれど、結局は同じことである。老婆は見向きもしない。それどころか、身動きひとつしないようにも見える。

彼は気になるので、しばらくの間は老人の背後にしゃがんで相手の様子を伺っていたのだが、最後には、彼もとうとう諦めてしまった。相手の返答すら聞かれないとあっては、どうにも埒があかない。彼はそのうずくまったままの人影から離れて、再び元のように呑気に浜辺を歩き始めた。

ところが、彼が老婆の姿を背後に歩きだしてから少し経った時である。男は突然「ああっ」と大きな叫び声をあげた。

いきなり背中が、ガクンと重くなったのだ。驚いたことには自分の背中にぶら下がり、しがみ付いている者がいるではないか。彼の両肩を、ぎゅっと固く両手で掴んで放さない。おそるおそる、彼は首を回して、自分の背後にしがみ付いている者へと視線を向けた。

それは何と、さっきの老婆だった。長い白髪を振り乱し、皺くちゃの小さな顔をゆがめて、果たしてそれは笑っているのだろうか、黄色い歯をニタッと剥き出して、頻りにこちらの顔を覗き込んでくるではないか。

「うわああっ」

男は、絶望的な叫び声を挙げた。

叫ぶと同時に彼は老婆を振り落とそうとして、メチャクチャに激しく身体を揺すった。

しかし老婆は、彼の肩に貝のようにしがみついていて、容易にそこからずり落ちそうにもない。彼は死に物狂いの形相で背後の人物の体に両手を突き立てて、無理やり相手を自分の背中から引き離そうと、懸命にもがき続けた。だが、どうしても離れる気配がない。それどころか老婆の体重は、次第にズシリ、ズシリと重くなってくるようだった。その時である。背後の老婆の口から「オオチュ」「オオチュ」という、呻くような奇怪な呟きが聞こえてきた。呪うようなその声の薄気味悪さたるや、その瞬間に彼は、まるで背後から冷水を浴びせ掛けられたかのようにゾッとした。しかもその声が聞こえてくるたびに、背中の老婆はますます重さを増していくようだ。

彼は、自分がこのまま砂浜の奥底深くの奈落へと、老婆と共にズブズブ埋もれた挙句に消滅してしまうのではないか、と想像されて一層に空恐ろしくなり、「ひいぃ」「ひいぃ」と、必死の叫びを挙げて無我夢中で助けを呼び続けた。右肩の後ろからは、自分の耳元にピタリと口を押し当てるようにして「オオチュ」「オオチュ」と囁く声が聞こえ、その声の響きが彼の脳内をグルグルと狂気のように轟きわたる。散々狂ったような抵抗をした挙句、最後には彼もとうとう力尽きてしまった。もうだめだと観念すると同時に彼は気を喪い、その場に崩れるように倒れてしまった。

男が再び眼を醒ましたとき、あたりはもう白々と夜が明け初めていた。爽やかな朝の薄明が、静かな浜辺の景色を乳白色に浮かび上がらせていた。驚いてがばっと半身を起こし、彼は無意識に周囲をキョロキョロと見回した。しかしあの老婆の姿はどこにも無い。あれは果たして夢だったのか。いや…思わず男は自分の右肩に手をやった。痛い。あの時老婆に、ぎゅっと固く握られた部分が赤く腫れたようになっている。それに右の耳元には、あの時の怖ろしい囁きの感触が、未だに生々しく残っている。いかん。とにかく早くここから逃げなくては。

彼は立ち上がるや、無我夢中で家の方角へ向けて一目散に駆けだした。

ところが家へと戻る山道の途中で、男は急に高熱を出し始め、路上でふらりと気を失ってしまった。彼は隣町の医院へと運ばれて行った。しかし熱によるうわごとを言うばかりで、誰が来ようと何を問われようとまるきり会話も通じない。数日のうちには次第に奇行が始まりだして、もう何をしでかすか分からなくなってしまった。そして、うわごとを言いつつ日が経つうちに、男はとうとう世を去った。狂い死んだということだ。

ここで老人の話は、終わった。ふたりとも口をつぐんだままで、ことの怖ろしい顛末に粛然となって、共に言葉も出せずに考え込んでしまったのである。

しばらくの間、ふたりの間には深い沈黙が支配していた。

やがて老人が、再びゆっくりと口を開いた。そして今の話について、若干の説明を加えた。

これは古くからの言い伝えであるが、現にこの「呪い」は今も続いており、この青年のような者は、いまだに跡を絶ってはおらぬ。ゆえにこの村では、月夜に浜を歩いてはならぬというのだ。

このように老人は、厳粛な口調で私に告げた。


それを受けて、今度は私の方から老人に質問をしてみた。

その老婆とは、どういう素性の人物なのか。老婆が言ったという「オオチュ」とは、何を意味しているのか。その老婆の言葉は、誰が聞いても、いつも同じ「オオチュ」なのか。それとも、また別の言葉も聞かれるのか。

だが、このような核心に迫る質問を幾ら投げかけても、老人からは明確な回答など何ひとつとして返ってこなかった。つまりこの老人は、昔からの言い伝えをただ繰り返し語るだけの、いわば一介の語り部に過ぎなかったわけである。しかしこれは、決して彼本人が悪いわけではない。むろん仕方のないことである。質問を諦めた私は老人からの好意に甘えて、その夜はありがたく宿を借りることにした。

最後に老人が消灯をしたのち、私は夜具に潜りながら、ひとり考えた。日頃から就寝時には、その日の出来事をあれこれ思い返す習慣のある私だが、その夜はやはり特別であった。私は借り物の夜具の中で、当然ながら数限りない物思いに耽ることとなった。

あのとき浜辺で、もしもこの老人との出会いが無かったとしたら、今ごろ私は、どのようにして夜を明かすことになったのだろうか。これを思うと今更のように、ひとの情けの有り難さに、私は身に沁みて感じ入る思いがした。それなのに、この老人の姿を最初に見たとき、自分があれほど落胆したことを思い返すに及んでは、つくづく自分を恥じた。見た目で人を判断するということは、決してあってはならない行為であるとの自戒を、返す返すも深く心に刻まずには居られなかった。『きれいは、きたない。きたないは、きれい』という例の呪文は、やはり不動の真実である。

それにしても海辺で見上げた、あの時の月。あの美しさたるや、それはもう神々しいほどだった。またそれを取り巻いている星々の煌《きらめ》きも、月に負けず劣らず宝石のようだった。

ひとの魂は、各人の心根次第によって、あるいは土塊《つちくれ》にもなり、あるいは夜空に瞬く星にもなる。自体が既に星にも似たこんな言葉を残したのは、いったい誰だったろうか。

考えてみれば、『ひとを思い遣る』という心の働きそのものが、既にあの天空の領域に存するものなのだろう。してみると、世の人それぞれの温かな気遣いや情意というものは、あの星の瞬きにも似たものなのだ。この奇跡の輝きが無ければ、宇宙はただの闇に過ぎない。ゆえにそれは、漆黒の宇宙の闇のただ中で、一条の光となって世を照らすものであるに違いない。こうして心豊かな人々の魂が集いあって、この宇宙は調和に満ちた、より美しい場所へと進化を遂げる。と同時に我々は、それを是非とも実現していかなければいけない。そう考えると、かく言う自分もまた、その義務を負う成員のひとりなのだと自覚せずには居られない。老人と出会ったその夜は、事実見事な月夜であったけれども、翻ってわが心の空を静かに仰ぎ見れば、そこはまさしく満天の星降る夜であった。


さて、ところで。

それにしても気になるのは、あの「オオチュ」という言葉である。記録によると、例の患者の口からは、「ヨオチュ」と聞こえたということだ。どうやら両者は共に同じものを指している言葉のようだけれども、この微妙な違いは何だろうか。この違いには、何か意味があるのかないのか。いずれにせよ今回のことは、余りにもわからないことだらけである。あれこれと考えているうちに私は、あの浜でのことを思い出していた。あの時もしも自分が、あのまま浜を歩き続けていたとしたら、本当にその老婆に遭遇したのだろうか。そして実際に私がその老婆に会えたのだとしたら、どうだったろうか。やはり同様に私も狂人となっていたのだろうか。正直なところを言えば、今となってみるとどうにも惜しいことをしたような気がする。私としては、むしろその老婆に会ってみて、いっそ彼女に直接取材をしてみたかった。もっともその老婆が私のインタビューに快く応じてくれたかどうかは、実際のところ分からない。しかし本人から詳しい事情を聴取したほうが、結局は話が速いに違いないなどと、私は身勝手な空想を広げたりしていた。こんな無茶なことを考えてしまったのは、単に眠気のせいに過ぎなかったのだろうか。

暗闇という環境は、ひとの想像力をとめどなく増殖させていくものである。私は布団の中で、さらに様々に考えを巡らしていた。これはどうやら、この件に関してもっと一層知り尽くしているような、別の人物に当たる必要があるようだ。もしかするとそれは、取材先として複数の人物にわたることになるのかも知れない。そうでもしないと、この件の全容を完全に把握することなど出来ないだろう。私は、そう感じた。しかしどのようにして当たればいいのか。またそもそも、誰に当たればいいのか。それに関して大事なことが、もうひとつある。その話し手というのは、必ずしも古老でなくてもいいのではないか。老人だからといって、昔のことを何から何まで知っているとは、限らないのである。無闇に古老などという面にこだわってしまえば、いざその古老なる人物に会ってみたところが、それが古老過ぎて結局なんにも覚えていなかった、なんていうことにもなりかねない。そんなことを、あれこれと次々闇雲に考えるうちに、やがて私はいつの間にか深い眠りに落ちていったようだった。

翌朝、目を覚ますと、すぐに私は丁重な礼を述べて繰り返し老人に謝意を表した。そして最後に、老人の家を辞する直前、私は何気なく老人にあることを尋ねてみた。

この村で一番顔の広い人物は誰か。またその人は、何処に住んでいるのか。

「顔が広いか、そうじゃの…」

老人は暫く考えていたが、結局ひとりの婦人の存在に落ち着いた。その婦人は、村の集まりには必ず顔を出すという、いわば村の名士のような人物らしい。ところが更に老人の話を訊いていくと、その婦人の顔だけは何とか憶えているが、名前などは忘れてしまったというのだ。では住所はと問えば、はっきりとは分からないが、およそ村でも繁華なあたりだったのではないかな、などと言う。どうも歯切れが悪いし信頼性にも欠ける気がして、すっかり弱ってしまった。

私は仕方なく、その条件に該当する地域周辺を自分なりに探索してみることにして、老人に深く一礼をしたのち、老人の家を辞した。

さてその家を出てからというもの、私は村のあちらこちらを手当たり次第に、足を棒にしてさんざん彷徨い歩くことになった。かなりの時間を要したが、ようやく私は恐らくこの村一番の賑やかな辺り、つまり村人を見る機会の最も多いと思われる地域へと辿り着くことができた。

差し当たって私は手始めにこの辺りの家をまず一軒、訪問してみようと思った。そして恐らく村で最も顔が広いという例の婦人について何らかの情報を得ようとした。ところが、である。

とある民家の戸口前に立ったところで私は、突然ハタと考え込んでしまった。

いや、待てよ。相手はもちろん初対面である。そもそも名前すらわからないという人物について、どのように話を切り出したらいいのか。ここで急に私は、自分自身がいかにも怪しい人物に思われだした。見も知らない男がいきなり家にやって来る。そして面と向かって出し抜けに変な質問をしかけてくるのである。そんな奇妙な状況で、果たしてそんな問いかけに真面目に答えてやろうという人などいるものだろうか。だが、ここであれこれ思い悩んでいても始まらない。とうとう私はエイッとばかりに、目の前の扉を叩いてみた。そしてやがて玄関口へと現れた奥さんに向かって、私はただ勢いだけで無鉄砲に口を開いたのである。

今思えばかなり無謀で唐突であったが、その時の私は『この辺りで一番顔の利くひとといえば…』などと謎めいた禅問答のような質問をしてしまった。ところが何とその奥さんは「ああそれなら、あの人」と、思いのほかあっさりと紹介をしてくれたのである。こんなにうまい具合にいくとは殆ど想定外でもあり、我ながら不思議なほどだった。定めしこれは当たった相手がたまたま良かったのに相違ないが、私にとっては実に願ってもない幸運だった。その婦人から紹介された家というのは、確かにごく近くの場所にあった。私がその朝方に耳にした老人の指摘は、どうやらまんざら的外れでもなかったというわけである。

さていよいよ当の家の玄関前へと到着した。私はここで、ひとつゆっくりと深呼吸をした。続いてやおらトントンとその扉を叩いてみた。中から出てきた初老のご婦人は物腰が上品ではあるが、小柄でやや小太りの人物である。私は玄関口に立ったまま、とにかくこちらの意図を何とか理解して貰おうと、懸命に努力した。私が医師であるという身分も明かした上で、ここへ辿り着くまでの簡単な経緯も含めて、また自分なりの思いもこめて誠実に、言葉を尽くして説明していった。

ひとしきり事情を語り終えた私は、そこでようやくひと呼吸を挟んだ。そして、相手の表情をじっと窺った。果たして私の言葉は理解して貰えただろうか。すると、どうだろう。少し視線を落とした姿勢でずっと黙って聴いていたご婦人は、私の話に感心したように、両眼にうっすらと涙を浮かべて佇んでいるではないか。むしろ彼女の表情を見た私の方が、すっかり感動をしてしまった。

そのご婦人がおっしゃるには、私の話はよくわかった。あなたが望んでいるその話については、実は自分も少々身に覚えがあって、他の誰よりもよく知っていると思います。あなたにそのような事情があるのならば、この際自分の知っていることは何から何まで、洗いざらいお聞かせしようと思います。でも今日はもうこんな時間だし、今から始めるには遅すぎます。あなたにひとつ覚えていて欲しいのは、この話に関しては、ちょっとやそっとでは終わらないと言うほど、とにかくこの話は長いものになるということ。だから、もしもこの話の一部始終をお聴きになりたいのでしたら、明日の朝早くからおいでなさい。静かな奥の座敷で、落ち着いてじっくりとお話しをして差し上げましょう。とまあ、こういう運びとなった。だが明日に来いなどと言われると、当方としては少々問題が生じるわけである。そこで私はご婦人に向かって、気になる質問を忌憚なく、率直に投げかけてみた。

自分は、この村に宿泊所は無いと聞いている。たとえ宿泊所でなくてもいいので、何かいい方法はないものでしょうかと、これまた自分でもよく分からないような問いかけをしてしまった。


ご婦人は玄関に並んでいる靴を見つめながら、しばらくの間考えていたが、突然――

「そうだわ」

と言ったと思うと、両手をパチリと打ち鳴らし、私に向かってこう言った。

「呼んであげるから、ちょっと待ってなさい」

彼女は、そう言うのに続けて、私に玄関の上り口に腰を下ろすように伝えると、自分はせかせかと、何やら奥の間の方へと姿を消した。

私がそこに座ってしばらく待っていると、やがて家の前に、一台の乗用車が停車した。

見れば小型の車ではあったけれど、車は車である。中から中年の男性が降りて、こちらに向かってやって来る。するとそ先ほどのご婦人が、私に手と目で合図をして、一緒に行きなさい。と指示をくれた。私はそれに応じて、玄関を出て門前あたりまで移動しかけた。ところがその運転者の男性は私の面前を素通りして、玄関の婦人と何かコソコソ話を始めた。どうやら打合せでもしている様子である。少ししてから玄関から出てきた男性は立っている私を促して、「どうぞ」と車に招き入れてくれた。私が乗車すると、車はすぐに発車した。車中では、ふたりでいろいろと話が出来た。この男性は先ほどの婦人の息子さんで、母親から電話を貰って、わざわざ車を出してくれたものらしい。

車は山道を上がって峠を越え、かなり離れた隣町へと入って行った。私はその山里を下った辺りの、ある小さな旅館へと案内された。旅館の前で私を降ろすと男性は車の窓越しに、ひとこと私に告げた。

「明日の朝八時になったら、私がここまで迎えに来ますので、この場所で待っていて下さい」

これだけを言うと、彼はもう車を出して、たちまち走り去って行った。

その翌朝、私は約束通りに婦人の座敷へ通されて、そこに座って温かいお茶を頂きながら、ご婦人の長物語を、いよいよ伺うこととなった。次の物語は、その時に聞いた話の内容を、できうる限り忠実に記録したものである。従って記事にみえる「私」とは、全て話し手のご婦人のことである。

消えた約束

私には、昔から懇意にしていたひとりの聡明な女性がありました。でもその方は惜しいことに、先ごろ亡くなったのです。もうかなりのご高齢でしたからね。実をいうとその方は、もとは両親を早くに亡くされて身寄りのない、とても淋しい方でした。ところが彼女がまだほんの娘さんの時分のことでしたが、これも不思議な巡り合わせで、あるきっかけからさる大きなお屋敷のお女中さんとして、住み込みで働くこととなったのです。この話の最後には、きっとその女性のこともお話しできると思いますよ。

これもまた、あとからお分かりになりましょうが、その女性には少々わけがありまして、この話にまつわることなら、それこそ何から何まで完全に知り尽くしている。そういう方でしたね。ですから私がこれからお話しする長い話は、実はまるごとそっくりその女性から、私が直接伺った話ということになるのです。過去に私がその女性から、折にふれ幾度かにわたって伺ったものです。聴けば貴方は、どうやらこの話を求めてわざわざ遠路はるばるお出でになったという事情をお持ちのようです。そこで今日は長くはなりますが、これらをひとつにつなぎ合わせたうえ、全てをまとめてお話しすることにいたしましょう。

それにしても、これは本当に不思議な、世にも珍奇なお話です。

＊＊＊

ことの始まりは、かなり以前にさかのぼります。

ある夏のことでした。この村の隣町には小さな港がありますが、たまたまそちらの港に、珍しく商用の船が寄港したことがあったそうです。その船から岸に降り立った、ひとりの青年がありました。彼は船乗りで、この船の乗組員として働いていたのです。彼は今、ようやく長期の航海を終えたところでもあり、またかなりの期間、休日も殆ど取れていなかったことから、船長から特別におよそ半年近くの休暇の許しを得たのでした。そこで航路上の都合のよい場所ということで、たまたまこの近辺の、その小さな港で降りようかということとなり、そのまま彼は久し振りの休暇に入ったというわけです。とは言え彼にしても田舎のこんな場所に降り立つのは初めてなので、地理もよく分かりません。港から浜辺伝いを当てもなくうろうろ歩いているうちに、偶然にも彼はこの村へと辿り着くことになったのでした。

彼は、洋二という名前でした。ゆくゆくは船長として船員たちをまとめていくような人物で、歳こそ若いけれどもなかなか腕利きの船乗りだったということです。そうこうするうちに、長い夏の日も暮れてきたようです。けれどもご存じの通り、この村には昔から宿屋というものは、ありません。この村の自慢といえば、昔から月の景色だけです。この時の青年も今夜はこれからどうしようか、などとあれこれ思案をしながらも、絵を見るような大きな月にクッキリ照らされながら、浜のほとりをとぼとぼと、ひとり歩いておりました。


どこかに宿はないものかと探しながら、彼はやがて村の海岸沿いにある細い街道筋へと入ってきていた。しかしその頃には彼も、どうやらこの分では、このあたりで野宿でもすることになるのだろうか、などとぼんやりと考え始めていた。その道を歩くと浜の反対側には、街道に沿って草むらが延々と続いている。その時ふと気が付くと、行くて前方の草むらの中にひとつの粗末な小屋が見えている。彼はその小屋を最初に見た瞬間、納屋か物置小屋のようなものだと思った。

『これは、しめた。今夜は、ここを借りて休むとしよう』

彼は瞬間嬉しくなって、このように考えた。そのように彼が考えたのも無理はない。と言うのも、それは見るからに簡素な作りの、掘っ建て小屋のようなものだったからである。

洋二は、道から草むらの中へと割り込んで行き、その小屋の前に立って、軽くて薄い一枚板で出来た扉に手をかけてみた。もとより鍵も何もないような、形ばかりの簡素な戸口である。扉は洋二が把手を持つと、そのまま簡単に動いた。しかし、中は当然まっくらである。洋二は闇の中を手探りで、おそるおそる慎重に足を踏み入れていった。すると突然、洋二の顔の右側にフワリと蜘蛛の巣が引っ掛かった。洋二は立ちどまり、周囲の邪魔ものを取り除こうとして両手をメチャクチャに振り回した。そして、コトリとも音のしない周囲の空間へと眼を凝らして、何か変化はないかと、暫く辺りの様子を窺ってみた。一歩また一歩と慎重に進んでいくうちに、ようやく室内の暗さにも次第に眼が慣れだしてきた。向こう側の壁側には小さな窓がある。汚れで曇ったガラス越しに鈍い光がぼうっと室内へと差し込んできている。陰鬱な月の光が、小屋の室内をぼんやりと照らし出している。足もとには、いろいろなものがゴタゴタと転がったり散らばったりしているらしいのが、彼の眼にも闇の底から浮き出るように徐々に見えだしてきた。彼は物につまずかないようにと足もとに一層注意を向けながら、一足一足と踏みしめていく。とその時である。洋二が自分の足もとに視線を落としたその瞬間、彼の視線はピタリとその床の上に張り付いた。そこに広がっている白い大きな敷物、いやこれは…布団ではないのか。

ギョッと眼を見ひらいて彼は視線を凝らしてみた。…床上に、確かに白い布団が敷いてあるようにみえる。しかも何とその布団の中には、人が寝ているではないか。思わず彼は、ゾッと寒けを覚えた。だが彼は勇気を奮って、おそるおそるその布団に近づいていき、その人物のようすを伺おうとした。身体が小刻みに震えているのが、自分でもよく分かった。布団の中の人物は男なのか、女なのか。いやそれよりも、それは生きているのか、それとも…。

それは、老婆であった。老婆が仰向けに布団に臥せているのである。しかし見たところ、ピクリとも動く気配はないようだ。洋二は静かに老婆の枕もとに膝を付いてしゃがみ込み、少し顔を近づけて、相手の様子を窺ってみた。ちょうどその時、天空の厚い雲間から顔を出した月の光が、布団の足もと側にある窓から皓々と差し込んできて、埃っぽい小屋の中のようすと共に、その老婆の表情を微かながらも白々と浮かび上がらせた。それは長く伸びた白髪をした、皺の深い細面の女性である。しかしピクリとも動きがない。布団の動きも見られない。洋二は静かに自分の耳を彼女の口元あたりに近づけてみた。しばらくじっと呼吸のようすを探ってみたが、どうもはっきりとは分からない。今度はおそるおそる布団の端をめくって、老婆の片手に触れ、脈をうかがってみた。すると弱く覚束なげにではあるが、確かに脈を打っているのがわかった。ここで洋二は、漸く自分にもホッと血の気が戻ったような気がした。彼は老婆の枕もとを立ち上がると、辺りを見わたし周囲に何か明かりはないかと探ってみた。

天井から裸電球がブラリとぶら下がっているのに気付いた時は、嬉しかった。ノブを捻ってみると、なんと有り難いことに、ぱちりと点いた。

それは、古びて隙間だらけの小屋で、歩く度にきしむ埃だらけの床板へ、じかに薄い布団を敷いてある。その周囲には、農機具やさまざまな道具類などが雑然と転がっている。しかしどうやら食糧らしいものは何ひとつ見当たらない。部屋の片隅近くに煤けた七輪が見えるが、あれは使えるのだろうか。とにかく彼は今すぐにでも、水と食糧が必要だと思った。しかし既に夜も更けてきている。彼は小屋の外に出て、付近のようすを確認してみた。どうやらその一帯は人気《ひとけ》のないところらしく、周囲には民家の明かりすら全く見当たらない。

彼は戸外に立ったままでしばらく思案していたが、いきなりもと来た道を足早に戻って行った。彼は、車が通るような道路を求めて探し歩いた。やがてある通りまで出た彼は、しばらくその路上に立って、車の行き来を眺めていた。その場所に佇んだまま、彼は一心にタクシーを求めた。そのようにして彼は、その道路に出てからかなりの間、闇の中に立ち続けて、ひたすら車を待っていた。かれこれどれほどの時間が過ぎただろうか。ようやく通りがかった一台のタクシーのドアが目の前で開くなり、洋二は取りあえず半身だけを車内へ突っ込んで、運転手に尋ねてみた。

「どんなところでもいいから、最寄りの宿へ連れて行ってくれないか」

運転手は、ちょっと訝しげな顔つきをして、まじまじと彼の顔を見返した。

「お客さん何処から来たのか知らないが、このあたりで泊まると言ったら、もう隣町になりますぜ」

洋二はその運転手から、この村には病院や診療所もまた存在しないという事実を知らされた。だがいずれにしてもこんな時間では、診療所も開いていないと考えた彼は、全てを運転手に任せることにして、車を走らせた。やがて車は隣町へと入り、ある小さな旅館の前で止まった。

洋二は直ちに旅館の女将らしい人物に事情のあらかたを説明して、鍋に一杯の飲料水と幾らかの食糧を求めた。すると話を聞き付けたらしく、奥の間から一人の老人がやって来た。幾つか簡単な質問を洋二に投げかけたかと思うと、彼は周囲の者たちにあれこれ指示を出した。そして自分の車を出して元の場所まで洋二を送っていくという。老人はひとりの青年を呼び付けた。洋二と老人、そしてその青年とは一緒になって、桶に入った飲料水や練炭、その他に米や果物、それに即席で握った握り飯など様々な食糧を手当たり次第に車に詰め込むと、そのまま、あたふたと乗り込んで車を走らせた。

車中で洋二は運転をする老人に向かって、面倒をかけた物資の代金を支払おうと申し出たが、それは丁重に断られた。話を聞くうちに、運転をしている老人は、旅館の主人《あるじ》であることが分かった。青年は旅館に勤めている番頭であるという。やがて浜辺の小屋へと戻った洋二は、早速部屋の隅に転がっていた古い七輪を試してみたところ、持ってきた練炭が間に合うことが分かった。車で待機してくれていた旅館の主人と番頭のふたりには、明日には自分自身の宿泊のため、再び利用をしたいので、申し訳ないが昼頃にここまで出迎えに来て欲しいとの趣旨を依頼して、了解を得た。そして洋二は、二人に繰り返し丁重に礼を述べて、差し当たり旅館へと帰って貰った。

それから洋二は、部屋で物品の整理をしているうちに手鍋をひとつ見つけたので、海岸までその鍋を持って行き、洗っておいた。洋二は洗った手鍋の中に貰ってきた握り飯と水とを入れて重湯のようなものをつくり、老婆の口に少しづつ含ませてあげた。

洋二はその夜は老婆の世話をして、小屋で朝を迎えるつもりだった。


一夜が明けて、次第に戸外が明るくなってくると、洋二は小屋の入口を開放して、清々しい新鮮な空気を取り込んだ。洋二は、そのまま戸外へ出て改めて辺りを確認した。小屋の周囲もぐるりと回ってひと通り調べてみた。夜間に小屋の裏側をうろついて、おぼろげながら気づいてはいたのだが、小屋の隅には勝手口のような扉があり、そこから直接裏手へ出られるようになっている。ところが長い年月の間使用しなかった為か、その引き戸はどこかで重く引っ掛かっていて、びくとも動こうとはしなかった。

小屋の裏手の方を調べてみると、すぐ手前に小暗い茂みがあり、その下には厠があって、その脇を更に細い径《こみち》が先へと通じている。そのほっそりとした径を少し行くと、こんもりとした丘の斜面に連なっている。最初はなだらかな斜面になっているが、そこはちょっとした畑地になっていて、何やら作物が植えられているようだ。その畑地の外れには井戸も見られた。

興味を覚えた洋二は、ちょっとその畑に入ってみた。少し掘って確かめてみると、なんと小さなサツマイモがなっていた。洋二は、これは幸運とばかり早速芋を幾つか収穫してきた。それから彼は小屋に戻り、海岸で洗った芋を細かく砕いてからご飯と水とを加えて、雑炊のようなものを拵えてみた。

昼頃になると有り難いことに、約束通り隣町の旅館から出迎えの車が、小屋の前までやって来てくれた。運転していたのは、昨夜見た若い番頭さんだった。洋二は番頭さんに手伝って貰って老人を車に乗せ、慎重に運転をして貰いながら共に隣町まで移動した。旅館付近に診療所があったので、そちらに老人を運び込んで医師に状況を説明し、体力の弱っている老人を入院させ加療して頂くよう依頼しておいた。洋二は、旅館へそのまま投宿した。明くる日、洋二は宿から歩いて診療所を訪れて老人の容態を尋ねた。医師からは、数日すれば退院できるだろうとの回答を得た。その間彼はその宿に泊まり、老人の退院の日に合わせて再び番頭さんに頼んで、老人共々もとの小屋まで送って貰った。

その日から洋二は、夜になると番頭さんの迎えによって隣町の旅館に移動し、朝になるとまた車で小屋まで送って貰うという毎日を送るようになった。そしてこの小屋の住人に必要な食糧は、有り難いことに毎日その旅館の主人が、そのつど手配をしてくれるのだった。

このようにして懸命の看病を続けた甲斐あって、やがて老人が会話が出来るまでに回復してきたのは、洋二にとって何よりも嬉しいことだった。もちろん会話とはいえ床に臥せたままでの、それはまるでリハビリのような会話である。二言三言と一歩ずつではあったが、洋二は、そのおばあさん自身のことについて、ゆっくり気長に尋ねては、少しずつ遣り取りを重ねていった。そうやって次第に洋二にも、彼女のことが分かり始めていった。こうして、その女性が「渚」という名前であるということも、ようやく洋二は知ることができたのだった。

やがて、渚おばあさんの体力は順調な回復をみせていき、自ら進んで毎日洋二と様々な会話を楽しむようになっていった。いつしか彼女は夜明けと共に目を覚まし、自ら床の上に上体を起こして髪を整え身繕いをし、やがて洋二が小屋へとやって来るのを、きちんと床へ座って待っているというほどまでに回復していた。こうして渚おばあさんと洋二は、朝から二人で楽しく語り合い、昼には一緒にささやかな食事をしながら、夜になって洋二が町の宿へと戻る時間まで、まるで実の親子か祖母と孫であるかのように仲睦まじく過ごすという毎日が続いた。いつの頃からか渚おばあさんは、洋二のことをまるで可愛い孫を呼ぶかのように、「洋ちゃん」と呼ぶようになった。

それは、とても温かな陽差しに恵まれた、秋の初めの穏やかな日のことであった。

洋二は以前から、渚おばあさんがこの小屋の中に終日閉じこもって生活をするのは、決して良くないことだと思っていた。せめて、しゃがんだり立ったりというだけでもいいから、少しでも自力で関節や筋肉を動かして、より健康な姿でいて欲しかった。

その日の午後になってからのこと、洋二は渚おばあさんを背負って、小屋からゆっくりと戸外へ出かけた。一歩一歩と慎重に歩みを進めながらも、洋二は背中の老人と愉しく話を続けていた。波打ち際まで辿り着いてから、洋二は老人をゆっくりと砂浜に降ろして座らせ、自分ものんびりとその横に胡座をかいて座りこんだ。そうやって沖の波間の輝きやきらめく水平線を遥かに眺めた。ふたりは、こうして並んで秋の爽やかな潮風に身をゆだね、和やかな海の景色を心から楽しんだ。そんな日があってからのことだった。朝から天気が穏やかで海が白い波風を見せずに、まるで絵のように静かに微笑んでいるような日の日暮れには、決まって渚おばあさんを背に負いながら、浜に出ていく青年の姿が見られた。そんなふたりの様子は、やがて村人たちの知るところとなり、次第に周囲の耳目を集めるようになっていった。波打ち際に仲良く並んで座り、西へと傾く夕陽を見おくる、その仲むつまじい二人の光景。それは話題に乏しい小さな村の暮らしの中で、村人たちの関心や評判の種となり、噂の的となるには充分なものだった。村中どこへ行っても、村人同士が出会うと必ず、この奇妙なふたりの噂をしない日はないだろうという程までに、この話題は狭い村中でも、たちまち有名なものになってしまった。

ある日ふたりが小屋の中で話をしていると、村びとが自宅で採れた野菜などを戸口の前に置いていってくれたことがあった。またふたりが浜から小屋へ戻って来ると、小屋の前に米や野菜や豆などが袋に入れて置いてあるということもよく見かけた。時には洋二たちが座っている波打ち際のところまで村びとがやってきて、四方山の話をしていくこともあった。そうやってふたりの間に入ってしばらく会話を楽しんで行ったり、米などを直接手渡してくれたりすることも日増しに多くなっていった。そんなとき村人がふたりの脇を通ると、洋二に負われている渚おばあさんが「洋ちゃん、洋ちゃん」と嬉しそうに彼の背後から囁くのを、よく耳にしたものだった。

この洋二という人物は、村人に出会ったり誰かの顔を見かけたりした時には決まって、まず必ず丁寧に頭を下げて挨拶をした。それに続いておばあさんのことを話し、その暮しぶりを何とか気にかけて貰えるように、一所懸命になって頼むのだった。それがまるで自分の家族のことを頼んでいるかのような、熱心な口ぶりなのである。深く頭を垂れ真剣になって頼むその姿を見て、村人の誰もがその青年に感心すると同時に、おばあさんへの気遣いと親愛の念を持たずには居られなくなったという。

月日が経って、洋二の休暇もやがて終わろうとしていた。仕事に出かけるために、彼は村を離れて再び隣町の港まで行かなければならない。そのことを洋二は分かりやすく丁寧に、渚おばあさんに説明をして、しばしのお別れをすることの許しを乞うのだった。

もちろん老人は悲しんだが、やがて諦めて洋二の両手を握り、いつごろこの小屋へ戻って来れるのかを問うた。洋二は、はっきりとした月日の約束は出来ないけれどと言いながら、差し当たりということで、明くる年の秋ごろという約束をした。それは、およそ一年後ということになる。


それは、洋二が航海に向けてこの村を出発するという前の日だった。洋二がいつものように渚おばあさんを背に乗せて、浜へ移動した際のことである。その日は、輝く夕日がひときわ美しかったので、洋二は老人を背負ったままの姿勢で、背中のおばあさんと共に顔を並べて、しばらくうっとりと茜色の夕雲を眺めていた。ふと足もとで何かが落ちたような音がしたのに気付いた洋二が、振り返った途端、足もとでパリッという音がした。静かにおばあさんを降ろしてから洋二が自分の足のあたりを確かめると、砂の上にはひとつの櫛が落ちていた。それは黒光りのする随分と年季が入ったもので、もとは鼈甲細工の丈夫な品のようである。しかしおばあさんとふたり分の重みで、浜辺の砂の中に埋もれたまま、それはちょうど真っぷたつに、見事に割れてしまっていた。

夕刻、浜辺の家に戻ってから洋二はおばあさんに、割れてしまった櫛を差し出しながら、何度もお詫びのことばを繰り返した。渚おばあさんは笑って手を振り、気にはしていないという風であった。しかし洋二はこの櫛が、おばあさんが娘の頃から気に入っていたもので、嫁入り道具の中にも入れて来た思い出深い品であることを既によく知っていた。そこで洋二は、こんどの航海から戻って来る時には、必ず替わりの立派な櫛を買って来るから、それまできっと元気で待っていて下さいね、と何度も何度も念を押して、ふたりでげんまんの約束をするのだった。

その際に洋二は、互いに約束を忘れないようにと、ふたつに割れた櫛を半分ずつ、大事に持っておくことを提案した。お互いにこの半分の櫛を見て、次に会う時まで、今日のこの約束を思い出して励みとし、心の支えにできたらとの提案だった。渚おばあさんは洋二の言葉に感謝をして、その半分の櫛を大事そうに両手で押しいただくようにしながら、静かに懐中にしまった。洋二が持つ半櫛の意味は、新しい櫛を買ってきて、必ずこの場所でおばあさんに手渡すこと。そしておばあさんの半櫛の意味は、洋二が戻って来るまで、必ずここで元気で待っていること。ふたりとも、このお互いの半櫛にこめられた約束を、何度も誓い合って、名残を惜しんで別れたのだった。

こうして洋二は村を離れ、仕事のために航海に出た。

手箱と小包

本当のお父さんは、自分が生まれる少し前に、車の事故で亡くなってしまったということ。それは、その少女がまだほんの小さな頃から、母によって何度も聞かされた話だった。そんな話をしてくれた優しい母も、とうとう病気をこじらせて亡くなってしまった。それ以来、少女は継父に養育されていた。ところがその男は酒癖が悪く、昼間から借金をして酒を飲むような人物だった。安アパートの自宅で酒を飲んでは、まだあどけない少女に辛くあたることが多かった。おとなしい少女は、大抵の場合は口答えひとつするでも無く、継父から何を言われても、じっと俯いて耐えているような子だった。ところが唯ひとつだけ、亡くなった母のことを悪く言われた時には、普段から口数も少ないこの少女が、まるで人でも違ったかのように急に相手に歯むかっていき、そして夢中になって言い返すのだった。

「お母さんは、悪くない！　絶対に間違いなんかしない」

決まって彼女はそんなふうに言って、目に涙を一杯に溜めながら、大きな声で訴えるのだった。


それは、少女がちょうど七歳になった頃だった。ある夜遅くに、継父が酒の匂いをさせて帰って来た。少女はお腹を空かしていたけれども、家には食べるものがもう何もないので、その日は普段着のままですでに寝床に入っていた。どういうわけかこの少女は、休む時にはいつもひとつの小さな手箱を必ず枕もとに置いて休むことを、習慣にしていた。継父の帰りが遅いのは、特別ではない。むしろいつもと変わらぬことなので、少女にとっては慣れっこになっている。だから玄関の扉が閉まる音がすると同時に、もう少女はそれと気付いていた。しかし彼女は身動きひとつせずに、寝床で目を閉じたままじっと様子をうかがっていた。継父は、音を立てまいと足音を忍ばせて、静かに少女の寝ている部屋へと入ってきた。彼はゆっくりと、彼女の枕もと近くまで進んで来た。そして暗がりの中で子どもに気付かれないように身を屈ませながら、少女のその手箱にスッと右手を伸ばしてきたのである。

その手箱は、晩年は病に伏せがちだった母がある日、継父が出かけていて娘とふたりきりの時に、病の床から娘にそっと手渡してくれた物だった。

「妙子ちゃん。これはね、お母さんからあなたへの贈物。あなたが大きくなって、可愛いお嫁さんになる時に、これを使ってほしいの。それまでは大事にとって置くのよ…そして、この箱を見たら、きっとお母さんのこと…思い出してね」

妙子は、その時の母の優しい笑顔を忘れることは、決してなかった。母が亡くなってからというもの、彼女はその手箱をそれこそ肌身離さず、寝ても起きても、片時たりともそれを手元から離すことは無かった。彼女は、いつでもどんな時でも、一日中ずっと、この手箱に触れていたかった。それは、この少女にとってはまるでこの小さな手箱そのものが母親がわりで、命の次に大切なものだと言わんばかりであった。賢い彼女は、貪欲な継父がいつかそのうちに、母から貰った大切なこの手箱を、何かの隙に彼女の手から奪い取ろうとするかも知れないと、以前からひそかに想像していた。

彼女の思った通りだった。男の手が手箱に伸びようとしたその瞬間、ガバッと跳ね起きるが早いか手箱を抱きしめて、少女はたちまち家から飛び出した。彼女はそのまま夢中で、暗い夜道を駆け出していった。どちらへ向いて行ったらいいのか自分でも分からなかったが、どこでもいい、とにかくこの大切な宝ものを守らなければ。ただその思いだけを胸に、少女はメチャクチャに走って行った。寂しい場所は避けよう。人の数が多い、なるべく賑やかな通りの方が安全だと思った。しかし継父は、街の悪い連中には顔が利いたので、継父が繁華街を慌てて走って来ると、何だ何だとばかりに、チンピラのような仲間たちがぞろぞろ後ろからついて来た。

街の繁華街で継父が妙子に追い付く頃には、もう数人の男たちが輪になって、バラバラと妙子を取り囲んでしまっていた。

村を後にしてからのち、船上の業務を始めてからの洋二たちの仕事は、順調にはかどっていった。やがて今回の航海も、あと少しで終わろうというところまできていた。そこで洋二が乗った商船は、その航海の途中で、ある港に船を寄港させて全乗務員に一日だけ休養を取らせることになった。

そこは繁華な港町だった。季節は早くも、暑かった夏がようやく盛りを過ぎて、何となく吹く風にも秋の兆しを感じるようになってきていた。洋二は港に降り立ってから、そこの街へ入って夕食を食べた。それからその商店街のある店で上品な櫛を購入して、丈夫なケースに入れて貰ったうえ、小包として包装を仕上げておいた。いつどこからでも渚おばあさんに郵送できるようにと考えて、取りあえず上面に宛て先も記入しておいた。この小包をどこから送ろうか、この港で送れないようなら、また次の港でもいいかな、などと考えながら小包を片手に提げた洋二は、楽しげな人々の行き交う街並みを、しばらくぶらぶらと散策していた。見知らぬ街を歩くのは随分と慣れている洋二でも、こうして初めて訪れる街というのは、いつ見ても心愉しく、やはり新鮮に映るものである。

そうやって洋二が賑やかな商店街の通りを歩いていた時である。ふと見ると、その商店街の通りの一角に、何やらガヤガヤと人だかりがしているようだ。気になった洋二は人の渦に近づき、人々の肩ごしにそっと中ほどを窺ってみた。人垣の中からは先ほどから、若い男の声が響いている。しかし、その相手となっている人物の声が聞こえてこない。だがよく見ると、その人だかりの中心にいるのは何と、ひとりのあどけない少女だった。彼女は子どもには不似合いな古びた手箱のようなものを、どうしたわけか両手に抱えるように持っている。

少女はそれをいかにも大事そうに手に持って、決して誰にも渡すまいと小さな胸に固く抱きしめるようにして、幼い体をこわばらせている。少女の足もとを見ると、家から慌てて出てきたらしく裸足に突っ掛けばきを履いただけの状態である。洋二にはもちろん、この状況に至った経緯や事情は知りようがない。しかし見る限りでは、輪の中にいる少女は周りを取り囲んでいる、たちの悪いチンピラから、何かの言いがかりを付けられているように思われた。かわいそうに少女は、おどおどと小さな身体を小刻みに震わせている。しばらく双方の様子を伺ってみると、どうも少女が大事そうに持っているあの手箱が、どうやらこの騒ぎのきっかけになっているらしい。真ん中の男が少女に向かって、それを寄越せと迫っているのだが、少女は必死にそれを拒んでいるのだ。一方でその男の側には、何人かの仲間がいるらしい。仲間たちは観衆の最前列にいて、二人を取り囲むように立ったまま、面白半分でその二人を冷やかすように、ワイワイと囃し立てている。

もちろんその男が本気になれば、すぐに子どもから目的物を奪い取って、さっさと逃走することなど、たやすいことだろう。しかし場所が場所だけに、既に周囲には、相当な数の人だかりが出来てしまっている。まるですっかり見せ物のようになっている状況なので、さすがにその男としても、少しは大勢の観衆の目を気にしだしているようだ。しかしその一方で環視の人たちにしても、これといって手出し口出しをするというわけでもない。単に黙って腕組みをしたままで、ただおろおろと事の成り行きを眺めているに過ぎなかった。

その時、ついに男が少女に詰め寄った。かと思うといきなり少女が胸に抱えているものに手を伸ばし、ぐいっとその箱を掴もうとした。

「おい、こいつを寄越しな」

どうやらその仕草からして、少女の手を引いて手箱もろともそのままどこかへ連れて行こうとしているようだ。

「いやぁ！」

少女はその箱を護ろうとして激しく身をよじり、顔を紅潮させて震えながら必死になって叫んだ。その瞬間だった。洋二は人垣となっている観衆にぐいと割り込んで、ゆっくりとその両者の間に割って入ったのである。

「おお」

周囲の観衆からは、ざわめく声が響いた。

「何をやってるんだ。女の子を返してやれ」

洋二の声は冷静だった。洋二は女の子の手前まで近づいたかと思うと突然、しゃがみ込んだ。そして、まっすぐに少女と視線を合わせるようにしながら、少女の右手を取って、その小さな手の中に自分が持っていた小包を、彼女に託すかのように手渡したのである。その途端、だしぬけに彼は自分が立ち上がるのと同時に少女のもう片方の腕をぐいっと一気に引っ張ったかと思うと、瞬時に男たちの輪を越えた。洋二は少女の手を引いて、見物《けんぶつ》をしている婦人たちの手の中に、スッと差し出すようにして逃がしてやった。少女は、放たれた小鳥のようにたちまち人垣を越えて、自分の家とは真逆の方角へ矢のように駆け出して行った。洋二は、少女が出て行った逃げ道を塞ぐようにして元の位置に立つと、今度は泰然として、くるりと輪の中へ向かった。

輪の中心に立っていた男が、たちまち洋二に迫って来た。

「おい、ふざけんじゃねえぞ。てめえ死にてえのか」

仲間の者らしい、まだ若い別の男が、今度は洋二の背後から詰め寄ってきた。

「お前、見ねえ面だな。よそ者か」

先の男が、再び洋二に続けて言う。

「あれは俺の娘だ。てめえわけも分からんくせに、何様のつもりだ、え?」

「邪魔だ、そこどけ!　おいつんぼか、この野郎」

男は洋二の胸ぐらを掴んだまま、ドスのきいた声で威嚇してきた。だが洋二は黙ったままで、なおもじっと動ぜずにいた。騒ぎのどさくさの中で、少女が観衆に紛れて逃げて行ってくれるまで、しばらくのあいだ時間稼ぎをしようと思った。

「何だお前、口が利けねえのかよ」

「何とか言えよ、え？　おっさんよぉ」

観衆の中から仲間の者たちが、更にぞろぞろと幾人かが歩み出て来ると、中心の男と洋二とを取り囲むような輪になって立ち並ぶ状態となった。

その時、だしぬけに男の右手が洋二の脇腹をずんと突いた。すると洋二はすかさず相手のみぞおちに向かって素早い膝蹴りを入れた。その瞬間、ふたりの激しい格闘が始まった。

最初は洋二とその男とが、さしで格闘を始め互角に闘っていた。またそれを周囲の仲間たちも、半ばニヤニヤしながら見守っていた。しかし、なかなか二人の勝負がつかないのを見て取ると周囲にいた者たちが、ひとりまたひとりと手を出し始めた。結果として、いつの間にか洋二ひとりを相手に五、六人の男たちが八方から輪になって集団で手籠めにする形となっていた。

多勢に無勢であるのに、激しい乱闘はまだ続いていた。

観衆たちは、もう大方が去ってしまっていたが、なおも数人の見物が残っていた。とそこへどこからか警察のサイレンが響いてきた。すると急に乱闘の渦の動きが変わり、男たちが次々に引き上げ始めた。たちまち見る間にチンピラの姿は、どこへともなく消え失せてしまった。そして車両が停車し数人の警官が現れた時には、路上にはただ洋二が倒れているだけだった。ひとりの警察官が周囲に残っていた見物の者に事情を訊いている。

洋二は、ただちに病院に運ばれたが、首の骨を折られてしまっていて、重態だった。警察の調べによると洋二は商店街の路上に倒れていた時から、左手に櫛の破片のようなものを持っていた。どういうわけか彼は、乱闘の最中からずっとそれを握っていたらしいのである。病院の看護師たちは既に意識のない彼の手からその櫛の破片を、そっと引き離そうとした。ところが指先のひとつひとつが、まるで櫛の表面に吸い付いてでもいるかのように固く握られていて、どうしても取ることができなかった。男女の医療スタッフが次々にあれこれ試みてみたが、結果は変わらなかった。数日ののち、洋二は病室で息を引き取ってしまった。臨終の際にも、彼の手にはその櫛が握られたままであった。

＊＊＊

妙子はあの男たちの輪の中から、無事に逃げ出して来ることができた。

彼女の両手には母の形見の手箱と、あの青年から預かった小包とが、しっかりと握られている。暗い夜道を急ぎながらも妙子はその小包を、確かめるように何度も何度も見かえしていた。あの青年に危ないところを助けられた時は、もちろん本当に嬉しかった。けれどもあの急場から逃げ出して来た直後から彼女は、今自分が逃げてきたばかりの背後のことが気になりだしていた。助けてくれたあの男性は、今どうしているのだろう。妙子は頻りにこのことばかりが気になっていた。左手に持っている白い小包が目に入るたびに、どうしてもあの男性のことが気になって仕方がなかった。こうしてあの時の青年の姿を繰り返し思い浮かべながらも、やはり彼女はひたすら夜道を急ぎ続けていた。

やがて少女は先を急ぎながらも、何だか不安になってきた。ここは、どこなんだろう。あのとき妙子は、反射的に家とは逆の方向へ向かって夢中で駆け出した。とにかく追手から逃げたい一心で、危ないところを何とか切り抜けて来たのだが、暗い夜道を走りながらも目を凝らして周囲の様子を見ているうちに、妙子はようやく気が付いたのである。こんな雰囲気の場所は今まで見たことがない。こんな所には来たこともないし、とにかくこれは、自分にとって初めて通る道だ。この道は、どこに通じているのだろう。このまま行ったら、どこに行くのかな。私は今、どこに向かって走っているんだろう。

妙子は相変わらずどんどんと前へと進んではいるものの、前へ進むにつれて次第に不安な気持ちに襲われてきて、果てにはどうにも落ち着かなくなってきていた。そうしているうちに妙子は、どうかするとくるりとふと振り返って、歩いて来た夜道をもう一度引き返したい、という衝動に駆られ始めた。もちろん家に帰ろうというのではない。ただ彼女はあの青年のことが、気になっていたのである。あの人のようすを確かめに行きたい。そして、もう一度会ってお礼を言いたい。彼女はそう考えずには居られなかった。

彼女にとって今何より気がかりなことは、自分はこれからどこへ行ったらいいのか、ということだった。今さらもう家へは帰れない。少女は、そう思った。もしもこのまま家へ戻りなどしたら、今度こそ間違いなくこの手箱は取られてしまって、それっきり二度とは手元に戻って来ないのに違いない。その一方でどれだけ考えても、どんなに厭でも自分が帰る場所といえば、あの家しかない。あの家以外に私が行くところはこの広い世界のどこにもないのだ。この事実はこの少女にとって、泣きたいほどにつらく悲しいことだった。それでも妙子は、歩きながらも頭を絞るようにして考え続けた。そして結局のところ妙子は、やっぱり家に戻ることなどどうしても自分には出来ないと思った。この結論が明確になると同時に、それならば自分は一体どうしたらいいのかという疑問が浮かぶのである。彼女はこのふたつの問題の間を堂々巡りにグルグルと考えに考え、またその上にも考え詰めていた。そうして歩いているうちに、ついに彼女はもう考えること自体にも、ほとほと疲れてしまった。やがて彼女はまるで放心した者のようになり、すっかり途方にくれてしまった。

ほんとに彼女は気力も体力も全部遣い果たしてしまい、およそ力というものが身体の中にはもうひとかけらも残っていないという気さえした。おまけに頭の芯まで疲れ切っていて、もうこれ以上何かを考えることすらも出来ないと感じた。いま彼女は何も考えることなく、ただとにかく横になって休みたかった。少女はいっその事このままこの夜道の片隅に横たわり、この場所で朝まで眠ろうかと本気で考えた。彼女は真顔で立ち止まると、いきなりその場へしゃがみ込んでしまった。彼女は両手を広げてその暗い路傍の草むらをガサゴソ調べ始めた。彼女はそうやって適当な寝床を探り出そうとしているつもりだったのだが、しばらくするうちにはしゃがんだ姿勢のまま、無意識にぼうっと物思いに耽ったりするのだった。そのようにして少女が夜道の端にしゃがんでいると、ふいに辺りの草むらからパラパラという音が響いてきた。どうやら小雨がしとしとと降り始めているようだ。どこからか、ひんやりとした夜風も漂ってくる。妙子はしょんぼり肩を落として、そぼ降る小雨の中でむっくり立ち上がった。彼女は冷たい雨に促されるように、仕方なく再びよろよろと歩き始めた。すると、その時である。

突然妙子は、背後の道の向こうの方から人が走って来るようなパタパタという音がするのに気が付いた。それを耳にした瞬間、妙子はギョッとしてとっさに色を変えたかと思うと、どこからそんな力が湧いてきたかというほど、ダッとばかり全力で駆けだした。夢中になって走りながらも妙子は、気になって思わずチラリと背後を振り返ってみた。とその途端、彼女は怪訝な表情になり、たちまち急に空気が抜けてしまったかのように、いきなりその場で立ち止まってしまった。そうして妙子は、ポカンとした表情をしてその場に突っ立ったまま、雨のなか後方から自分に向かって走って来る人物の姿を、ぼんやりと眺めていた。あたりが暗いせいではっきりと顔は見えないけれども、後ろから追いかけてきた人影は、どうやら中年の女性、おばさんのようなのである。

その婦人は、棒のように立ち止まって自分のようすを見つめている妙子の位置まで、やっとのことで追いついて来ると、妙子の前で立ち止まって肩でハアハアと息をしながら、ひと息ついているようだった。暫く経って、ようやく妙子に向かって、婦人はひとことこう言った。

「はぁ…やっと追い付いた。いやな雨ね。でもあなた、さっきはほんとに危ないところだったわねえ。もう大丈夫？　まあ今こうしているところを見ると、もう誰も追いかけて来ないようね」

婦人は、妙子の表情をのぞき込むようにして、優しく話しかけた。

その人物は、あの観衆の人だかりの中に混じって妙子のようすを見ていたのだが、妙子の行方が気になって、走っていく妙子の後をあれからずっと追いかけて来たというのである。婦人は続けて、妙子に尋ねた。

「あの時、あなたが走って逃げて行ったあとで、あの嫌な男の人が言ってたわ。『あれは自分の娘だ』って。あなたそれ、本当なの？　あの男の人、本当にあなたのお父さんなの？　そんなの、真っ赤な嘘よねえ。あんな親なんて、いるわけないもの。私それを聞いた時、ムカッと腹が立ったのよ。『嘘をおっしゃい』ってね。思わずあの顔を私、ジロッと睨んでやったわ」

婦人は、少女に語りかけながらも相手の様子をちらちらと窺ってみるのだが、当の妙子は俯いてぼうっと地面を見つめながら、ただひたすら自動人形のように歩き続けている。その目は何を思うか思わずか、自分の足もとに向かってぼんやりと虚ろな視線を投げるばかりである。そのようすを見るにつけ、この婦人には自分の言葉が相手の耳にきちんと入っているのかどうかすら、あやしく思われるほどだった。ところがその婦人は、相手が自分の問いかけに一向に応えてくれる様子がないのにも、さして気にはならないふうであった。それどころか相手のつれない素振りに一向かまうことなく、次から次へと思うがまま、ひとりひっきりなしに語りかけていった。

「この世にあんな親なんているものかしら。もしかしたら、ああいうのを家庭内暴力っていうのかしらね。でももし、あの人があなたのほんとのお父さんなのだとしたら…そしたらあなた、大変じゃない！　あなた今晩、おうちへ帰れないんじゃないの？」

「それであなた、今どこに向かってるの？」

「ねえあなた、おうちはこの近くなの？　これから本当に、おうちに帰る途中なの？」

「もしかしてあなた、帰るところがないんじゃないの？　でも、もうこんな時間だし、家の他にどこか行く当てとか、何かあるの？」

「ねえちょっと、大丈夫？　あなたさっきから、足もとがフラフラしてるわよ」

婦人は、無意識に少女の額に手を当てた。

「まあ大変！　熱があるじゃないの！　かわいそうに…」

「私についておいでなさい。大丈夫よ、安心して。まああなた、ずぶ濡れじゃないの。このままじゃ、ほんとに倒れてしまうわ。さあ、少し急ぎましょう。こっちよ」

婦人は、自分も少女同様グッショリと濡れつつも相手を気遣い、そっと娘の背中をさすってやりながら左手で少女の手を取り、右手で優しく相手を抱きかかえるようにして自分の家へと向かって行った。


妙子は雨の中を婦人に手を引かれるまま、まるで夢の中をフワフワと歩いているような気持ちになって、殆ど機械的に歩き続けていた。頭もすっかり混乱してボウッとしていたし、筋道を立てて明瞭に受け答えをすることなど、到底無理な注文であった。

ところがそんな朦朧とした意識の中でもこの少女は、初対面の相手のいう言葉を丸々信用することにはどこか心に葛藤があって、無意識に相手に歯向かうような思いが働いた。とはいえともかく外見上では、雨の中を濡れそぼちながら少女は婦人に連れられて素直に歩き続けているようだった。道中を通して少女は視線をひたすら垂れたまま、ぼうっと放心したようにただ路上を見つめているばかりで、口は貝のように閉ざされていた。ところがそうかと思えばこの少女は、ふと顔を上げて心の中を射抜くような鋭い視線をいきなり投げかけてきて相手をドキリとさせる、そんな妙に大人びた姿を垣間見せる一面もあるのだった。

　こうして妙子は、その婦人の家に養子として迎えられることになった。この家の娘になるという約束をした朝、妙子が何よりもまず真っ先に養母の前で打ち明けたこと。それは大切な手箱の由来、そしてその手箱と共にお母さんが自分に遺してくれた最後の言葉だった。それからもうひとつは、あの時の男性が妙子に託していった小包のこと。その小包の表側にはその男性の手で、きちんと宛て先が書き入れてあったけれども、裏には何も書かれてはいなかった。妙子から話の一部始終を聞き終えた養母は、その小包の裏側に差出人として夫の名義を書き入れると、荷物の送付の手配をするために、早速その日のうちに最寄りの郵便局へと自ら歩いて出かけて行った。そして、帰宅した養母から小包を送付したという旨を聞いた時、妙子の脳裡には、あの時の青年の姿が鮮明に蘇っていた。

　あの日以来妙子はその青年に対して、せめてもう一度会って、改めて心からお礼を申し述べたいという切実な思いを、ずっと懐き続けてきた。妙子は彼に対し自分の命の恩人として、あの日以来まるで日課のように深い感謝の思いを捧げることを、決して欠かすことはなかった。

そして、ようやく今日という日にその恩人の願いを果たすことが出来たという嬉しさと、そして託された大事な仕事の責任を、たった今無事に果たし終えることができたという喜びとで、彼女は飛び上がらんばかりに有頂天になった。妙子は両手で養母の手を取って心からの感謝の言葉を述べるやいなや、嬉しさの余り夢中になって目に涙を浮かべながら、養母の胸に向かって身を投げかけ、喜びの思いに浸るのだった。

妙子が養父母のもとでの新たな生活を開始してから、早くも数ヶ月が経った頃のある日、彼女は思い立って養母の許しを得て、朝も早いうちからひとりで家を出かけた。あのときの恩人の男性は、あれからどうなったのだろう。ケガなどすることは、なかったろうか。無事だったのだろうか。妙子は、自分があの場所であの人と別れてから後のことを、どうしても知りたかった。胸に懐いたその一途な思いに導かれるようにして、気が付くと彼女は、いつの間にかあの懐かしい繁華街の場所にまでやって来ていた。ここで妙子は、周辺の住居を訪ねて調べてみようと思った。あの騒ぎの際の人ごみに混じって見物をしていた人たちから、ぜひその後の詳しい話を聞いてみたかったのである。あのとき見物をしていた人たちの大方は、恐らくこの近くの住民だったに違いないと彼女は考えた。そこで彼女は、あの時の場所を中心にして、商店の店員なども含めその周囲の家々を、一軒一軒と軒並みに訪ねていった。それはずいぶんと時間はかかりはしたが、結果的に彼女は三人の主婦から、それぞれに断片的な情報ではあったが、当時の話を聞きだすことができた。その話の内容から、あの男性が運ばれていった病院をやっとのことで彼女は知ることが出来たのだった。

妙子は直ちにその病院へと向かった。ところが病院へと到着し、その受付窓口に立ったところで、妙子はたちまち困り果てることとなった。当時搬送されてきた患者本人の名前すら自分が全く知らないということに、今更のように気付いたのである。

それでも妙子は、事件のあった日にちや場所、時間、その男性の特徴、それから商店街の主婦たちから聞いた事件当時の暴行の様子など、自分の知る限りの知識を総動員して懸命に窓口で訴えた。すると、それを傍らで聞いていたひとりの若い看護師が、妙子を救急病棟へと案内してくれた。

妙子をあとに従えて、病棟にあるナースセンターにまで到着すると、看護師はくるりと振り返って妙子に向かい、その時の患者のことについて簡略に説明してくれた。そして、その患者は搬送されてきてから数日後に亡くなったことにも触れた。それだけを言うと看護師はすぐに踵を返して、妙子をそこに残したままナースセンターの奥へと足早に歩いて行った。そして奥の壁際に立っているスチール製の戸棚の中から、何やら小さなビニール袋に入ったものをひとつ取り出すと、それを手に提げて再び戻ってきた。そして、いきなりぶっきらぼうに、妙子にこう尋ねたのである。

「あなたは、その患者さんのご家族？　娘さん？」

「いいえ、わたし…家族では、ありません」

「じゃあ、亡くなった患者さんとは、どのような関係なの？」

「私が、道で乱暴されようとしていたところを、通りがかったあのかたが助けて下さったんです。あのかたが、私の身代わりになって下さったんです。そのせいでこんなことに…あの…あのかたは私の大切な、命の恩人なんです」

妙子は涙ながらに、声を張り上げて看護師に訴えた。

「そう。じゃあ、これ」

と言って、その看護師は妙子の面前に、ある物を差し出した。それは透明なビニール袋に入っているので、そのまま中が透けて見えている。見たところそれは、何でもない一枚の櫛のようだ。それは黒々とした光沢があって、見るからにかなりな年代もののように思われる。だがどういうわけかその櫛は途中から折れているようで、破片の一部のようである。

わけが分からず不思議そうな眼差しをして、それを受け取るというでもなく、ただ袋を見つめるばかりの妙子に向かって、看護師はごく簡単に説明を加えた。

「あの時の患者さんは、亡くなる最後まで、何だか大事そうにこれを握りしめていたんです。でも本当にきつく握りしめていて、亡くなってからも全然取れなかったの。だから、もうそのまま遺体と一緒にお棺に入れようかとか言ってたんだけど、ひとりの看護師から、後日ご家族が来られた時の形見にという意見があったものだから、何とか苦労して取っておいたのよ」と看護師は、無表情なまま事務的な口調でこれだけを言った。そして、まるでこのまま置いておくのも迷惑だといったふうで、「はい」と半ば強引に妙子の手の中にその袋を押し付けたかと思うと、見る間にスタスタと奥へと姿を消してしまった。

あの小包の郵送が手配されてから、およそひと月近く経った頃だろうか。ある日の昼下がりに郵便局からの配達があった。それはなんとあの小包が、そのまま返送されて来たのである。なぜ小包が戻ってきたのかは、もちろん分からない。表面に名を記された受取り主という人物は、むろん妙子にとっては何ら面識すらも無い、見も知らぬ人である。しかし妙子はその時、何だかとても厭な気分がした。

この受取人の家まで自分自身が配達に出かけて行って、その受取人に直接自分が荷物を手渡そうとしたところ、受取りについて本人から、首を振って強く拒否をされたような気がしたのである。妙子には、それが何とも哀しかった。それでもその品物は妙子にとって大切なものには変わりはない。彼女は、ようやく気を取り直すと、自分の部屋の奥にある貴重品をしまう棚に、小包を保管しておくことにした。棚に小包をしまいながら妙子は、『この品物は、このまま私の一生の宝ものになるのかも知れない』と、なぜかそんなことを考えたりした。

そんなことがあってからというもの、妙子の眼差しには、どうかした拍子に暗い翳りのようなものが、一瞬ふとよぎり去るといったことが見られるようになった。とはいえ妙子は、その家の一人娘として、世間並みの娘以上と言えるほど大切に育てられ、幸せに成長していったのである。

やがて年月を経て、妙子も成人式を迎える時期となった。実の親のように愛情深く育ててくれた養親も、その頃には次第に老いが目立つようになって来ていた。特に養父の方は、もうずいぶんと足腰の方も弱ってきていた。

妙子は、日常生活の中で養親に何かと手を貸すことが増えてきていた。それでも彼女は出来る限り明るく振る舞って、養親の生活を支え続けていた。妙子は何事にもつねに親のことを念頭に考えるたちで、また誰に対しても優しく接するその性格から、近所でも孝行娘として評判になっていた。しかし養親たちからすると、娘に優しく世話をして貰えば貰うほど、自分たちの先々のことを憂える思いが募るばかりだった。そのようなことから養父養母は世の一般の親同様、娘の幸せな結婚を待ち望む切実な思いを、それぞれに懐くようになっていた。またその思いを娘に対して何かにつけて直接に、また暗に仄めかすというようなことが、普段の日常のやり取りの中でもますます多くなってきていた。

一方で妙子自身もまた口にこそ出しはしなかったけれども、そうした親の気持ちは充分過ぎるほど理解をしていた。彼女は常日頃から何事につけても、親の思いには先回りをして気遣う質《たち》の娘であった。しかしこのことに関しては、彼女は両親の気持ちを叶えてあげることはできなかった。妙子には、男性を信じるということが出来なかったのである。また実際のところこのことばかりは彼女自身、どうすることもできなかった。

『私は生涯独身で構わない。私はこれでいいのだ』

もちろん彼女は、決して直接これを口にすることはなかった。しかし妙子にとっては、思い出すことすら出来ないほど遠い以前からずっとそのように思って暮らしてきたのである。やがて養父が亡くなり、その数年後には養母もまた、妙子の看取る中で亡くなってしまった。

月夜の会話

妙子は、すでに四十歳を過ぎていた。彼女は、養父母に長いあいだ育てられてきた思い出多い家に、変わらずひとりで暮らしていた。

ある日のこと。何気なく彼女は、ふと昔の小包のことを思い起こした。あれは確か、もう随分と以前に返送されて来てから、二階の貴重品棚にしまってあるはずだわ。妙子は二階にあがると、その部屋の奥から小包を持ち出してきた。それを手にするなり彼女は、たちまち温かいような懐かしい思いに駆られて、その表面に書かれている宛先を心新たにしげしげと見つめた。すると、養父母の娘となってこの家で暮らすことになった当時のことが、まるで昨日のことのように生き生きと彼女の胸に甦ってきた。優しかった養父母も、もうここには居ない。

それにしても、おもてに書かれているこの住所というのは、一体どんな所なのだろう。じっとその宛先の文字を見つめていると、様々な想像が妙子の脳裏をよぎった。それは、ここからは随分と遠いところで、人込みなどからは全くかけ離れた、世界の片隅にひっそりと存在するような、彼女には何だかそんな場所に思われた。

『この場所に、行ってみたい』

ふと妙子は、そう思った。この宛名の場所を尋ねていって、どうやら女性であるらしいこの人物に実際に会ってみたい。

荷物を裏返すと、裏の差出人のところには懐かしい養母の筆跡で、養父の名が控え目に書かれている。これは養母がこの小包を発送してくれた際に、書き込んでくれたのだわ。でも考えてみれば、この宛名の女性が荷物を受け取ろうとして実際にこの包みを手にしたとき、裏の差出人のところに書かれた知らない男性の名前を見て、不安な気持ちにならないかしら。だから私は、どうしてもこの女性に会う必要があるのだわ。私が実際に会って、荷物を預かった時のことを詳しく説明して、私の手で直接この小包を渡してあげなければ。妙子は心の底からそう願った。『それに…』妙子は、幾度も深く思いを巡らせた。

それに、私を助けてくれたあのかたは亡くなってしまった。相手にこれを手渡そうにも、それはもう永久に叶わない。これを思えば、あのかたから直接これを託された私としては、受取人のかたにこの品物をこの手で確実に手渡し終えるまで、そしてあのかたの心を相手のかたにきちんと伝え終えるまで、決して私の責任を果たしたことにはならないのだわ。だってこれは、あのかたがこの私に命がけで依頼をしていかれた、何よりも大切な大切な、たったひとつの形見の品なんですもの。

もちろん妙子は、自分を引き取ってここまで育ててくれた養父と養母に対しては、心の底から感謝をしていた。しかしそれと全く同じように、彼女の中ではあの時の青年の姿はまた別の意味で、忘れられない大切な意味をもっていたのである。

もうこの土地には、私に縁のある人は誰ひとり居なくなってしまった。私はこうしてこの場所で、ずっとこのまま暮らしていていいのかしら。何かとても大事なことが、すっかり抜け落ちてしまっているような気がする。それよりも私が、恩人であるあのかたに縁のあるという、この人物のすぐ近くに行けたら。そしてこの人と同様に私もその地でこの先、共に生きていけたなら。

妙子の胸にはそんな願いが、日増しに強く頭をもたげるようになってきていた。

『もしも…』

妙子は、いつものように思いを巡らしてみる。もしもあの人があの場所を、あの時たまたま通りがかることが無かったとしたら…。それは彼女にとっては、およそ想像すら出来ないほど怖いことのように思われた。もしあの人の存在が無かったとしたら…今の私は、このように幸せな暮らしが出来ていただろうか。いやそれどころか、自分があのまま元のあの家で暮らしを続けたとすると、のちに自分が無事に生きていけたかどうかすら、今の妙子には全く確信が持てなかった。彼女にとっては、商店街で手箱を取られそうになったあの日、まさにあの瞬間が自分の運命の最大の分かれ道だったのだと、時が経つごとにますますはっきりと自覚しないでは居られなくなっていた。

『それに…』

と、また彼女は考えた。あの時にあのかたの助けがあったからこそ、わたしは養父養母と出会うことができたのだ。妙子はこの養父母との不思議な出会いを考えると、これもすべてあのかたが養父母との出会いの場まで、私の手を引いてきて下さったのだと感じた。このようにして妙子は、事あるごとにあの青年のことを思い返しては、そのかたの存在の大きさと、そのかたから貰った沢山の幸せを、深い感謝と不思議の気持ちをもって思い返さずには居られなかった。またそのように考える度にその男性は、彼女にとって命の恩人として、ますます大切で特別な、運命の人となっていった。

『それなのに…』

　更に彼女は、こう思いもした。…なのに私はあのかたに対して碌に目もくれないで、その場を駆けだして行ってしまった。たとえひと言でもいい。どうして私はあの瞬間に、あのかたに向かって『ありがとうございます』と、きちんとお礼を口にすることが出来なかったのだろう。妙子は、大人になった今思い返すにつけて、あの日の自分の行いは、返す返すも余りに幼稚な自分の、余りに幼稚な行動であったと、悔やまれずには居られなかった。彼女にとっては、このことが何としても口惜しく心残りでならなかったのである。

　このようにして、時が移るにつれてその青年の思い出は、妙子の胸の中で永遠に忘れることの出来ないものとなった。いつしかそれは彼女にとって、深く心に焼き付いて消えることのない、神々しい姿とさえなっていった。やがて彼女は、ついに決心をした。この懐かしい家屋を処分して、宛名に書かれているこの土地に移り住もう。こうして彼女は、養父母から譲り受けた遺産を携え、ひとり旅立つことにしたのである。それはある年の春の暮れ。ようやく桜花がちらほらと散り始めた頃のことだった。

　妙子は小包に書かれた住所ひとつを頼りに、その海辺の貧しい村に辿り着いた。村に到着するなり彼女はあちこちと尋ね歩いて、方々で交渉を繰り返した。結果として彼女はやっとのことで、ひとつの土地を購入することができた。その場所は村の中ほどからは少し逸れるけれども、緑豊かなしかし明るい林のひと区画であった。彼女は、広い林の一部を少し伐採して、そこへ新たに家を建てることにした。この場所に落ち着いて、ひとりで暮らそうとの計画である。ゆえにそれは簡素な木造建てだが、機能的で頑丈な造りとした。

やがて緑の林の中に、白い小さな洋館が出来上がった。こうしてみずみずしい樹の香りの漂う新築の家で、妙子の新たな生活が始まった。決して豊富とは言えない調度なども、好みのものを揃えた。家の周囲には、明るい緑も清々しい林が広がっている。一見すると家に庭があるというより、広大な庭の片隅にぽつんと家が隠れているというようすである。

『この村の人たちから見れば私は、いきなり仲間入りすることになった新参者だわ。だから私としてはこの土地のことを、毎日せめて少しづつでも知っていく努力をしなければ』

村に到着してからというもの妙子は、毎日このように感じて過ごしていた。

ある日のことである。その日の彼女は、朝も早い時間に家を出かけた。村をちょっと探検するつもりで、今日はあちらこちらと時間をかけて歩き回ってみようと考えたのである。妙子はまとめて買物ができるような場所を探そうと、村で一番賑やかな界隈を求めて歩いてみた。むろん小さな田舎の村のことである。繁華な場所といっても知れている。

妙子は歩いている村人たちの様子をうかがったり、見かけた人に話しかけたり、時には勇気を出して案内を乞うてみたりした。ところが、彼女が村人に対して声を掛けなどすると、必ずと言っていいほど決まって、相手はたまげたような表情をみせた。どうしたわけか誰もが目を丸くして、まじまじと妙子の顔を覗き込むのである。その村人の目つきを見ると、

「あんた、一体どこから来たね」

と、その眼の中にはっきりと書いてあるようだった。このように、自分と顔を見合わせた村人たちの誰もが、まるで申し合わせたかのように目を丸くして驚くのを見て、彼女はどのように感じただろうか。人によっては村人たちのそんな態度を見て、あるいは気分を害したかも知れない。ところが妙子は、村人たちのそんな表情を見る度ごとにすっかり可笑しくって吹き出しそうになった。そこで彼女は村人からの質問への返答をするより前に、いつも思わずひとりクスクスと、口を押さえてひとしきり笑わずには居られなかった。また村人たちもそんな妙子のようすを見るにつけ、まるで不思議なものでも見るかのように、ますます驚き呆れるという始末だった。どうやら村の人々からすると、妙子の容姿や出で立ちはひとしお眼を惹くものがあったようである。

しかし村の人たちは男女を問わず、誰もが純朴で親切な人たちばかりであった。時には

妙子が案内を乞うたところ相手の婦人のほうから、おや私も今から市場へ行くところだからちょうどいい、ついておいでと快く申し出てくれることもあった。

初夏のある日のこと。最近見つけたばかりの小さな店で買物を済ませたあと、妙子は少し辺りを散歩してみようと思い、袋を手に提げたまま気まぐれにぶらぶらと歩き始めた。当然ながら妙子にとっては、どちらを向いても同様にまだまだ見知らぬ場所ばかりである。あちらこちらと歩き回るうちに随分と時間も過ぎてしまった。知らないうちにいつか陽も傾いていて、ふと見上げるともう西の上空近くがゆっくりと紅く染まり始めている。しばらく歩くうちに彼女は、白い砂浜を横に臨む細く長い街道へと出てきた。道を行きながら右手の海辺に視線を投げると、今しも大きく膨らんだ夕陽が、遙かに広がる水平線に向かってゆらりゆらりと沈んでいくところである。たちまち彼女の視線は、その光景に釘付けとなってしまった。

海に向かってやや中空へと目をやるときらきらと光るオレンジ色の雲たちが、さも心地良さそうに群れになって浮いている。そしてどこからともなくあとからあとから生まれてきては、魔法のように雲たちは、溶けて流れて消えていく。視線を落として水平線を遠く見やれば、空と海とのあわいには、うっすらと涼しげな夕焼け雲のひと群れが、のどかな夢を見ているように静かに浮かんでいる。鮮やかに輝くオレンジ色だったのが次第次第に深いワイン色へと移ろっていく優雅な雲たちは、色彩の妖精のように姿かたちを自在に変えては呑気にたゆたい流れていく。そしてあたり一帯の空の色や足下の波の色を手始めとして、天地のあらゆるものを燃え上がる見事な紅《くれない》色にじっくりと染めあげていく。それは姿なき天空の染物職人による、究極の至芸を見ているようだ。

涼しい潮風を身に受けて長い黒髪をなびかせながら妙子は、いつしか我を忘れていた。視線の遙か向こうには、いましも紅の夕陽が、遠く海の向こうがわへと優雅に沈みゆこうとしている。しかしその壮大な絵巻にも似た厳かな光景を望みながら彼女は、ふと妙なことに気が付いた。

『この紅い夕陽は…どこかで見たような…』

彼女は、そう思った。いつのことだろうか…。

『あれは…そう、ずっと昔の…』

燃えるような夕焼け空の、なおその彼方に広がる地平へと心の視線を投げかけながら、妙子は微かな記憶の小径を辿っていった。そうして彼女は、心の奥に広がる仄かな情景の水平線の、更に奥へと思いを静かにたぐり寄せていく。

夕焼け雲は妙子にとって、遠い昔からいつも変わらず無二の心の友だった。それはいつ頃からのことだろう。自分でも、はっきりとは分からない。でもいつとは知らないうちから、なぜだか自分にはひとつの習慣があったのを憶えている。まだほんの幼い頃のことだ。お母さんからちょっとした小言を言われたりして、つらい事や淋しい思いをする度に、わたしは決まって家裏の路地へと回り込んだ。そして、家の勝手口を回ったところにある、隅の小さな壁際に立ってもたれかかるのが癖になっていた。今考えると変な習慣だけれど、その場所は当時の幼い自分にとって、特別に居心地が良かったのかも知れない。その場所に立って空を見上げると、西の空に広がる夕焼け雲がとてもよく見えた。そこに立って西の空を眺めてぼんやりと物思いに沈んでいると、そのうちに背後にある気配を感ずる。お母さんが迎えにやってきていて、後ろから無言で私のようすを見ているのだ。その気配を感ずると次第に肩や背中あたりが、ほんのり温かくなってくるような気がする。空を眺めたままでなおも気付かぬふりをしていると、お母さんは肩ごしに優しく声を掛けて、促すようにそっと私の背中に手を添えてくれる。そして私はお母さんの柔らかな手の温もりを感じながら、仲よく手をつないで一緒に勝手口へ戻っていくというのが、いつもの嬉しいお決まりだった。

　お父さんが車の事故で亡くなってから何年かが過ぎたころ、お母さんは再婚をした。最初の頃は何も問題はなかった。でもお母さんが病気になって家で臥せがちになった頃から、次第に両親の仲が悪くなっていった。継父が帰宅する時間は、次第に遅くなっていった。やがて家に戻らない日も多くなってきて、たまに帰って来ても深夜だったりと気まぐれなものになった。継父は、病床の母の姿を見るとイライラするのか、何かにつけて母を口汚く罵ることが多かった。そんな時、幼い私は母の枕元に座って病人の手を固く握り締めたまま、小さくうずくまってよく泣いていたのを覚えている。とにかく私は、この新しい父という人が恐かった。第一、私は継父に対して面と向かって『お父さん』と言ったことすらなかった。言いたくもなかった。自分にとってのお父さんは世界でたったひとりきりだと、私はいつも秘かに心で叫んでいた。私はこっそり胸の中で、亡くなった優しいお父さんとこの新しい父との二人をよく較べてみたものだ。そして、同じ男性だというのに人とはこんなにも違うものなのかと、驚きの眼で継父の顔をまじまじと見たりすることがよくあった。そうするとたちまち、何だその目はと言って継父に怒鳴られた。そんな生活を続けるうち、いつか私自身も自分の悲しみを背負いこむだけで精一杯の毎日になっていったように思う。ときおりお母さんと目を見合わせて以前のように笑顔を交わすことなども、殆どなくなっていた。かつては家で夕飯を作りながら私の帰りを待っていてくれた母も、体調を悪くして寝込んでからは夕飯を作れなくなっていた。そんなわけで今度は私が、お母さんに代わって夕飯を作ることになった。家に帰ってランドセルを降ろすと、以前にお母さんから教わったことのある料理を作ったりした。分からないことは、寝床のお母さんに訊きながら頑張った。そして、小さなお膳をお母さんの枕元に据えて、二人きりで静かな夕食をとったものだ。一方で継父が家で夕食をとることなどは、殆どなかった。私たちにとっても、実際はその方が都合がよかった。逆に継父が家にいるとなると、もうそれだけで私たち二人はピリピリと緊張して、お互い生きた心地がしなかったものだ。

妙子にとって、両親の諍《いさか》う声を聞いたり、母の暗い顔や涙を見せられるのは何よりも辛いことだった。彼女の下校の足どりは、日を追うごとに重く滞りがちなものとなっていった。少女は、ランドセルを背負って歩く学校からの帰り道、河川敷に続く土手の上の小道を通るとき、空に浮かぶ白い雲を見ながら歩くのが大好きだった。秋から冬にかけて夕暮れどきが早まる季節になると、下校の頃合いには西の空が染まりだすことも多い。少女は空に浮かんでいる雲たちの色や形が、時間をかけてゆっくり変わっていくようすを眺めてさえいれば、どれほどそれを見続けていたとしても、決して飽きるなどということは無かった。だがそのうちに少女は、夕陽に染まる雲を見つめながら、ぼんやりと物思いにふけることが多くなっていった。やがて彼女はどうかすると帰り道の途中でふと脇に逸れ、土手の斜面に広がる草地に膝を抱えて腰を下ろすということが多くなった。そして遠く西の空を望んで、茜色に色づく夕焼け雲にじっと視線を注ぎながら、心の中で会話をするようになった。

『ねえ、バラ色の雲さん。私はこれから、どうしたらいいの？　お母さんの病気はよくなるの？　もしかして、お母さんが居なくなったりしたら…そしたら私はどうなるの？　ねえ教えて』

遠い空に浮かぶ雲に向かって幾度問いかけてみても、答えはひとつも返ってこない。それでも雲たちに視線を投げながら無言の問いかけを繰り返していると、雲の変化に引き連れて心の中のありさまが、少しずつ変わっていくように思われた。刻々と移ろいながら色や形を自在に変える雲たちの、その優雅な姿を眺めていると、暗く沈んだ心の糸も次第にゆるみ解《ほど》けていくようだ。いつしか心はふんわり和みわたって、やがて気づけば遥かな空のただなかを、雲たちと肩を並べ、自分もぽっかり浮かんでいるような気がしてくるのだった。

ある冬の夕暮れどき。下校途中の妙子はいつものように川沿いの土手の斜面に腰を下ろして、暮れなずむ西の空を眺めていた。夕陽を見ながらも妙子の心は、家では母が病床で自分の帰宅を待ちわびているのを痛いほど感じていた。それでも最近の彼女は、そうやって草地に座ったままで、心の一方ではじりじりと焦るような気持ちが自分を責め立ててくるのを感じながら、なおも重い腰が上がらないということが多くなってきていた。それほどにも近頃の彼女の心は重く淀みがちになっていた。またそれほどにも、そこから見える夕陽の光景は、目を離せないほど素晴らしいものだった。妙子は、西の空に広がり流れゆく茜色の雲たちを、一心に見つめた。

うつろいゆく時空の庭先いっぱいに広がっては、気ままに色や形を変えていく輝く雲たちの姿は、まるで夢の世界に遊ぶ自由な生き物のように見えた。それは興味の尽きない華麗なドラマの主であると同時に、当時の妙子にとってはもっとも身近な友であり、無二の話し相手と言ってよかった。

そんな夕焼けを見ていた時のこと、ふと妙子の心の中にひとつの疑問が浮かんだ。

あの西の山の向こう側には、一体どんな世界があるのだろう。流れては消えていく茜色の雲たちはみんな、もしかしたらあの西山を越えた向こう側から来るのかしら。ええ、そうよ。きっとそうよ。妙子は、遠く西の空の向こうの彼方には、夕焼け雲をせっせと作り出している国があるのだと思った。

何から何まで茜色をしたその小さな国では、きっと朝も夜もなく一日中が夕暮れどきなんだわ。いいえ一年を通して、ずっときれいな夕焼け空に染まったままの国なのに違いないわ。そしてその国の片隅にある人里離れた村には、だあれも知らない秘密の場所があって、そこには見上げるように大きくて不思議な機械が、たくさん並んでいるのよ。そこでは沢山の人たちが、大きな音を立ててそれらの機械をうんうんと動かしていて、きれいな茜色に染まった真新しい雲を毎日年中、無限に作り続けているんだわ。だから雨降りの日なんかは、全員が一斉にお休みをしているのね、きっと。私が将来大きくなったら、その夕焼け雲の国を一度でいいから訪れてみたいものだわと、妙子はいつか真剣に考えるようになっていた。

次々と溢れるように思い出される幼い日の自分の心に再会していると、あまりの懐かしさについ嬉しくなって、妙子はひとり微笑まずには居られなかった。まだ小さな女の子であった頃の自分の思いに今改めて触れてみると、当時の胸の内を占領していた揺れ惑う心の有りさまが生き生きと甦ってくる。そうやってセピア色にくすんだような淋しく切ない切れぎれの思いのかけらを静かに寄せ集めていると、今ではそれらの全てが今の自分にとって、何か限りなく愛おしいものに思えてきた。

こうしてここまで生きてきたけれど、今まで歩いてきた道は決して間違いなんかじゃなかった。結局これで良かったんだわ。こんな見知らぬ村にまで、思い切ってはるばるやって来たことも。何から何まで、全てのことが…。妙子は今、つくづくとそれを感じていた。

まるで数十年の時を隔てて、いま突然告げられたかのように、妙子はようやく思い至った。幼い頃から長い年月、あの雲さんたちと心で対話をしてきたけれど、あの無数の先生から私は、とても大事なことを教わってきたという気がする。それは『時を耐え忍ぶ』ということ。この先どんなことが起きるにせよ、この生命《いのち》ひとつが手許に残っていれば、ただそれだけで何とか凌いで生きていけるわ。生きていれば、生きて歩いてさえいれば、やがて物事は何もかもが流れていく。道中いろんなことがあるでしょう。そのうちには、思いがけない希望にも出会うでしょう。そうやって時を道連れに旅する中で、流れながれて時を経て、たまにはそっと振り返ってみましょう。全ては穏やかにゆるやかに流れてゆく。そうして結局のところは自分にとって、よい方へよい方へと移り流れてゆくんだわ。私は識らない間に、雲たちから無言の訓えを貰って生きてきたのだわ。彼女はそれに気付くと、雲を見上げて感謝と感嘆の思いを新たにした。

遠い日の回想から、妙子の思いがようやく現実の世界へと立ち戻ってきた時だった。ふと彼女は、砂浜に人影が見えるのに気がついた。海に向かっている妙子の視線の先には、ひとりの女性が浜辺の波打ち際に、海に向かってぽつんと立っている。幼い少女ではない。娘さんというような年頃に見える。妙子はしばらくの間、何となくその娘の後ろ姿を見つめていた。娘は特に何をするというのでもない。波打ち際に佇んだまま、足もとへ静かに打ち寄せるさざ波を、ただぼうっと見ているようすである。何かを考え込んでいるのだろうか、娘はいつまでも下を向いて、まるで放心したように立ち尽くしているように見えた。

妙子はその様子をしばらくぼんやりと見ていたが、そのうち何かそわそわとした不安な気持ちに襲われ始めた。なぜだか自分でも分からないけれど、妙子はそのとき不思議なことに、自分は今、このまま帰ってはいけないという気がした。

『あの娘さんを、ここに放っておいてはならない』

まるで胸の奥で、見知らぬ誰かが呟くような…繰り返し心の中で、そんな声が谺しているような、不思議な感覚だった。妙子の胸は、どきんどきんと高鳴り始めていた。

どうしようかと迷いながら、妙子はなおもそこに立っていた。ところが次の瞬間どういうわけか無意識のうちに、彼女はさっさと低い堤防を通り越していた。驚き怪しみあれよあれよと思う間もなく、浜に向かってどんどん突き進む。そしてハッと気付いた時には、もう波打ちぎわまで降りて来ていた。そしていま目の前のすぐ手の届くところに、娘の背中があった。


ためらいながらも妙子は、娘の背後からおそるおそる声をかけてみた。

「もしもし…お嬢さん」

「え？」

娘はそう言うなり、くるりと振り返った。髪の長い、おとなしそうな顔だちである。いきなり背後から声を掛けられて、明らかに狼狽えてどぎまぎした様子が、ぱっちりと見開いた目とそのこわばった表情からも窺えた。

「わたし、ですか」

娘は妙子に、静かに問い返した。

「ええ、あの…。何だか、とっても淋しそうだったから、ついね…。誰かを待ってるの？」

「い、いいえ、そういうわけじゃ…」

「もうすぐ、暗くなって来るわよ。あなたもぼちぼち、おうちへ帰るんでしょ。良かったら、そこまで一緒に行きましょうか？」

「……………」

「どうしたの？」

妙子は、俯いている娘の顔を、そっとうかがうようにして訊いてみた。

「わたし…」

娘は沈んだ顔を俯けながら、ぼそりとひと言つぶやいた。

「わたし、どうしたの？」

妙子の問いに対して娘は、暗い表情を変えようともせずに暫くのあいだ、むっつり口を閉じたままだった。ややあって彼女は、足もとの砂を見つめたまま独り言のような口ぶりで、ぽつりと囁くようにこう言った。

「…家出、してきて…」

その瞬間、妙子はドキッと大きく胸が震えた。妙子は、無意識のうちにたちまち固く緊張している自分に気付いていた。

『さっき街道で立って見ていた時に、不思議と何か胸騒ぎがしたのは…あれはこの事だったんだわ』

このとき妙子は、心の奥底でそう感じた。

妙子は、無言でゆっくりと前に歩み出た。わざと娘の横で一列に肩を揃え、自分も同じように前を向いて、娘と並んで立ってみた。そして自分も娘と同様に遠い夕陽を眺めて、夕焼けに額や頬を紅く染めながら、黙ってじっと立ちつくした。それから夕陽に照り映えて、見渡す限り金色に輝きわたるさざ波をじっと目で追いながら、妙子はその波間に向かって、いきなり思いっきり叫ぶように、大きな声で言った。

「私もねええ、家出してきたのよおお」

「え？」

娘は、眼を大きく見開いて、まじまじと妙子の顔を見返した。

「それ…本当ですか？」

娘は妙子のほうを向き直り、鳩のような眼をしたまま驚いた顔でそう言った。

娘の反応に妙子はすっかり嬉しくなって、思わず胸で両手を組み合わせ、相手に向かって、いたずらっぽくニコニコと微笑みかけていた。そして今度は娘の眼の中の光に向かって、内緒話を打ち明けるかのように、静かな声でこっそりと妙子はこう続けた。

「そう。遠い町で家出をしてきて、ひとりでこの村までやって来たのよ」

娘は、何だか訳が分からないというふうで、じっと穴の開くほどただ妙子の顔を見つめるばかりである。妙子はそこで心を静めるかのように、フウッとひとつ大きく深呼吸をした。そして軽く娘の眼を見やりながら、今度はわざと明るい声で相手にひとこと、こう問いかけたのである。

「ねえ。私のところで、仕事をしてみない?」

こうしてその日から娘は、妙子の屋敷の家政婦として、住み込みで働くことになった。

妙子と一緒に暮らすことになったその娘は、年齢が二十四歳だという。そこでようやく相手が、自分よりも十八歳の年下だということが、妙子にもわかったのである。この土地で生まれ育った人物ではあるけれど、ほんの幼い頃に母親を亡くしており、父親とも生き別れとなっていて、幼少の頃から既に身寄りもないまま生活をしてきたようであった。彼女はほんの昨日まで、ある貧しい農家の納屋の隅に寝かせて貰い、その家の子守りや家事の手伝いごとなどをしながら暮らしてきたらしい。彼女は少女の頃に父と生き別れることになってからというもの、それ以来ずっとこのような手伝いをしながら、いくつかの家を転々として、その日その日の生活の遣り繰りをしてきたのだという。そういうわけで彼女は、今まで学校に通ったことも殆どなかったというのである。

海沿いのこの村は、本来が昔から変わらぬ漁業の土地柄なので、彼女のような娘には、もともと仕事らしい仕事などは、見つからないもののようである。実際に彼女が昨日まで住まわせて貰っていたところでも、その農家のおかみさんという人は何かというと口を開けば、娘に対して頭ごなしに小言を言った。それも、気に食わなければいつでも勝手に出て行けと言わんばかりの勢いで「役立たず」だとか「ごくつぶし」などと、始終平気で小言を浴びせるような人物だった。ところが、今までこの娘が世話になったどこの家でも、その家のおかみさんという人は、どういうわけか全く同じように朝から晩までひっきりなしに、たえず小言を言うものとおよそ決まっていた。それでも毎日この娘は、うやうやしい従順さで表情ひとつ変えず、まして愚痴ひとつこぼすでもなく、せっせと小間使いやら手伝いやらに黙々とネズミのように働いた。彼女はひたすらそうすることによって、ようやく今まで何とか食べさせて貰ってきたのである。そんな娘がほんの偶然から、突然こんな大きな家で雇って貰えることになったのである。それればかりかたったひとりだけで暮らせるきれいな部屋を貰えて、しかも自分の自由に使ってよいというのだ。

妙子の言葉を耳にした瞬間、娘は最初まるで意味が分からないというような表情で、ポカンと呆気にとられていた。ところが、そのあとが大変だった。娘は妙子のその言葉を聞いてから、どれくらいそうやって突っ立っていただろうか。それまで表情を知らぬ棒のように立っていた娘が、いきなり空気が抜けた人形のようになって、ヘナヘナとその場にへたり込んでしまったのである。すると今度はガタガタと身を震わせて、大粒の涙を膝の上にポロポロとこぼしたかと思うと、娘は肩を落としてさもつらそうにさめざめと泣きだしたではないか。その様子はまるで、私はたった今、ひどい言葉でいじめられましたとでもいうような素振りに見えた。

それを見て驚いたのは、妙子である。彼女は娘のようすをひと目見るなり、何か自分が娘の気に障ることでもポロリと口にしてしまったのだろうかと、どぎまぎしてしまった。そしてすっかりうろたえてしまって、娘の前をただおろおろと歩き回り、何をどうしていいものか、もうわけが分からなくなっていた。妙子はこの年下の娘に対して、いま自分は彼女にどうしてあげればいいのかと必死に考えるのだけれども、答えはひとつも出てこない。見るも憐れな娘の姿に彼女はいたたまれなくなっているのだけれど、結局のところは闇雲にあたふたするばかりであった。あげくの果てに妙子は、つつと娘の目の前まで行ったかと思うとその場にぺたんと跪いた。そして胸の前で両手を固く組み合わせ、胸を絞るようにしてたったひとこと、か細い声でこう言った。

「ご、ごめんなさい。わたし…」

呟くようにやっとこれだけを口にして、彼女は申し訳なさそうに頭を下げた。慌てふためいた妙子は、娘を何とかなだめようとして夢中になっていたのである。きっとこの娘《こ》は、ここで働くのには都合の悪い、何かの事情があるんだわ、きっとそうに違いない、と妙子は考えた。そして彼女は、この娘に向かっていきなりこんな頼みを願い出た私が悪かったんだわ、と一方的に自分を責め立てていたのである。

ところが本当の事情は、そんな妙子の思いからは全く見当違いのところにあった。ではこの娘をあんなに震えさせ、泣かせた原因は何だったのか。その正体は、この娘の心を突如襲った、妙子当人への余りにも深く激しい、感謝と感激の氾濫なのだった。

こうしてこの屋敷でのたった二人の暮らしが始まった。この二人はとても仲が良く、一日中さまざまな話題で実によくおしゃべりをした。この家政婦に対して妙子は、あの浜辺で最初に会って言葉を交わした時から、どこか自分と通じるような不思議なものを感じていた。妙子はこの娘と四方山の話をしているさなかに、ふと一種何とも奇妙な感情にとらわれることがよくあった。どこか嬉しいような、またくすぐったいような、譬えようもなく温かくて幸せな気持ちがふつふつと心の底から沸き上がってくるのである。それは目の前の相手が、まるで自分の妹かそれとも娘かというような心持ちである。兄弟姉妹を持ったことのない妙子にとって、当初それは驚きにも近い感情であった。

一方で家政婦にとって妙子は、最初は単に優しい年上の人といった印象であった。しかし十八歳も年上のこの人は、自分にとって最大の恩人となった。その恩人と二人きりで毎日を暮らして日が経つうちに彼女は、自分の妙子に対する気持ちが少しずつ変わり始めているのを感じていた。

この娘は、まだほんの幼い頃に母親を亡くしていたので、母と会話をした記憶すら残ってはいなかった。この娘にとって母という人は写真で見たこともない、そんな遠い夢のような存在でしかなかった。ところが最近、妙なことに気が付いた。それは決まって、妙子と会話をしている時に起こった。どういうわけか、いま自分に向かって話をしている女性が今まではっきりと顔を見たことすらもなかった、自分を産んでくれた『お母さん』その人であるかのような、不思議なときめきをもって見えてくるのである。ふたりで愉しく過ごす日々を重ねるほどに、この娘の心には目の前の妙子の姿がまだ見ぬ母のイメージとして、ますます真実の光を帯びていくようになっていった。

ある日のこと。家政婦が朝の挨拶をしようとして妙子の前に出て相手の姿を見た時だった。突然彼女は目の前の妙子に対して、なぜか懐かしくまた慕わしい、そしてしがみ付いて甘えたくなるような、激しい衝動に襲われた。その時は自分でも驚きとまどいはしたものの、その衝動は彼女にとって、今までに味わうことのなかった不思議なものだった。また一方でそれは意思の上で止めようとしても、心から自然と湧き出るような、強烈でしみじみとした深い喜びの感情だった。このような体験をしてからというもの、この家政婦は内心しみじみと考えるようになった。あの日、あの白い砂浜に広がる金色の夕焼けの中で、この妙子という人に出会えたという事実は、自分にとっては決して偶然とは言えない、とても不思議なことなのだと。

家政婦は、自分の中で妙子という人物の存在が、日を追ってますます特別な大きなものになっていくのを感じた。やがて彼女は妙子を、実の親のように感じるようになっていった。今やこの娘にとっては、妙子の身の上に何かの悲しみや苦しみが降りかかるなどということは、万が一にしろ到底我慢ならないことだった。妙子が何か悲しい表情をするようなことでもあるとしたら、自分の生命に替えてでも、絶対に護るのだ。彼女は秘かにそう誓っていた。こういうわけでこの家政婦の妙子に対する言動というものは、何から何まで万事に配慮を重ね心を尽くし、つねに行き届いたものだった。それは、あたかも貴人に対するように丁重この上ないものがあった。何かの用向きから妙子に呼びかける際でも、彼女は常に尊敬と感謝の気持ちをもって、心からの思いを込めて「奥さま」と呼びかけるのを習慣としていた。ところで、この『奥さま』という語を口にするということには、この娘にとって一種独特の意味合いがあった。それはこの言葉が彼女にとっては、『お母さま』という言葉を口にするのと何ら変わらないものだったからである。母に呼びかけたという、子どもらしい記憶を持たない彼女にとって、幼い頃からこの『お母さま』という言葉は自分が一度も使ったことのない、憧れそのものの言葉であった。その憧れであった『お母さま』が今、実際に自分の前に現れたのである。世の中にこれほど嬉しいことがまたとあるだろうか。だからこの神聖な言葉を口にする一瞬というのは、どんな時であれ彼女にとって、胸もときめく喜びの瞬間なのだった。本音を言うと彼女は、もしも許して貰えるならこの「奥さま」という言葉を、二十四時間絶え間なく呼び続けていたいと思った。そして母である妙子に、ずっと甘えていたかった。これまで数十年ものあいだ、とうとう思い出すことすら叶わなかった母という人。その人への深い思い、淋しく辛かった、暗くて長い日々の思い出。いま彼女は、それらの穴埋めをしたくてどうにも堪らなかった。やっと私にもお母さんと一緒に過ごせるという、夢のような日が巡って来たのだもの。今までどれだけ私は、このような日を待ち望んできたことか。しかしそれは自分にとって都合よくても、奥さまにとってはもしや迷惑でもあろうかと思い直した彼女は、差し当たりは実行しないでぐっと胸の気持ちを抑えていたのである。そうすることでようやく、単に見た目の平静をどうにか装っているに過ぎないのだった。

妙子は普段から、自分の生い立ちだとか経てきた苦労やらの昔話を、ありのままに家政婦に話して聞かせた。ある日のこと、妙子がかねがね自らの命の恩人と感じている、あの青年の話をした時だった。家政婦は、話がその青年のことに触れると、何か言い知れぬ胸騒ぎを感じた。そして、その「小包」の事に話が及んだ時である。さっと顔色が変わったかと思うと、みるみる彼女の表情は強張っていったのである。妙子は、話題が青年のことや小包のことに及んだ時の家政婦の仕種や表情の様子を見て、話を続けながらも、何かしらただならぬ気配を感じていた。この男性や小包のことで、私の知らない何か特別な謂われでもあるのかしら。続いて家政婦は何か意を決したかのように、真剣な面持ちで妙子に願い出た。その小包を実際に見せて頂けませんでしょうかというのである。妙子はそう言われて、ふとあることを思い起こした。そして家政婦にひとこと、このように告げた。

『そう言えばその小包ね、実は私にもちょっと変なことがあったのよ』

続けて彼女は、その小包にまつわる自分の妙な体験のことを、掻い摘んで家政婦に物語った。妙子がこの村にやって来た時、まず最初にしなければならなかったこと。それは、土地の購入手続をするための業者を見つけることだった。またそれと同時に彼女は、郵便局をも探しながら方々を歩き回った。それは、この小包について照会をしてみたいと思ったからである。あの時どうしてこの荷物は配達をされないで、戻ってきてしまったのか。その理由を是非とも知りたかったのである。さて業者を探索する途中で彼女は、ある街角で小さな郵便局を見付けた。直ちに彼女はその窓口でこの小包を差し出し、この荷物の配達はできますかと係員に訊ねてみた。係員はしばらく表記の住所を調べていたが、ややあって妙子の顔をじっと見ながら、怪訝な顔付きでこう言ったのである。

『あのう、この住所には現在、誰も住んではいらっしゃらないようですが?』

妙子は、このように言われて仕方なく、そのまま小包を持ち帰ったのだった。

家政婦は実際に小包を手に取り、おもてに書かれた宛名を目の当たりにした途端、鳩のように目を大きく見開き、口をあんぐりと開けたままで、何も言えなくなってしまった。そのとき彼女はひとり胸の中で、遠い回想を巡らせていたのである。

これは…むかし村で噂になっていた…あの、渚おばあさんといつもいつも一緒だった…あの優しい洋二さんとかいう青年のことじゃないかしら。それに、今まで村のお年寄りから伝え聞いてきた話と、それから奥さまが直接に体験されたお話との両方をすり合わせてみると、考えれば考えるほどこれは不思議な話だわ。この話を並べてみると、渚おばあさんが村のあの小屋で亡くなったのと、その洋二さんが病院で亡くなったのとは、時間的に同じ頃になる。つまり渚おばあさんと洋二さんは、ほぼ同時に亡くなっているんだわ。なんてことかしら。

私の記憶では、おばあさんはあの小屋で、半分だけの黒い櫛を胸にしっかりと抱き締めたまま亡くなったと聞いている。また今の奥さまの話からすると洋二さんも、やはりその櫛を固く握りしめたままで亡くなっていた。これは一体、どういうことなの？　二人が亡くなったのは、ほとんど同じ時刻。しかもこの二人は、最期を迎えた場所こそ随分と離れてはいるけれども、二人とも半分の櫛を胸にして、同じ姿勢で亡くなっている。まるで二人示し合わせたかのように、何もかもがおんなじだわ。わぁ何これ、こんなことって…。

家政婦は妙子に向かって、この村で言い伝えられてきた渚おばあさんと洋二との逸話を涙ながらに、こと細かに物語っていった。幼い頃より家政婦は小間使いのような仕事柄から、物々交換や買物などの用向きで、毎日頻繁に村中のあちこちの家へと往き来をしていた。そうした中で家政婦がいつも買物をする先の商店のおかみさんや、卵を貰いにいく先の農家のお婆さんなどから片手間に聞く昔話といえば、大概がこの奇妙な二人の言い伝えに関する話と相場が決まっていた。そういうわけで家政婦は、この話に関しては今までいやと言うほど繰り返し聞かされ続けてきているものだから、もうすっかり聞き覚えてしまっているほどだった。妙子に向かって家政婦は話の末尾に付け加えて、ある農家のお婆さんから聞いたことのある、二人についての印象深い逸話のひとつを物語った。

その農家のお婆さんがまだ若い頃のこと、夕方近くに浜辺の街道を歩いていると、渚おばあさんと洋二とのふたりが浜の波打ち際に仲よく並んで座って、夕日を眺めているのを遠くから見かけることが多かったらしい。その日も農家のお婆さんは、岸の街道沿いからの通りがかりに、ふたりの姿を見かけたのだったが、洋二は振り返りざまに彼女の姿に気付くと、わざわざ彼女に向けて大きく手を振りながら、大声で挨拶をしてくれた。続いて彼は渚おばあさんのことに触れ、

「おばあさんのことを、どうかこれからも宜しくお願いします」

と老人の暮しぶりに気をかけて貰えるよう、大声で礼儀正しく丁寧に頭を垂れて頼んで

いたという。

家政婦は、優しく礼儀正しい洋二青年の姿をいきいきと思い浮かべながら、物語を伝えた。さらに続けて家政婦は、自分が今までに得てきた大小数々の伝聞の一切を、余すところなく語った。渚おばあさんは洋二さんと別れてから一年ほど経ったある秋の日に、あの小屋で亡くなっていたということ。それからこの小包は、送り先の渚おばあさんが既に亡くなっていたことから、送り返されたのに違いないということなども伝えておいた。ついで家政婦は、以前からこの浜辺で囁かれている変な噂のことに触れた。ある夜に月明かりの浜辺を歩いていた青年が、老婆の亡霊に取りつかれて、狂死してしまったこと。それからのち、この浜では同様の事件が幾度となく繰り返し起き続けていること。そんなわけで近頃では浜へと近づく者は、ことに夜間などは誰ひとり居なくなってしまったことなどを丁寧に語り伝えた。一方妙子は、家政婦の話に終始一心に耳を傾けていた。だが彼女のようすに異変が見られたのは、家政婦の言葉が亡霊の話に触れた時だった。そのとき妙子の表情はサッとかき曇り、たちまち沈痛なものとなった。彼女は身じろぎもせず、変わらず家政婦の話に耳を傾けている。主人の様子にただ事ならぬ何かを感じ取った家政婦は、物語の傍ら妙子のありさまをチラチラと注意深く観察した。すると家政婦の目に映ったのは、悲嘆の余りに肩を落とし、うなだれながら涙に暮れる妙子の痛ましい姿であった。

それから数日が経った頃。夕食を済ませた妙子は、すぐに二階の自分の部屋へと戻って行った。そして奥にある貴重品の棚から、昔のあの小包を持ち出してきた。妙子は荷物をテーブルの上に載せて椅子に腰をおろし、改めてしげしげとその小包を見つめた。その裏面には、懐かしい養母の優しい柔らかな筆跡が記されている。その文字を見ていると、妙子は久し振りに養母に会えたようで温かな気持ちに包まれる心地がした。彼女は、胸の中に次々と甦る養父母との様々な思い出でたちまち胸が一杯になって、思わずその包みを胸に押し当てギュッと抱き締めた。それから彼女は包みを裏返し、今度はその表面を確かめた。妙子はしばらくその宛名に書き込まれた男らしい、くっきりとした大きめの筆跡をしばらくの間見つめていた。それから彼女は、ようやく何かを決心したかのように姿勢を正したかと思うと、その包みをゆっくり解き始めた。

中から出てきたのは、ひとつの櫛だった。きれいな小箱をそっと開けて、妙子がそこに収められていた櫛を静かに手に取ってみた時、何かヒラヒラと足もとへ舞い落ちていく白いものが見えた。拾い上げてみると、それは一葉の手紙だった。筆跡からすると、どうやら小包表面の宛名を書いた、まさしくあの男性のものらしい。手紙には、ペンで次のように書かれていた。

「渚さんへ
　お元気ですか？
　先に、新しい櫛をお送りします。
　お約束どおり、私が戻るまで、
　達者で待っていて下さいね。
　会えるのを楽しみにしています。
　　　　　　　　　　　　洋二」

　妙子は、その一枚の手紙と真新しい櫛とを持ち、それに、あの時ふるさとの病院から預かってきた古い半分の櫛とを携えて、ひとりで家を出かけた。そして、夜の浜辺へと向けてゆっくりと歩いていった。それは秋も深まる頃、あたかも満月が大きく輝く静かな夜だった。

浜へと辿り着くと、妙子はそのまま月夜の浜辺を白い汀に沿って、ゆっくりと歩き始めた。

歩き続けていると、やがて向こう前方の波打ち際に、ひとつの黒い人影が視界に入ってきた。さらに進んでいくと、それは海に向かってしゃがみ込む、背の曲がった裸足の老婆であった。妙子が進むにつれて、人影が近くなる。妙子はドキドキと高鳴る胸をなだめながら、なおも歩き続けた。ついに彼女は、その老人のすぐ背後にまでやって来た。すぐ目の前にうずくまっている老婆のようすを伺いながらも、妙子はなおもためらうものがあった。近くに歩み寄って、そっと老人の肩に手を触れて、声をかけてみようかしら。それとも、このまま歩いて行く方がいいのかしら。しばらく老人の背後に立ち止まり、その背中をじっと伺いながら、妙子はしばし途方に暮れた。だが結局彼女は、そのまま歩いていくことにした。そして妙子が老婆の姿を通り越してから、しばらくした時だった。

突然、背中にズシンと激しい重みがのしかかり、妙子の両足に驚くほどの重圧が掛かった。

その瞬間くるりと首を回すと、やはり思った通りだった。先ほどの老婆が自分の背中にしがみ付いているのである。老婆は長い白髪を振り乱し、両手で妙子の首にかじり付きながら、何やら頻りにモグモグと口ずさんでいる。

「ヨオチュ」「ヨオチュ」

妙子の耳には、その時ハッキリとそう聞こえた。ところがその言葉を耳にした途端、妙子の唇は悲しみの思いにわななきだした。彼女は背中の相手に振り向きながら、落ち着いた優しい声で、このように言ったのである。


「渚おばあさん。あの優しい洋二さんはね、病院で亡くなってしまったのよ。悲しいけれど、もうこの世には居なくなってしまったの。私も昔ね、洋二さんに、危ないところを助けて貰ったのよ」

このように告げながらも妙子の頬は、とめどなく溢れる涙で濡れていた。それでもなお彼女は背中の老婆に向かって、優しく話しかけるように言葉をついだ。

「だからおばあさん、洋二さんを幾らここで待っていても、もう戻って来てはくれないのよ。洋二さんはね、渚おばあさんが会いに来てくれるのを、あの世でずっと待っていますよ。おばあさんのことを思って、渚おばあさんに会いたいと思って、今でもずっと向こうで待ってくれているんですよ。本当ですよ。洋二さんはね、渚おばあさんが来るのをいつまでも、いつまでも必ず待っていてくれていますよ。あ、それと、これ…」

妙子は、持ってきた新しい櫛と古い櫛、それに手紙をおばあさんに手渡そうとした。ところがその言葉をまだいい終えないうちに、突然それまで彼女の背中にのしかかっていたズシリとした重みが、まるで嘘のようにスッと消え失せたのである。

驚いて浜を見回す彼女の視線の先には、元の静かな浜辺がどこまでも広がっている。不審に思ってじっと眼を凝らし、あたりを今一度見渡してみた。すると波打ち際の同じ場所に、再び元のようにしゃがみ込む人影が窺えた。妙子がその寂しげな老婆の背中に向かって思わず近づこうとした、その時だった。

突然前方から何か怖ろしい力を感じて驚き、たちまち無意識に弾かれたように、妙子はそこから飛び退いていた。それは老婆の後ろ姿から、凄まじいほどのエネルギーを感じたからだった。それは悲嘆とも憎悪とも憤懣とも何とも言いようのない感情の、途轍もなく大きな塊である。内に秘められたそのマグマのような物の怖ろしさは、今にも老婆のその身体がまるごと飛び散ってしまうかと感じられるほどのものだった。妙子はその瞬間、まるで何か爆発寸前の活火山の火口を覗くような底知れないほどの畏怖を感じて、いきなり背筋に冷水を浴びせられたかのような感覚を覚えた。うっかり老婆の髪の毛の一筋に触れでもしようものならその瞬間、間違いなくとんでもない怖ろしいことが起こるという予感すら覚えて、妙子は堪らず総身からガクガク震えだしていた。それでもおそるおそる、その後ろ姿を窺っていると、老婆の背中が微かに波打っているようである。渚おばあさんは、どうやら月に向かって嗚咽しているかと思われた。

妙子は老婆から離れた場所に立って、しばらく震えていた。しかし少し経ったころ、老婆から距離をおいて佇む彼女は、もう一度お婆さんの姿をよく伺おうと、再び眼を凝らしてみた。ところが先ほどまで波打ち際にしゃがんでいた筈の老婆の人影は、どこにも見えなくなっていた。驚き慌てた妙子は、老婆がたった今までしゃがんでいた波打ち際のその場所まで、急いで走り寄ってみた。彼女はその位置に立って、しばらくキョロキョロ辺りを見回しながら、なおも茫然としていた。おばあさんの姿は、どこにも見えない。老人が跡形もなく消えてしまったことが判ると、妙子はガックリと肩を落としてしまった。せっかく渚おばあさんに手渡そうと思って、家から持ってきたのに。彼女は大切な品物を渡す機会を失った無念さに悔やまれてならなかった。そして遠く離れたところから、ただ呆然と立ち尽くしておばあさんを眺めていた自身を責めた。妙子は、先ほどまで渚おばあさんがしゃがんでいた波打ち際の同じ場所へ、同じような姿勢で屈み込んだ。そして彼女は足もとの白い砂の上に、まず洋二さんからの一枚の手紙を置いた。そしてその手紙の上に、そっと新しい櫛を載せた。それからそのすぐ横に、洋二が最期まで大切に持っていたという黒い半櫛を並べて置いてしまうと、彼女はそのまま振り返ることもなく、月明かりの浜辺を、ひとり静かに立ち去ったのだった。

＊　＊　＊

それからしばらく経った頃である。妙子の屋敷前に、中年の男性が数人訪れてきた。と言っても屋敷を訪問しようと呼鈴を鳴らすわけでもない。屋敷の二階の窓から臨むことのできる場所、つまりちょうど屋敷前方の、林の木立が少しまばらになっているあたりを頻りにウロウロしているのである。よく見れば計測したり記録をとったりと、何やら検分や作業をしているように見える。見たところ、どうやら何かの業者のようである。実はこの業者は、妙子の依頼によるものであった。妙子は屋敷前面にあたるその場所に、ブランコや鉄棒などの遊具や砂場、それにしっかりとした材で造られた優雅なベンチの何台かを設置することにしたのである。

それらの施設が完成してから数日ほど経つ頃、早くも日中には次第に子どもたちの声がちらほら聞こえるようになってきた。やがて次第に日が経つに従って屋敷の周りには毎日子どもたちの、元気にはしゃぐ声がこだまするようになっていった。ここへ遊びに来る子どもたちは、自然と屋敷の人々にも、なついていった。時おり妙子が散歩をしようと家の外に姿を現すと、子どもたちは妙子を見付けるなり、たちまちワアッと歓声を挙げて駆け寄ってきた。そして子どもたちはたちまち彼女の回りを取り囲んでお話しをせがんだり、一緒に遊んで貰おうとして、夢中で話しかけたりするのである。そんな子どもたちの様子を見ると、妙子は予定していた散歩を取りやめて、よろこんで子どもたちのお相手をするのだった。そして子どもたちの話を聴いたり、昔々の不思議なことが書かれた珍しい本を読み聞かせてあげたりするのが、いつものことだった。

気持ちよく晴れた日に村人の誰かが、妙子の屋敷付近まで散策へ行くならば、屋敷前の一角に子どもたちが大勢集まって、草むらの上に丸く群がって座り込んでいるのを見て、きっと不審に思うことだろう。そして輪になった子どもたちの真ん中の、木立の中の小さな切り株には、妙子が腰掛けているのを見かけるだろう。その切り株の周囲には、ぐるりと男女の子どもたちが妙子を見上げて取り囲むように座っている。彼女がゆっくりと声に出して本を読んでいく。子どもたちの誰もがみんな、男の子も女の子も眼を輝かせて一心にその声を聴いている。このような微笑ましい光景を、その村人は見ることができるに違いない。

妙子の屋敷が建っている林は、もともと緑がとてもきれいな場所だった。明るい割には樹々が豊富であり、季節を通じて小鳥もよく遊びにやってくるので、年中いつ訪れても鳥のさえずりを耳にすることができる。屋敷の周囲もまた、季節を通して緑に包まれた場所だった。

あれはいつの年のことだったか…。それは妙子が渚おばあさんの亡霊と会った翌年の、新しい年が明けてからのことである。その年になってから、やがて半年が経ち、夏も過ぎた時期だろうか。その頃から次第に村の人たちの間で、ある噂が立ち始めた。それは、その年になってからなぜか、浜の亡霊を見る人がいなくなったようだ、というのである。それは、ちょうどそういう噂が村人たちの間に囁かれている時分のことだった。それは九月半ばの妙子の誕生日からほど近い、九月上旬のある夜のことである。

妙子は暗闇の中で、ふと眼が醒めた。何時ごろだろうか。彼女は、真夜中には違いないと思った。普段ならこの寝室は、夜の間はしんと静まり返っていて、聞こえるような音など何ひとつない。いつもはそうなのだけれど、でも何かの音が…。妙子は最初、夜中に蝉は鳴かないだろうし、これはきっと自分の気のせいなのに違いないと思った。それはどこか遠いところから響いてくるような、鈍いかすかな音である。無理に目を閉じて眠りに就こうと努力はするのだが、しばらく経ってもまだその音は変わらず続いている。それはザワザワといった、何かが反響するかのような音だった。しかも心なしか、それは次第に明瞭になっていくような気もする。決して聞きたいわけではないけれど、それは強引に耳の奥に侵入してくるような音である。仕方なく布団の中でじっとその音に耳を傾けていると、やがてそれは、遙か遠くから潮風に乗ってやってくる、ゆるやかな潮騒のようにも感じられた。『潮騒?』　妙子は不思議な思いに駆られた。この屋敷に水の音などが聞こえてくる筈がないではないか。でもこれが水の音でないとすると、自分は何の音を聞き間違えているのだろうか、と暗がりの中で頻りに考え込んだ。そんなことをあれこれと考えたり思い返したりするうちに、妙子はいつしか再びうとうとと深い眠りに落ちてしまった。

窓から射す柔らかな朝の光が、部屋じゅう溢れんばかりに輝いていた。妙子はベッドの上で、むっくりと起き上がった。上半身を起こしたままの状態で少しぼんやりしていると、真夜中に変な物音を聞いたあの妙な感覚が、まだ耳の奥にうっすらと残っている。果たしてあれは、夢の中のことだったのだろうか。そんなふうに思い返してみたけれど、どうしても彼女にはその区別が付かなかった。気を取り直してベッドから立ち上がると、妙子はすぐ脇の窓へと向かった。東に面した寝室の窓は出窓になっていて、レースのカーテンは妙子の好みで淡いグリーンである。彼女はカーテンを開くと、少し身を乗り出し両開きの窓を左右に大きく開放し、朝の新鮮な空気を取り込んだ。たちまち左右のカーテンは、涼やかな朝風を含んではためく大きな薄緑色の羽のように、軽やかに舞い上がった。その羽に包まれるかのように、妙子は窓辺に軽く寄り添いながら朝日と対面する。彼女は朝日と顔を見合わせると、眼で挨拶を交わす。時には丁寧に頭を下げて、ゆっくりとお辞儀をすることもある。するとその瞬間、彼女の顔には満面の笑みが溢れだす。

日ごとに訪れきたる厳かな曙光の中に佇むと、妙子はまるで一日分の自分の姿が、希望という光の中に丸ごとすっぽりと包まれるという心地がした。そうして彼女は、特別なその瞬間の、とろけるような幸せの波の色彩を、身体中の全細胞の隅々にまで染み渡らせたいと願う。するとその場で朝の森厳な大気を一杯に大きく吸い込んでゆっくりと、呼吸の中でも最も深い呼吸をせずにはいられなくなる。

朝に感じる空の色彩、風の香り、光の感触。それらはやがてそのままに、その日一日の色合いと化すだろう。朝を迎えたその眼差しは、やがてその一日を創りなすだろう。同様にして、平生胸に潜めた生への眼差しや心情は、やがて自分の生涯そのものを形成することになる。こんな思いは彼女にとって、遠い昔から心に住みつく幼なじみの友である。東の空の果てからやって来る朝の光はこのように、彼女にはよろこびの津波であった。『光とは、悦びが形となって現れたもの』と考える彼女にとって地に咲く「花」とは、喜びがギュッと凝縮して形をなしたものである。つまり彼女によると、この世界の花という花は、そのどれもがそれぞれの色をした、「喜びの光の結晶」である。だからこそ人はみな花を見た瞬間に、たちまち胸に湧き出ずる嬉しい気持ちに誰もが酔いしれるのだ。

東の空から生まれたばかりの光と共に、戯れながらはるばるやってくる涼やかな朝風は、妙子のしなやかな髪をなびかせて、秋の秘密をしきりに囁きかけている。妙子はかろやかな秋色の青空を見上げながら、すっと背伸びをし天空の中へと吸い込まれるかのように、目を閉じてゆっくりとひとつ深呼吸をする。彼女は、そのすっきりときれいに澄んだ空にうっとりと見入ったまま、なおしばらくの間、夢みごこちで佇んでいた。やがて彼女は、おもむろに視線を落として何気なく足もとの屋敷の前あたりに眼をやった。すると、どうだろう。屋敷の前には…何とあたり一面に、茶色の小さなキノコがびっしりと生い茂っているではないか。驚いた彼女は、しばらくのあいだ茫然とそのキノコの一群を見つめていた。ややあってふと我に返った妙子は、驚いたように反射的に背後を振り返った。そして壁の時計に視線を投げた途端、急に彼女はそわそわし始めた。するとその時である。彼女の予期した通り、部屋の扉をコツコツとノックする音がゆるやかに響いた。


「おはようございます奥さま。朝ごはんのお支度ができました」

扉の向こうから家政婦の、明るい元気な声が聞こえてきた。

「はあい。いま行きまあす」

妙子は大きな声で返事だけをして、あたふたと服を着替え身支度をする。家政婦は、この時間にこの部屋の中では妙子がどういった出立ちで、どのような状況にあるのかを知り尽くしているので、決して扉を開けようとはしない。ただ声を掛けて妙子の返事だけを確認すると、すぐに階下へ戻っていく。このようにして妙子の屋敷の朝はその日の天候がどうであれ、まず主人自身のこの妙な癖から始まって、これら一連の動きがまるで判を押したように繰り返される、いわば毎日の仕来りのようになっていた。


それからというもの、毎年九月の半ば…そう、ちょうど妙子の誕生日の頃には、どういうわけか、彼女の屋敷の周囲がキノコで一杯になるのである。こんなことがあったものだから、またもや村人たちの間でにわかに噂が高まったのである。それは、ある日妙子が屋敷の前のキノコの群生の真ん中に、木で手作りの立て札を立てたことがきっかけだった。その木札には妙子の手書きで横書きに、黒いペンキでこのように書かれてあった。

『このキノコは、
どなたでも、どうぞ
ご自由にお採りください』

この噂を耳にした村人たちは、誰からともなくひとりまたひとりと妙子の屋敷前までやって来ては、海の村では珍しいキノコという物をせっせと掘り起こし、喜んで持ち帰っていった。すると、それがまた生でも風味が佳く、煮ても同様に美味しかったものだから、たちまち噂が噂を呼ぶということになった。そのうちには、どこの町から聞き付けたものかひとりの商人がやって来て、このキノコをまとめて持ち帰っては、自分の店で売りに出した。すると、この商品がおいしいと言われ飛ぶように売れるのに気をよくしたその商人はそれ以来、年に何回かは必ず妙子の屋敷までお礼の贈答品を送ってくるまでになった。妙子自身も、秋のこの時期には散歩の帰りにときおり屋敷の前でキノコを幾らか採って、その日の夕食の味噌汁などに入れて味わうことなどもあった。このようにして、何年かが経った。実際のところ、これもそもそもどういうきっかけからだかは分からないのだが、その頃から村人のあいだでは、すでに村ではすっかり毎年の秋の名物となっていたこのキノコを指して『渚のキノコ』という、一風変わった名が囁かれるようになっていた。

家政婦が最初にその名前を耳にしたのは、ある秋の日彼女がいつもの市場近くへ買物に出かけた時に、昔馴染の婦人たちとの立ち話の中で、改めてキノコのお礼を言われたことがきっかけだった。しかし家政婦はその名を耳にした当初から、市場などでその名前を聞くごとに、決まってなぜかムッとして、憮然とした顔付きをした。それは他でもない。わが屋敷で採れるキノコであるというのに、その名前に妙子という文字が入っていないということが、彼女には何としても許せないのである。そういうわけで彼女としては、このキノコのことを耳にする度に忽ち憤然として、おとなしく黙ってなど居られなかった。

「こんな名前、一体誰が言い出したのかしら。これじゃあまるで海草じゃないの。何よ全く。ほんとに失礼ね」

彼女は、これを言いだした犯人をぜひとも自分が探し出して、この手でとっちめてやると言わんばかりの勢いで、決まって口をとがらせては繰り返しそう呟くのである。また一方では毎年秋の時期になると、家政婦は買物で市場へ出かける度に、出くわす限りの村中の人々から口々にキノコのお礼を言われるというのが、いわば彼女の恒例行事のようになっていた。ところが毎年どれほどの人々からどれだけ同じお礼を言われたとしても、この家政婦は全く同じセリフをもって冷静に応対するのである。それもいつもの笑顔でキッパリと、しかも丁重にお返しをするというのが、毎年変わらぬ彼女のスタイルであった。それは、次のような短い言葉である。

「キノコのお礼ならば私ではなく、うちの妙子奥さまに向かって、きちんと申し上げてください。これは、妙子奥さまのキノコですから」

彼女にとってこのセリフは、既にいわば習慣《ならわし》となっていた。この家政婦は、この言葉の主旨をきちんと相手に伝えることこそが自分の絶対至上の務めであると、固く信じて疑わなかったのである。こんなことから村人たちは、誰からともなくこの家政婦を見ると「お女中さん」と呼ぶようになった。このようにこの村では、ひとたび誰かがひとつの名前を言い始めると、たちまち風になびく草のように、村人の誰もが同じ言葉を唱えだす。その例外のない徹底ぶりは、まるで無言の了解や掟でもあるのかと思えるほどに、一種奇妙なものだった。

妙子は仲のいい家政婦さんと共に、本当の家族のように、その屋敷で長い年月を楽しく過ごした。妙子は最期まで病気という病気もなく健康だった。それでも晩年になって随分と体力も衰えてきた頃のある日、彼女は自室で遺言状をしたためた。それに封をして家政婦に手渡し、金庫に保管するように依頼しておいた。

やがて、年を経るごとに妙子の体力は、少しずつ衰えていくようにみえ始めた。ある年の春ごろのこと、妙子は体調を崩してすっかり寝込んでしまうようになった。床から起き上がれなくなってからというもの、妙子の身体は日ごとに力を失っていくように思われた。今や家政婦は、寝室の妙子に昼夜を問わずほぼ付きっきりとなった。夜の間も彼女は、ベッドの横に置かれた硬い椅子に腰掛けたままで過ごし、妙子のようすをじっと窺っていた。ときおり体熱を測ったり、本人の意思確認が取れれば必要なものを訊いたりした。やがて家政婦は、その椅子から終日動かなくなった。彼女は妙子のようすからひとときも目を離さないようにと心がけて、懸命にあらゆる世話をし続けていた。家政婦は、とにかく妙子の身体のことが、心配で心配で堪らなかった。彼女は、自分のことなどどうなってもいいと思っていた。できる事なら、自分が病気にでも何でもなって、なれるものなら奥さまの身代わりになりたいと願った。誰に祈ったらいいのか分からないけれど、とにかくそのように毎日必死に祈った。何かにすがり付きたいような気持ちだった。

その日の妙子は、最近のうちではまだ体調がましな様子で、何とか言葉が出せた。また、ゆっくりとではあるけれども、静かに会話のやり取りすらもできるようであった。そんな主人の様子をみるや、早朝から家政婦は、自分は寝台の傍らで夜を明かしてろくに寝てもいないくせに、もうすっかり天にも登るような気持ちになっていた。彼女はまるで自分が生き返ったかのような気分にひたり、いつになく浮足立ってどうにも落ち着かない。

彼女の心には、もうほんの数日かすると妙子がすっかり元気になって、再び家中を走り出してくれるに違いないといった、早くもそんな希望さえムクムクと湧きだしてきた。するると彼女はもう嬉しくて楽しくてじっとしてなど居られなくなった。そんなわけで家政婦は、やはり誰に感謝をしていいのか分からなかったけれども、彼女は心の底から、とにかく感謝の思いを捧げた。そして勝手にさまざまな空想をあれこれ思い描いてはその感激の余り、あとからあとからポロポロと熱い涙が込み上げてきては止まらなくなるのだった。とは言えやはり家政婦は、いつもの通り二階の妙子の寝室に付きっ切りで、ベッドに横たわる妙子の枕もとの椅子に座って、妙子と穏やかにゆっくりと会話をしていた。

その日も既に午後になっていた。屋敷の二階ではやはりふたりがそうしてぽつりぽつりと穏やかに言葉を交わしていた。するとその時である。急に屋敷の前あたりで、何やらガヤガヤという人声が響いてくるように感じられた。不審に思った家政婦は、立ち上がると窓際まで行き、うす緑色のレースのカーテン越しに、出窓の下の外のようすをそっと伺ってみた。すると家政婦の眼がみるみる広がっていき、驚いた表情に変わっていった。

「奥さま、申し訳ありません。私…玄関口まで行って、少しだけ下のようすを見てきて、よろしいでしょうか？」

妙子は、家政婦の目を見て、こくりと頷いた。

「ありがとうございます。様子だけ見たらすぐに戻ってまいりますので」

ひとことそう言い残すと慌てて家政婦は下へ降りていった。そして玄関口のドアを開けて扉の前に立った途端に彼女は、そこで再び驚いて目を丸くした。

そこにはなんと、数えきれないほど大勢の村人たちが、ぎっしりとひしめき合っていたのである。そのようすを見て家政婦は、思わずそこにいる群衆のうちの手前にいる村人たちに、尋ねてみた。

「皆さん、この近くで何か、あったんですか？」

それを聞いた村人たち一同は、たちまちあちらこちらから家政婦に向かって、一斉に返答をし始めた。それは大勢の声が混ざって何ともガヤガヤと分かりにくかったものの、どうやらみんなは、口々に同じことを言っているようだった。

「何かあったかって、奥さんが病気なんじゃないのかい」

「会わせて貰えないかい。奥さんにひとこと挨拶させてくれよ」

「どんな具合なんですか。ひと目、お顔を見させて貰えませんか」

「そうよ。お顔を見ないと、家にいても落ち着かないわ」

そこにいたのは、決して大人ばかりではなかった。男女の小さな子どもたちまで、大人と一緒になって、親に手をつながれて来ている子もいれば、ひとりで来ている子もあった。中には、男の子同士で肩を組んで集まって来ているのもあった。みんなみんな妙子奥さまのことを心配して、ここまで訪ねて来てくれたのだ。

家政婦は、その村人たちひとりひとりの不安そうな顔、顔の集まりを見ると、たちまち前が見えなくなり、もう泣けて泣けて堪らなくなってしまった。彼女は声を押しころし、人前も構わず子どものように泣きじゃくっていた。しかしそうやって泣きながらも彼女は、頭では一心に考えていた。果たして自分はこの人たちに対して、どのように遇したらいいのだろうか。妙子奥さまの体調が優れないからと言って、この全ての人たちを無下に追い払うように説得して、帰してしまっていいものだろうか。奥さまの一身を案じて、村外れのこんな場所にまでわざわざ時間をかけて足を運んできてくれた、この人たちを？　全員ひとり残らず？　いいえ、とんでもない。そんな真似なんか出来るわけがないじゃないの。断然彼女は、そう思った。この家政婦にとってそんな、にべもない冷酷な言動をするなどは、到底その良心が許す筈がなかった。

　こうして結局のところ家政婦は、村人たちの意向をそのまま容れた。つまり彼女は、そこにいる村人たちの全員をひとり残らず家の中へ通さないわけにはいかないと決断したのである。ところがその結果はというと、二階の妙子の寝室は、老若男女の村人たちで、たちまちあふれ返ることとなってしまった。村人たちの長い行列を引き連れて家政婦が階段を静々と上り、寝室のドアをノックして、そっと扉を開くや否や、部屋前に待ちかまえていた人々は、どっとばかり一挙に殺到した。瞬時に寝室は、妙子が横たわる四角いベッドだけを残して、部屋の四つの隅に至るまで、押すな押すなの極端なすし詰め状態となってしまった。そのため、不幸にも最初に部屋の片隅に追いやられてしまった人などは、その位置からだと周囲の人だかりでベッドの妙子の顔などは見るべくもない。しかしだからと言ってそこからは身動きすら出来ないものだから、そのままの場所に甘んずるより他にはどうしようもない。その混雑たるや、それほどの状況であった。いや、それどころではない。部屋の前の廊下や階段にまで、部屋に入りきれなかった村人たちが、延々と玄関近くにまで溢れ返っているという始末である。村人たちのこの状況を見るやたちまち憐れな家政婦は、果たして自分の判断は間違っていたのだろうかと、胸を焼くような重苦しい自責の念に悩まされることとなった。

もしかすると、これが奥さまのお身体にこたえてしまうことになりはしないだろうか。刻一刻と次第に時が経つにつれ、家政婦はこの大問題がいよいよ心配になりだしていた。彼女は重い後悔の責め苦に苛まれ続けて、じりじりとした脂汗を厭というほどかいていた。彼女は、自分が招いてしまったこの事態を何とか早く収拾させなければと自身を追い立ててはいるものの、すっかり気が動転してどうしていいかも判らず、殆ど泣きべそをかきそうになっていた。それでも彼女は意を決して、ざわざわとささめきあっている村人たちに向かって半ば囁くように、しかしみんなに聞こえるようにと気を遣いながら、ようやくひとことこう言い放った。

「み、皆さん、ここは、病人の部屋ですから、静かに…静かにして」

その時だった。

「…あ！」

村人たちのガヤガヤという囁き声のただ中に、小さな声だが、突然ひときわ耳に鮮やかな響きが、ふいに混じって聞こえた。それは紛れもない妙子の、か細い声だった。たまたま部屋の中に居合わせて、幸いにもそれを耳にすることができた村人たちは一同、

「おおっ」

と一斉にどよめき、妙子の顔を一層注視した。一方でそのとき廊下にいて、その場所から妙子の小さな呟きと村人たち一同のどよめきを聞き付けた家政婦は忽ち驚いて色を失い、慌てふためいた。今の声は、どうしたのだろう。奥さまに何かあったのだろうか。今きっと奥さまは、私の姿を探していらっしゃるに違いない。大変だ。こうしては居られない。

瞬時にそう考えた彼女は部屋の扉付近に身を寄せて、既に壁のように立ちはだかっている人ごみに立ち向かおうとして、部屋の中ほどに向けて力任せにギュウギュウと、出来る限り自分の体を押し込んでみた。ところが人の壁はびくともしない。そこで彼女は、泳ぐように両手で人を掻き分けながら人垣の中へと潜り込み、勇猛果敢に突進し始めた。

「…り」

再び妙子の声がした。家政婦は人垣の中を懸命に掻き分けながらも、どうにも動きの取

れぬもどかしさに汗をかきかき、祈るように一心に進み続けた。家政婦は流れる涙を拭うことすら出来ずに嗚咽の声をこらえながら、ひたすら前へと突き進んだ。

「ちょっ、ちょっと、すみません」「ごめんなさい、こ、ここを通して！　通して、お願い！」

家政婦があともう少しで、ベッド近くまで辿り着こうという時だった。

「…がと」

三たび妙子がそう呟いた時、ようやくのことで汗だくの家政婦は、額や頬を汗や涙でぐしょぐしょにしながらも、妙子のベッドの横にまで無事辿り着いたのだった。

妙子は泣いていた。仰向けに横たわった両眼に涙を一杯に溜めて、彼女はベッドの上から村人たち一同を静かに見上げて、無言のうちにもそのひとりひとりに感謝の微笑みを返そうと懸命になっていたのである。その妙子の健気な努力と思いの丈をひと目見て窺い知るや、家政婦もまた涙が止まらなくなった。気が付くと、周囲の人びとの誰も彼もが、みんな同様に泣いている。そこでハッと気が付いた家政婦は、もういい加減にしないと病人の体調に障ると思い、妙子に向かって改めて本人の気持ちを伺おうとした。

「奥さま…」

妙子の枕もとに向かって屈み込んだ彼女が、その耳元に向かって囁くように、ひと声をかけた時だった。妙子は柔らかな微笑みを浮かべたまま、静かに最後の呼吸を引きとった。左頬には、涙が伝ったあとが一筋、かすかに光っている。まるで眠っているかのような、それは実に穏やかな最期であった。こうして妙子は、大勢の村びとたちに見守られる中で、安らかにその天寿を全うしたのだった。


彼女が亡くなってから、数日後に、保管してあった遺言状が開封された。

そこには妙子から、ふたつの依頼事項が書かれていた。

ひとつは、彼女の遺産を使って、彼女の所有地であるこの林全体を村民公園に作り替えて、広く村の人たちに開放すること。但しこの屋敷だけは、そのままにしておくこと。更にもうひとつはこの屋敷を、家政婦として長年ここで働き一緒に暮らしてきてくれた婦人に、彼女の住居としてそっくり譲り渡すということであった。

最後の探索

以上が、婦人から私が伺った、長い物語の記録のすべてである。

仮に、今まで見聞した話を記録として正確に残すことができたとしよう。そこである人物から質問されて、その記録の完成をもってお前の探索旅行の全てが完結したのかと訊かれたら、私は直ちに肯くわけにもいかないと思う。つまり私は今のところ唯それだけでは、まだ完結とは言えそうにないという気がしている。そこで思い出すのはあの日、あのご婦人のお宅に早朝からお邪魔をして、終日にわたって長物語を聞き終えた時点での自分の感想である。

そのとき自分の中では、どうも気になる点がなお幾つか残っていたのを憶えている。そのひとつは、渚おばあさんが住んでいたという小屋。それは今でも、同じ場所に変わらず建っているのだろうか。またそれは、渚おばあさんが住んでいた当時のままの状態で残っているのだろうか。更にもうひとつは、物語の最後のほうに出てきた公園である。あの妙子さんが長年家政婦さんと暮らしていた屋敷があるという公園。それは果たして今でも本当に存在しているのだろうか。私としてはこのような点を、確かな現実として実際にこの眼で見届けたいと思わずには居られなかった。そうでもしないと、折角のあの長物語が、単なるほら話も同然のものになってしまうのではないだろうか。一連の話の内容が、確かに揺るぎない現実の一部分であったのだと心から納得しないでは居られない。そのようにしてあの話の一部始終がスッキリと腑に落ちないことには、とても晴れて里に戻って再び単調な平常の生活に復することなどはあり得ないぞという心持ち。正直なところ、これはもう自分としては至極自然だし、健全でもっともな感覚だと思えた。

やはり自分に嘘をつきたくはない。私は自分の思いに真摯に向き合う意味からも、まず手始めに小屋の探索から着手してみることにした。あの婦人の話からすると、浜を見わたす街道沿いにそれは建っている筈である。私は物語の記憶に従って、早速その場所へと向かった。実際に街道を歩いてみると、浜とは反対側つまり山の手側には、道沿いに延々と人の背丈ほどもある草むらが続いていた。この道を歩く途中で、もし何かの建物が見えたり、あるいは部分的にその草むらが途切れているような場所があれば目立つだろうから、それとすぐに分かるに違いない。ところが、私はその街道をあちこち往来して繰り返し見て回ったのだが、何ひとつそれらしいものなど見つからなかった。その挙句に私が見つけたものと言えば、なんと更地となってしまったあとの空虚な小屋跡であった。私は、その平坦な更地の中へと足を踏み入れてみた。私は、今や小屋の姿など影も形もなくなってしまった狭い空地の真ん中で、亡霊のようにただ呆然と立ち尽くしていた。

きらびやかな楽しい夢から、たったいま目覚めてしまったかのような哀しく虚しい思いにとらわれて、私はなおもぼんやりとそこに佇んでいた。それでもどこかしらにせめて何かひとつでもかつての名残などがありはしないかと、私はやたらあたりをキョロキョロと、おかしいほどに見回してばかりいた。やがてそれも無駄なことが分かると私は仕方なくとぼとぼと、空地の中ほどを少し歩いてみた。すると自分の足もとあたりの地面をよく見ると、あちこちに柱を引き抜いたような浅い穴がポツポツと飛び飛びに残っていることに気付いた。歩いていて最初に偶然その跡を見つけた時、私はまるで大きな金貨を掘り起こしでもしたかのように、突然大きな喜びの声を挙げた。やはりあの話の小屋は、間違いなくここに建っていたのだ。先日聞いたあの物語は実際に、まさにこの場所で起こった事実なのだ。それは、伝説の現場に自分がいま現実に居合わせているという、何とも言えない不思議な気持ちだった。柱と柱との間を縫うように進み、そこにかつて立っていたと思われる想像上の壁に沿うようにして歩きながら、私は順々にそれらの穴を確認していった。そうすると、壁が立っていた痕跡のようなものが、地面上にまだかすかに残っていることも

分かってきた。私はそれらをひとつひとつ追跡して歩きながら、しばし深い感慨に耽っていた。私は、勝手な自分の想像の中で、

「ここのこれが入口の扉で、ここを開けて洋二さんがこう入って来た。するとこの辺に、たぶん布団が敷かれていて…」

などと、あれこれと、まるで呪文のようにブツブツ呟きながら、ひとり興奮して歩き回っていた。

ちょうどその時だった。歩いていた私の靴の爪先に、突然コツンと当たるものがあった。足もとを見ると、どうもそれは石ころではない。何か黒いものだ。何気なしに私はそれを拾い上げた。

「うおおお！」

それを間近に眼にしたとき、たちまち私はすっとんきょうな驚きの声を挙げた。

私が拾ったのは、古びた黒い櫛だった。しかも半分に折れている。そう。それは何と紛もない、あの半櫛だった。渚おばあさんが洋二さんとひとつずつ大事に持っていた、古くて黒光りしているという、あの半櫛。渚おばあさんが臨終の際にも胸に握ったまま亡くなったという、あの半櫛が忘れられて、なんと奇跡的に残っていたのである。私はこの望外の掘り出し物に驚き喜んで、財宝のようなそれを両手でしっかり握り、ちり紙やハンカチ

で埃をきれいに拭き取った上で、丁寧にハンカチに包んで大切に鞄の中にしまい込んだ。
続いて私は、小屋跡の裏道の方へと行ってみた。話では、そちらには確か狭いながらも畑地があった筈である。事実確かにそれは現存していた。ところがそこは、もうすっかり荒れ放題の立派な雑草地になってしまっていた。ちょっと見る限りでは、元は畑であったとは思えないほどの草地である。自然というものは、ひとの手が入らないとこんなにも変化してしまうものなのかと、私は妙に感心してしまった。

ついで私は、傍らの細い径を更に奥の丘の方へと登って行った。その小高い丘は実際に登ってみると、案外少々の年配者でも容易に登れてしまう程度のものである。私は、これは手頃な高さだと思った。それでもその丘の頂きに立って海を望むと、絶えず爽やかな心地よい潮風が海から渡って来る。そこからだと、浜の海岸線をずいぶん遠くまで広々と見渡すことができた。白い砂浜と緑濃い松原とが、くっきりと見事なコントラストを主張しながら、互いに寄り添うようにゆるやかなカーブを描いて、果ては霞とともに遙かに消えてゆく。その何とも優美で和風な曲線の美しさ。それはまるで、天国の眺めを見ているような気がするほどだった。こんな所にこんな絶景があったのかと思うほど、何とも素晴らしい眺望である。こんな景色を朝夕に眺めながら、もしも毎日暮らしていけるとしたら、人生どんなに幸福なことだろうかと思うと、私はつい長い長い溜め息が出てしまった。それに続いて当然のように私は、もしも現実にこの場所に家を建てて、自分がここに住むことができたら…などと空想をせずには居られなかった。実際あの東京なんぞと較べたら、それこそ天地雲泥ほど差があり過ぎるではないか。これが果たして同じ国なのかとさえ思った。正直なところを言えばそのとき私は、ここの村人たちが急に羨ましくなってしまったくらいである。そうやって暫くのあいだ丘に立って、幸せな気分でその眺めに見とれているうちに、私は密かにある決心を固めるに至っていた。

後日私は村を歩き回ってある業者を探し出し、その丘まで同行するよう要請した。私は業者をつれて丘の頂上にまで案内をし、その土地を検分して貰った。それは、ちょうどあの小屋跡を臨む見当に位置する辺りである。私はその場で、そこに一基の碑を建立する旨の依頼をかけ、私費で石碑を造立して貰うことにしたのである。それは、一体何を意味する碑なのか。

私は、この丘から見下ろすあの小屋の跡地を訪れた際に、実にさまざまな事を考えさせられた。いま特に覚えているのは、私はその時、この村にとってあの渚おばあさんとはどういう存在だったのだろうかと、思わず自問せずには居られなかった。今では半ば古い伝説のような語り種となっている彼女とあの洋二さんとの話は、しかしやがては時と共に忘れ去られて、この村にも、その話を知る人など一人としていなくなってしまう時がくるに違いない。しかしこの不思議な事跡というのは、この村に住む人たちにとって、何かとても大切なことを伝え残してくれているような気がしてならないのだ。とするとこれは言わば、この村の大事な遺産だとは言えないだろうか。もしそうであるならば、今この時に…そう今のうちに、事実上の何かを記念として残しておくことで、この事跡を後世にまで伝えていく努力を試みなければいけないのではないだろうか。私はその時、ざっとこのように考えたのである。

考えてみれば、洋二さんというこの不思議な人物は、そもそも生国がどこで、また実際に亡くなったのがどこの病院だったのか。こんなことすらも今となっては、全く知るよしもない。しかし、たとえ彼の身体は遠隔の地の病院で亡くなったにせよ、必ずや彼の魂はこの村に、渚おばあさんが待っているこの村にまで、はるばる帰って来ていたに違いない。いや、今にしたって現にこの場所にまだ留まっているかも知れない。それを思うと私は、甚だ一方的で差し出がましいようではあるけれども、渚おばあさんと洋二さんとの、この希有な事跡を伝え残すための碑というものを、この場所に建てないでは居られないという気がしたのである。あるいは独断で余計なことをと、迷惑にとる向きがあるかも知れない。しかし、どういうわけだか自分でも分からないが、実はこの為にこそ私ははるばるこの村にまでやって来たのだとさえ思われたのは、何とも奇妙なことである。

私が依頼をかけてから、ひと月余りが経った頃だったろうか。業者からの通知を受けた私は、石碑の完成当日、いよいよ心待ちにしていた、その碑の引き渡しのため、はやる気持ちを抑えながら、急いで現地へと出向いて行った。

石の種類は白御影といって、一見すると白い大理石のような美しい肌理《きめ》をしている。碑名については、私もあれこれと考えてみたのだが、結局のところ村人の誰もが親しみを持てるようにとの配慮から、一応の建前としてこれを墓碑ということにした。しかし墓石に彫る故人の名義として、ただの「渚」とだけでは、いかにも味気ない。かと言って彼女の正確な本名などは、今となってはむろん調べようもない。とにかくここは、村人の誰にも親しまれ判りやすいものが一番だと考えた私は、その碑の表記を「渚おばあさんの墓」とさせて頂いた。そして石の正面、名前のすぐ下のところに特注で、あの半櫛を石に半分埋め込んで、誰が見てもそれと分かるような仕様として頂いた。

これは半分になった櫛というこの小さな品物が、この両人にとって特別の意味を持った遺品であるという深い意義をこめたものである。返す返すも不思議なことにこの二人はいずれも同様にして、それぞれにこの半櫛を両の手で固く握りしめたまま亡くなっている。この貴重な品物の意義は、この伝説と共にここに留め置かれるべきものだ。私はそう考えずには居られなかった。

完成した細工の仕上がりを、石の表面近くでよく見てみると、櫛の厚みの殆どの部分が石の中に巧妙に埋まっていて、かっちりと嵌まり込んでいる。一見した限りそれはどうみても、石と一体化しているとしか思えないほどである。思わず私は、さすがに職人技とは大したものだと、改めて恐れ入った。今度は少し離れたところから石碑全体を見ると、その櫛の部分はあたかも黒光りをした品格のあるレリーフのような仕上がりとなっている。全体的には、大理石に近い光沢の見事な石の下方に黒のワンポイントが際立つという、いかにも気品のある石碑となった。また、これは何も自慢をする訳ではないのだが、渚さんの白いお墓ということで、図らずも白い砂の渚の里を象徴するモニュメントとなったことは、これは私自身全く意図しなかった偶然であった。

しかしこうしてこの地にこの碑を残すことが出来たことは、我ながら晴れがましくも、わが生涯の光栄と自負する次第である。今この時機に造れて、本当に良かった。間に合って良かったとの思いを、人知れず私は静かに噛みしめていた。ふとその時、私は石碑の背部の側に、特別に銘を刻んで貰う注文をしていたのを、思い出した。早速私は碑の裏側に回って、それを確認してみた。その銘の題材として私は、あの長い物語をしてくれたご婦人が話の大尾に朗誦して終えた、あの物語に付随する短い詩歌から、拝借させて頂くことにした。実はこの碑に合うようにと、ほんの一部に手を加えて変更させて頂いたのだが。しかしもちろん大方は、あの時ご婦人が私に朗誦してくれた詩歌そのままである。

銘として実際に刻んで頂いたのは、最終的に次の通りのものとなった。

月の渚の　おばあさま
船乗り洋二さん　ともどもに
これなる閑かな　奥津城に
とわに眠れよ　安らけく

かりそめなりとも　現し世に
迷い出でては　世の人を
損ない給う　ことなかれ

月の渚の　おばあさま
船乗り洋二さん　ともどもに
とわに眠れよ　安らけく

この石碑が完成してからというもの、私は村に滞在している期間中ことあるごとに、村人の顔さえ見ればこの碑のことを宣伝しておいた。「渚おばあさんのお墓が、あちらにありますよ」と、言いふらしておいたのである。あの村人たちの事だから、今頃はすっかりあの碑も村の名所のひとつとなっているに違いないと私は確信し、なかば安心しているのだが、どうだろうか。

さて、あの話に出てきた公園というのは、この村のどの辺りにあるのだろうか。そしてそれは今も実際に存在しているのだろうか。話をしてくれたご婦人自身は、その公園の正確な場所を実はよく知らないらしかった。当日私は彼女に何度も念を入れて尋ねてみた。しかし彼女は、多分あちらの方面にあるのではないかな、などとおおよその見当を仄めかすのがやっとという有り様であった。私はあちこちの家でその所在について聞き込みもしてみたが、私としてはその公園の正確な名称も知らないし、説明にはほとほと苦労をした。かなりあちこち彷徨い手間取った中で、ある婦人の横で私の話を聴いていたひとりの子どもが「公園」と聞いて突然反応してくれたのである。その子はいつも友だちとその公園へ遊びに行くと言っていた。このようにして最終的に運良くその場所を探し当てることに成功して、やっとのことで辿り着けたのだった。

それはこんな片田舎のこんなところに、これほどの隠れた穴場があるのかと驚くほどの、何とも見事な公園だった。羊歯《しだ》の絡まる洒落た洋風の門は、まるで別世界から私を誘《いざな》うかのように開放されているのが、既に随分遠くの方から見えていた。その下までやって来て、改めてアーチ形の門を見上げてみる。門の足もとには羊歯が絡み、次第にアーチを上へと登っていくにつれて、蔦のような蔓がびっしりと巻き付いているのを見ていると、この公園が経てきた時の重みを感じさせるところがある。それにしてもその門は、思わず中へと吸い込まれたくなるような、優雅なアーチであった。私は、人けのない遊園地にひとりだけ招待されたような気分に浸っていた。私は何だか自然と嬉しくなっていくような、静かでどこかくすぐったいような、はしゃいだ気分を楽しみながら中へと進んでいった。すると緑の王国に迷い込んでしまったかのように広がっている青々とした深い茂みが、眼にも眩しく閑雅に私を迎え入れてくれた。

それはこんもりとした、かなり奥深い森林公園といった感じだった。かと言って、決して暗いような雰囲気でもない。樹々の梢や葉のそよぐ音がさわさわと渡ってきて、それらが絶えず耳に心地よく響いてくる。その緑なす色合いを例えるならば、それはちょうど軽井沢あたりを思わせるような、涼やかな樹々が立ち並んでいる。どこからか、ちらほらと鳥の声も聞こえてくる。姿は見えないのだが、何という小鳥だろうか。うっとりと眠気を誘うかのような美しい樹々たちが至るところに立ち並び、生い茂っている。その只中に立っているだけで、果てしない平安と充足を感ずることのできる、そんな不思議な場所だった。いつも村人たちの誰かがちらほらと連れ立ってやって来るというのも、うなずける気がする。

見ると、数人の子どもたちがブランコや滑り台で遊んでいる。幼い女の子が二人、小さな砂場の中で夢中になって何かを作っている。その傍らにある少し離れたベンチでは、初老のカップルが杖を持った手を休めて、仲よく並んで腰掛けている。その老夫婦は、走り回って遊ぶ子どもたちの姿を、目を細めて微笑みながら満足そうに眺めている。ああ、いい景色だな。そう思って見ていた私は、いつかこちらまでが幸せな気分に浸っていた。

昔はまばらな林だったと聞く樹々も、今では随分と広々としているし、かなり密集している。見る限りでは、すっかり見事な森林に成長しているようである。植生のことには決して詳しくはない私だが、この土地はおおよそのところ樺や楢の樹が中心となっているように思われた。門から入ってしばらく歩くと、右側に白い小径が現れる。まずこれが何とも、私には不思議な光景に映った。道そのものの地面が白いのである。そして、これまた蔦の絡まるこぢんまりとしたアーチをくぐり抜けると、その白い小径はさらに奥へほっそりと続いていく。そもそもこの公園全体の地面が、どこを見ても柔らかく黒々とした土壌なので、そこへ白い道が走っているとなると、道の白さがひと際くっきりと浮かび上がるようで、その清楚なさまには目を惹かれるものがある。そんな小径が林の中をくねくねと続いているのを眺めていると、何やら道の白さが見るものを誘うかのように見えるのだ。

疑問に思った私は道なかにしゃがみ込んで、実際にその白い土を確かめてみた。すると、てっきり白い土だと思っていたものが、手にしてみるとそれは、少し細か目のザラメ糖ほどの白砂なのであった。こんな小径を中年男がひとりで歩くとなると、どこか晴れがましくて気恥ずかしいような、それでいて何ともおしゃれな気分である。でも敢えて私はその白い小径に入って、立ち並ぶ林の樹々の中に分け入り、進んで行くことにした。実際に歩いてみて気が付いたのだが、どうやらこの小径は、この深い緑の中を縫うように巡って、大きく広がる公園の敷地全体の外周をゆったりと辿りながら、やがてグルリ周回するという遊歩道となっているのである。それはこの心地よい森林浴には、何とも洒落た水先案内人というわけである。

やがてしばらく行ったところで、それまでずっと一本道だった小径が、ふいに分かれて

Y字路になっている。見ると、その分かれた道の股のところに、白い一本の木札が立っている。それには横書きで、次のような手書きの文字が並んでいる。

『　たえこのやかた
　　あちら
　　　⇐　　　　　』

最後には、ご丁寧に矢印まで書き込んである。その矢印に従って、左に折れているその径の先へと思わず視線を伸ばしてみる。するとなるほどその先には、こぢんまりとした洋風の、白い屋敷が見える。じっとその屋敷の辺りを見わたしてみると、屋敷の前あたりの樹々の合間には、先ほどのブランコだとか滑り台などが小さく見えている。例の座り心地の良さそうなベンチもあちこちに見えている。その時、私はおやっとある事に気が付いた。ちょうどその屋敷の前方あたりを取り巻く一角には、なんと沢山のキノコが一面に生えているではないか。

その様子を見るや、私はすぐにあの物語を思い出し、思わずひとりニタリと微笑んだ。まさしくこれが例の、毎年秋になると生えだしてくるという、この村の名物キノコなのに違いない。

その屋敷を眺めながら、あれこれ考えに耽っていると、私はまたもや、あることに気が付いた。この『たえこのやかた』というのは、当然紛れもなくあの妙子さんが住んでいた屋敷のことに違いない。あの白い屋敷といい、キノコやブランコといい、まさに物語で聴いた通りだ。その屋敷を見ていて思い出したのだが、私にあの長物語を語ってくれた婦人はあの時、「ある親しい友人」からこの話の一部始終を聞いた、と言っていた。そしてまたその友人というひとは「お屋敷の女中さん」だったとも、彼女は言っていた。つまりそれは、あの話に出てきた家政婦さん当人のことではないのか。しかし、その人物は「先年亡くなった」と、あの婦人は確かにそう言っていた。もしもその人物が本当にあの家政婦さんであるとするなら、彼女は妙子さんが逝去されてから、その遺言によりこの屋敷を相続し、そのまま引き継いでここに居住していた筈である。その家政婦さんが亡くなったということになると、この屋敷には今はもう誰ひとり住んではおらず、既に空き家になっているということではないか。そうすると、この札が『たえこのやかた』として案内しているということは、何を意味しているのだろうか。もしかすると現在のあの屋敷は、言うなれば妙子さんの事跡を保存する記念館といったような公開施設になっているのかも知れない。Y字路のところで腕組みをして立ち尽くしたまま、私はそんなふうに考えては、ひとり想像を逞しくしていた。

私は、白い小径をそのまま先へと進んで行った。この公園内を歩いていると、心なごむ森林浴が出来て、心身ともにすっかり癒されるような心地がする。まさに心の入浴をしているようで、さっぱりとした爽快な気分になるから不思議である。この公園を尋ねてやって来る村人たちの心持ちが、つくづくよく分かる気がした。きっとこの場所は、村人たちにとって大切な憩いの空間となっているのに違いない。白い小径に案内されて林の樹々の中をゆっくりと散策するうち、知らぬ間に私は公園の外周をグルリと大きく周回していたようだ。気が付くと私は、元の門の前にまで再び戻って来ていたのである。

そのうっとりするような門を再び通過して外にでた私は、無意識に振り返って、いま自分が歩いてきた方向をもう一度眺めて見ずには居られなかった。

とその時である。キラリと何か鋭く光るものが視線に入った。一瞬何か反射をしたような光が、私の眼に届いたのである。何だろう。ここは竹林ではないのだから、まさかどこかの樹が竹のように光を反射して輝くなどということは、ちょっと考えられない。だがとにかく、目の前の公園のどこかに光線を反射するような何かがあった、ということには間違いがないらしい。とにかく私はそう思った。しかしその光がどこから来たものなのか、それがはっきりとは分からない。

私は、光が眼に入った際の印象を思い起こし、その瞬間の詳細な記憶を懸命に手繰り寄せようとしていた。門から見て右手側の奥には、先ほどの屋敷が立っている。しかし、この門の正面からそのまま真っすぐに前進して、公園のずっと向こうの奥まった隅の付近まで行った辺りには、ひときわ大きな樹が聳えている個所が見える。私はその時、その遠い木蔭のあたり…その付近で、何かがチラリと一瞬鈍い光を放ったような…そんな気がした。私は、その何かが光ったと思われるあたりを、その場所からじっと眼で探ってみた。

しかしじっと目を凝らして見るのだが、それらしいものなどは何も見えはしなかった。果たしてあれは何だったのだろうか。それとも一瞬光ったと感じたのは、単に自分の錯覚だったのだろうか。そうやってじっと考えているうちに、私はそれがますます気になり始め、次第に何だかじりじりと落ち着かなくなってきた。結局私はとうとう意を決して、一度出た門をもう一度くぐり抜け、実際にそちらの方へと行ってみることにしたのである。歩きながら、私は考えた。それが一体何であるのかは、むろん分からない。分からないのだが、私が気付いてはいなかった何かがそこにあるというのは、恐らく確かだろうと思った。公園の向こうの隅に聳えている大きな樹が茂るところ。その樹の横に張り出した梢の下ほどの、小暗い木蔭に涼しくひっそりと隠れるあたり。その辺りに、どうやらそれはあるらしい。とは言うものの結果的には、単にそんな気がしただけ、ということに過ぎないかも知れないのだが。それにまた、そもそも最初にここの門をくぐった時だとか、あるいはあの白い小径を辿って歩いていた時などに、もしもそこに光るような何かがあるとするならば、今までとっくに気付いていた筈だとも思うのだが。そうすると早い話、私はそれを見事に見過ごしていたということになるのだろうか。その何かは、それほど小さくてちっぽけなものなのか。まあいずれにしても、現物を確かめてみないことには、何とも言えないわけだ。

私は、そちらへ向かってゆっくり歩いて行きながら、改めて周囲の光景をぐるりと見渡した。周りを取り囲んでさやさやと涼やかな響きを湛えている樹々も美しいが、右手奥に控えているような、あの屋敷の姿もまたひときわ眼を惹くものだ。白い館に漆黒の屋根がくっきりと映えていて眼にも心地よい。その楚々とした佇まいは、いかにもスッキリとしていて見るからに清々しいものがある。じっと眺めていると、自ずから在りし日の妙子さん本人の面影を偲ばずには居られなくなる。だがしかし、そもそも実際に出会うことすらなかった人物の面影を偲ぶとは、どういうことなのか。会ってもいない人なのだから、当然私の脳裡には、特定の人物の明確な肖像が映じているわけではない。それなのに、彼女が遺した数々の事跡に今までこうして親しく接しているうちに、何とも慕わしく懐かしいような心温まる思いが、胸奥から次々と立ち現れてくるのは、一体どういうわけなのだろうか。胸に溢れんばかりに押し寄せる感情の流れを、押しとどめることすら出来ぬまま、私はただその有様《ありさま》に目を瞠《みは》って立ち尽くすばかりだ。やがてそれは、この胸を次第にじわじわと切なく締め付けてくるような心地すらしてきて、何とも不思議で妖しい感覚が私を捉え始めていた。

歩きながら、なおも考えた。

『そういえば…』 屋敷を見ていてふと思い出した。先ほどあの屋敷のことを、私は独断で『妙子記念館』などと勝手に決め付けていたのだが、果たして現実のところは、どうなのだろう。実際に一度あの屋敷を訪れて、仮に本当に一般公開されているものならば、ぜひ私もその中をこの目で拝見してみたいものだと思う。でもまあそれは、次にもう一度ここを訪れた時の楽しみとしよう。この楽しみは、それまで大切に取っておいたほうがいい。私はそんな気がした。楽しみの享受というやつは、ずっと後にとっておいた方が、ただそれだけで充分に心を豊かにしてくれるものになるだろう。その一方で幾ら楽しみだとはいえ、一度に全てを味わい尽くすようなことをするならば、あとに残るのは、結局虚しい悲哀だけだ。

楽しみを心に秘めて、静かに留め置くならば、その光彩は消えずに残る。いや消えないどころか、時を経てますますそれは輝きを増していき、不思議なその光は、徐々に心の隅々にまで充満していく。その時分になると元の楽しみなるものは、既に単なる楽しみではなくなってきて、次第により大きな別のものへと容《すがた》を変え成長を遂げる。時としてそこからは、生そのものをより光輝ある豊かなものへと変容させるほどの果実を生ずることさえある。ぼんやりとそんなことを考えるうちに、とうとう私はその隅に立つ大きな樹の前までやって来た。私は太い枝下の小暗い木蔭の中ほどを覗くように少し首を伸ばして、辺りの様子を窺ってみた。

最初に見つけた時には、単に私はそれを樹木の学名表示板に過ぎないと思った。よく見ると、確かにある種の記念物のようにも見える。言ってみればそれは、横長のプレート状をした、一枚のちっぽけな石の板に過ぎない。石板と言ってもそう、せいぜい幅が二〇㎝くらい、厚さにしてもほんの二㎝程度のものだ。こんなだから、こうしてすぐ前まで近づいて見ないと、その存在すら分からなかったというのも、まあ仕方のない話だろう。でもあのとき光ったのは、本当にこんな小さな銘板だったのだろうか。どうも私には、そこの確信がまだ掴めないでいた。

その前に立ち、そうやってつくづく眺めてみても、実際私にはその板が、どうしても何かのちょっとした記念の銘板ぐらいとしか思えなかった。ところが仔細に見ていると、その滑らかな光沢に包まれた小さな石板の表面に、何やら文字らしきものが書かれているのに気が付いた。そこには横書きにわずか四つの文字が、鮮やかな字体でクッキリと彫られていた。

水澤妙子

この四文字が小さく、しかしはっきりと刻まれていたのである。

するとこれは…もしかして、あの妙子さんの…？

いやいや、それでも…。これではお墓というより、誰が見たって何かの銘板ではないか。

いやそれにしても、これは…。その艶やかな光沢を帯びたプレートをじっと眺めながら、私は何とも譬えようのない強い違和感を感じていた。


こんなに広大な敷地の、立派な公園をつくりあげたその当人のお墓が、こんなに小さく目立たないものだなんて。おかげで私は、もう少しで見落としてしまうところだったではないか。自分ながらよくもまあ、あんな遠い場所からこれに気付いたものだと、ほとほと感心してしまった。あの門から振り返ってみた、あの時に私が見た一瞬の光というのは、偶然にこのプレートが、その時に何かの光線を反射して、たまたまキラリと光ってくれたということなのか。しかしそのお陰で、私があの時おやっと気づくことがなかったら…。偶然に起きた、あの一瞬のキラリがなかったら、私は本当にあのまま帰ってしまうところだった。それにあの時、即座にこの場所にまでわざわざ確かめに来ようと私が決断したことも、これまた偶然とは言え、何とも幸運だったとしか言いようがない。

しかし…。この石板をじっと眺めていると、私はあれこれと勝手な詮索をせずには、居られなかった。その時の私は、このように考えた。これは恐らく妙子さんがその晩年に、それも多分彼女が自ら遺書を書き残したのと同じ頃に、おそらく石の選定など何から何まで自分自身でおこなって、あらかじめひそかに造っておいたものに違いない。私はそう感じた。だからこんなにも小さくて、こんなにも控え目で、自分の造った公園のこんな片隅の場所に、まるでこの木蔭の下に姿を隠すようにして、ひっそりと眠っているのだ。私はその小さなプレートを見つめるうちに、何だか彼女自身の人柄を見ているような気がしていた。すると私の脳裡には彼女が辿った人生のあれこれのエピソードが偲ばれてきて、私は深い感慨と哀悼の意を感ぜずには居られなかった。思わず私は改めてその場で姿勢を正し直立すると、そのプレートに向かって深々と頭《こうべ》を垂れると、暫くのあいだ動けなくなってしまった。

名残を惜しんでそのつややかなプレートを猶も見つめていた私はその時、おやと思った。このプレートの向きは、どう見てもまっすぐには向いていない。何か不自然な方向へ向いているようだ。これは一体、どういう向きなのだろうか。あの入口の門の方角に向いているというわけでも、なさそうだ。ならばあの屋敷の方角なのか。いや、それも分からない。不思議に思った私は自分の立ち位置を調整し、石板に対してきっちり正確に真正面の位置で直立してみた。その上で、そのプレートに向かって自分が真正面に直面して立っているのを再度冷静に確認をした。次に私はくるりと回れ右をして、身体を正確に一八〇度回転させて、真後ろを振り返ってみた。

その時、私の真正面に位置して眼前に見られたものは、何だったろうか。それは、入口の門でもなかった。またそれは、あの屋敷でもなかったのである。そのとき私の正面にあったのは、なんとブランコであった。

私が見ているその時も、ひとりの女の子がブランコに乗り、ゆらゆらと揺らして遊んでいた。男の子たちは、はしゃいで走り回っている。考えてみると、ここからはこうして砂場やブランコやら鉄棒やらが真正面に見えるのである。子どもたちの、はしゃぎ回る賑やかな声が、すぐそこから聞こえて来る。そうか。どうやら妙子さんは、きっとこの公園の隅から静かに微笑みながら、元気な子どもたちの姿を、永遠に見守っていたいと願ったのだ。きっとそんな秘かな願いをもって、彼女はこの場所を選定したのに違いない。私には、そのように思えてならなかった。もちろん生前の彼女の顔は知らないけれども、その時の私には、まるで目の前ににっこりと微笑む彼女の顔が浮かんでくるような…妙なことだが、そんな気がしてならなかった。

私は再び、門をくぐって外へ出た。そしていま一度、壮麗な公園を振り返ってみた。先ほどの向こうの片隅には、妙子さんのあのプレートも、チラリと小さく光っているように思えた。

どこからか小鳥たちの囀りが、絶えず響いている。とその時。なぜか私は、森林全体にただよう、浅い緑の光線の波間に混じって、誰かが私に向かって無言の挨拶を送ってくれているような、不思議な感覚にとらわれた。誰かが、この緑の中のどこかにいて、こちらに向かって、やさしく微笑んでいるような…。ああ、きっとそうなのだ。決して眼には見えないけれども確かに、居るのだ。いつの間にか私は、どこか懐かしくって、満ち足りた不思議な気持ちになっていた。そして周囲には人影などどこにもないというのに、私は誰にともなくニコニコと、無意識に微笑んでいた。

あの妙子さんが、渚おばあさんと一緒に、この公園のきらめく光の中のどこかに住んでいる。そして、ふたり並んで溢れるような微笑みを静かに湛えている。その時の私にはそんな気がしてならなかった。考えてみれば、あの妙子さんも渚おばあさんにしても、この世に在りし頃には、どれほどの苦難や辛労の谷を渡ってきたことだろうか。しかしそんな彼女たちも今では、様々な思いを懐いて歩き続けた来し方の山間渓谷の道や険路を始め、思い出深い生前の行路の一部始終を遥かに一望して、懐かしさと満足の思いをもって感慨深く俯瞰しているのだ。そして今彼女たちはそれぞれに、せいせいとした清澄な気持ちの中に安らい、心からの満足の微笑みを浮かべているのに違いない。幽邃《ゆうすい》な中にも何かを囁き交わしているような、この不思議な緑の響きを前にしていると、自然とそんな気がしてならなくなる。いやその時の私には、むしろそれが自然で当たり前のこととさえ思われた。この緑なす公園の中に息づいて、なお見え隠れしている、彼女たちの魂。彼女たちは今、賑やかだった生の季節という夏を過ごしたのちに、時を超えた眼差しで、遥かな旅程を静かに振り返っているのだ。

時空を超えて遠い過去を眺め渡す、彼女たちの視線。それは例えば秋の浜辺。賑やかだった夏の喧騒も嘘のように過ぎ去った今、鏡のように静まり返った時間の中に、ひとり佇む人の眼差しにも似ているだろう。しかしこれは、果たして彼女たちだけの特権だろうか。私たちもこのようにして、現世の旅の途上に在ってなお、自らが歩く道のりに対して時間を超えた眼差しをもって、心閑かに眺めることは出来ないものだろうか。いわばそれは『永遠の相の下に物事を見る』ということである。もしもこれが出来さえすれば、旅の途上に出くわす哀しみや苦しみでさえ、その強面《こわもて》の面差しも少しは柔和になりはしないか、多少の様変わりもしてはくれまいかと、淡い期待をするのだが。

私の在籍する精神科には、毎日実にさまざまな人たちが、さまざまな悩みを抱えてやって来る。病院なのだから当然、病に苦しむ人たちが訪れるものなのだろうと、誰もが一応はそう考えるに違いない。しかし、ひとことで患者さんと言っても、こと精神科などとなると、かなり趣も違ってくるものだ。一見して何ら異常がないばかりか、むしろ羨ましいくらいの健康体としか見えないような人が、ふらりと診察室にやってくることさえある。ところが本人からすれば、自分は顔色も悪いし憂鬱この上ないと確信している場合があったりする。中には、きっとこの人は今何をしていても楽しいことばかりなのだろうなと思えるほどのうら若い身でありながら、なぜか精神科を訪ねて来る人物もいる。ところが彼女は実のところすっかり人生を儚《はかな》んでしまい、痛ましく生気も失せて、生きることに対してとうの昔に絶望してしまっているのである。私は診察室で、そんな人たちの虚ろな暗い顔に接するたびに、自分の空想上の或る人物がいつも思い浮ぶのである。それは偶然にも莫大な遺産を譲り受けたという、ひとりの幸運な青年の姿である。

ある密室でのこと。その青年の眼前に、なんと見上げるばかりに堆《うずたか》く積まれた巨大な札束の山が運ばれて来る。それなのに彼の表情は、ピクリとも動じない。むしろトロンとして無表情なくらいである。というのも彼にはその札束の山が、単なる紙くずの山だとしか思えないからだ。そんなふうに彼は心から信じ込んでいるのである。目の前のこれらが全て本物の紙幣なのだと、いくら本人に繰り返し丁寧に教えてみたところで、それは全くの無駄だ。どうしたって彼の眼には、それが廃品の紙の山だとしか映っていないのだから。しかし、現実に彼の脳裡にそのように見えているからには、言ってみれば彼にしたって罪はないわけだ。ある意味では、今の彼にはどうしようもないことだとも言える。さてところで、先ほどの人生に絶望している人というのは、実はこの人物とちっとも変わらないのである。何から何まで全くおんなじことだ。私はそんな人の姿を見ていると、泣きたくなるほど無性に悲しくなってしまう。実際のところ、見ているこちらの方が一層気を揉むし、じれったくて口惜しくって苦しくなる。こんな人には、世界をそのように見せている彼の中の病根を示してあげて、まずは当の本人にそれと気付いて貰わないといけない。

ほおら、これがあなたの病の元になっている部分です。この部分が色眼鏡となって、あなたが見ている世界の色合いをすっかり別物にしてしまっているのです。これから一緒にこいつを除去していきましょう。いいですか。この暗雲さえ立ち去ってしまえば、あなたの胸の太陽は、これからずっと変わることなく、いつまでも輝き続けるでしょう。

およそあらゆる難局やつまずきには、ひとつの共通項があって、それがいつも問題の密かな淵源となっているように思われる。例えば人間関係、国交、戦争、これらいずれの問題にも通底する第一のものは、実は笑顔の欠如ではないのか。そうすると、世間の誰もがこの笑顔ひとつを忘失さえしなければ、そこには原水爆などとは無縁の世界が実現する筈である。もしこれを荒唐無稽と評する人あらば、それは視力において自身の限界を暴露することに他ならない。何故なら微笑みの根柢を深く探れば、そこにはひとの人生を変え、延いては世界の命運をも変え得るほどの力が秘められているからだ。この意味では目に見える物が誇示する力に対して、見えない物が秘める力こそ遙かに偉大であると言わなければならない。

そう言えば『表情が暗い』というと、特に思い出すことがある。人前で常に快活な笑顔でいることは、社会人としての務めであるとはドイツの古い小説にみえる名句だが、表情の暗いひとの姿を見る度に決まって私には、いつも思い浮かぶひとつの情景がある。

それは、うららかに晴れた五月の朝。天も地も、花も緑も、風も空も、まるで世界中の何もかもが高らかに声をあげて、のどかな鼻唄でも歌っているかのような輝かしい日のことである。そんな朝の光のただ中に、ひとり暗い顔をした人物が、ぽつねんと佇んでいる。

その日は、どう間違っても雨なんか降りそうにないのだけれど、どういうわけかその人物の真上にだけ、ちょうどひとり分の小さな雨雲が、ぽっかりと浮かんでいる。しかもそこからは、シトシトと何とも陰鬱な雨が降り続いているのだ。彼はひとりその中で、憐れにもぐっしょりと濡れている。


彼が歩くと、彼につれてその雲も移動する。

天国のような好天のなか、おかげで彼ひとりだけは、どこへ行こうといつも雨降り。

ほんの少し、自分の心の色合いを変えてみるだけ。ただそれだけで、いいのに。

にっこりと微笑んで、『ありがとう』と感謝の眼差しをあの空に投げかけてみる。

ただそれだけで、いいのに。

そうすれば全ては一瞬にして消えてしまい、
周囲と同じ温かな世界に住めるというのに。それなのに…

『自分だけが何でこんなに不幸なんだ。世界とは、何てつらいところなんだ』

そう呟いてしまった瞬間、雨雲はますます黒くなって、雨は見る間に土砂降りとなっていく。

そう。あの雨雲は、自身の心が生んだ幻影に過ぎないというのに、彼ひとりだけが、それに気が付かないでいるのだ。

いつの時代にも微笑みは、生きる上での世界最高の武器なのだということを。

こんな情景が、いつも私には思い浮かぶ。健康な人の暗い顔つきを見ると…。

これは、世界を生き難くしてしまっている原因の大方は、ある意味で自身の心にあるということである。考えてみれば、およそ世間の苦労や苦悩といっても、ほぼこのことと理屈は変わらないのかも知れない。分厚い壁に行き当たってしまい、思い悩むというのは、実は今までの自分の遣りかた、生き方が間違っていたことに起因するのではないか。この意味で悩みというのは実は、正しい道を探そうとする人への天啓であり、サインと言えるのかも知れない。身体の次元で言えば病気の場合も同様だろう。生活習慣病とは、長年の習慣が間違っているという事実に対するひとつの天啓だとは言えないだろうか。もっとも孰《いず》れの場合にせよ、どれほど絶妙なメッセージが発信されていようが、受信の意思がない人には全くの無意味なのだけれど。

あの未亡人から伺った話では、故人のお母さんは最近、半ば生きる気力を失いかけているということだ。もちろんわが子を亡くした親の、その心痛は量り知れない。その心の傷、魂の傷痕は、恐らく一生涯の長い時間が経過してもなお、癒えることが無いに違いない。それにしても、未亡人の話によると今のお母さんは、自分の命を粗末に考えていやしないだろうか。食が減退しているという話などからすれば、もしかすると早くこの世を去って、あちらで息子と再び一緒に暮らしたいなどという願望すら、今の彼女は心に秘めているのかも知れない。

しかし、それは間違っている。考えてみてほしい。あなたという存在は、この世に生を受けてからその命を支えるために、数々の温かい手やまごころや思いやりをこの長い歳月の中でどれほど沢山受け続けてきたことだろうか。それら無数の思いやりや気遣いの全ては、そのひとつひとつがそれぞれに、ただひとつの同じ願いをこめて行われた。それは、あなたという命が遠く道ゆくその先々までも、心安かれ幸多かれとの心からの切なる願い。あなたの貴重な命は、それら星の数ほどの切実な願いの結晶なのである。それを当のあなた自身がぶち壊そうと企てるのは、受けてきた思いやりやまごころやそれら一切合切を跡形もなく自らの手でズタズタに切りさいなみ、無に帰してしまうことだ。命とは希望の灯なのだから、生きてある限り、希望は必ずどこかに隠れている。そう、隠れているのだ。ところがこの命を捨てるということは、柔らかな希望の、芽という芽の根こそぎ全てを自分の手でもぎ取り、そのうえ土足で踏みにじり、無き物にすることを意味する。たとえ今、目の前に道が見えないように思えたにもせよ、探すのだ。そうだ。見つかるまで、探す。探し出すことだ。道を探して、ひとり歩き続ける。この事こそが、生きることに他ならないのだから。

それにあなたは今、現にこの世に生きているではないか。『あなたはここで生きて居なさい』と言われているわけだ。だから当然、この場所で生きていくだけの意味がなければならない。それも他所《よそ》ではなくて、わざわざ択んで『この場所に』生まれてきたのだ。

あなたには、このことだけは、わかってほしい。

相応の意味がなければ、そもそもここには生まれて来ない。

しかも、意味があるというからには、苦悩するためだとか、悲しむためだとか、およそそんな反価値的な意味であろう筈が無い。と同時に、無意義なものとしてもならない。これは仮に私にしても、事情は全く同じことだ。私の生に意味を付与するのは、私自身でもある。

それは例えば、自らの命を尽くしてもなお悔いなきものとは、自分にとって何か。この一点を見いだすこと。それはひとつの旅かも知れない。でもこの探求行そのものが、やがては人生そのものともなる。最終的なその意味というのは、いずれゆっくり歩いて行きながら、自分なりの旅の行程の中で見つけ出し、作り出していけばよい。それは、わが生涯をかけての宿題だと思えばいい。

ただひとつ、気を付けなければ不可《いけ》ないのは、その意味というやつは眼には見えないものだから、それとは気付かぬうちに、うっかりそいつを見落として通り過ごしてしまうこともよくあることだ。また一方ではそれとは逆に、ともすれば思いがけない時に、それはまるで運命のイタズラか何かのように、思わぬ発見に出くわすことだってある。

例えばそれは、随分と長い年月をひとり、旅をし続けてきた人のようだ。

いつの間にか、もう日も暮れかけてきた頃になって、その人は溜め息まじりに、こうつぶやく。長年のあいだ自分が探してきた『意味』とやらも、どうやらとうとう見付からなかったようだな、と。

晩年のある日、彼は今まで自分が歩いてきた来し方の遠い道のりを、ふと何気なく振り返ってみる。ところが今まで自分が通って来た、彼方の道筋の路傍に、思いがけずそれを見つけ出した瞬間、彼は大きな目を見ひらいて言うのだ。

『ああ、長い間自分が探してきたものは、なんと実はこれだったのか』と。このような驚きの思いをもって、今更のようにそれと気付く。そんないたずらな皮肉さえも、この長い旅路には時おり姿を見せたりするものだ。

人生とは『意味』を探す旅でもあると言った。では万人にとって意味をなす最大の価値とは、『幸せ』ではないか。つまり人生の本旨は、幸せを求める旅にあるのかも知れない。ところで幸せとは、本質的に喜びに充足した状態だと言える。すると我々にとって生きるとは、喜びを探し求める旅である。もちろん同じく旅をするならば、哀しみに耐えて彷徨うごとき旅であってはならないだろう。ここで旅と言うのは、むろん外界の山川草木を遍歴する体のものではない。それは内界深くに展開される、むしろ心の遍歴だと言える。

ひとの心の奥底には、隠された泉があると言い残したのは、明治の一文人であった。そこには、汲めども尽きぬ不思議な泉があるという。この論理を援用すれば結局のところ、私たちがゆく道程は『よろこびという泉を探して歩く旅』だと言える。もっともその泉脈の探しかた、掘り出す手立ては、偏に自身の力量に委ねられている。だがそれ以前に、自分の中に泉が潜んでいる事すら気付かずに徒手空拳《としゅくうけん》のまま草鞋を脱いでしまう人たちが、実際には圧倒的に多いのかも知れない。ところで件《くだん》の泉は、より深みにある水ほど、言い知れぬ味覚を秘めているという。この、より深い泉脈を究めるという無窮なる探求行。生涯をかけてこの営為を果たしてどこまで押し進め、自分一代でどこまで深めていくことができるのか。これこそが謂わば畢生《ひっせい》の一大事業、人生の醍醐味であると言えはしないだろうか。

一般に『道を究める』などと言われるのも、きっとこのようなことを指していうのに相違ないと、私は常々信じている。その為にもおよそ肝心なことは、その『意味』を見いだす為に、迷わず誠実に力を尽くすこと。その上でこの旅路をどこまでも根気よく続けていこうとする、意志と努力と興味とを無くさないことなのだろう。それでは端的に言って、よろこびとは何処にあるのか。

例えば、自分の中にもうひとりの自分を住まわせてみる。そうすると、何が起こるか。道を歩いているとしよう。当然いま歩いているという自意識がある。それと同時に、歩いている自分の姿を真上から眺めるもうひとりの自分がいる。そう、まるで映画でも観るかのように。このようにして私は自分の人生のドラマを冷静に俯瞰しながら日々の生活をすることが出来る。いわば二十四時間密着取材でもしているかのように、ひとりの人物の生活をリアルに覗いている自分。彼の姿をじっとつくづく眺めているうちに、その生活ぶりは何とも不器用で滑稽にも見えてくる。それでも懸命に生きているその姿は、何だか健気でいじらしくもあったりして、陰ながら（?）力になりたく思えてくる。そして蔭からそっと声をかけたり、やんわりと背中を押してやりたくなったりもする。慌ただしい日々の暮らしの中にあっても、そこに瑞々しいユーモアの花を芽吹かせていける。もしもそんな伎倆《ぎりょう》があるとするならば、存外こんなところにそのヒントの一端が潜んでいるのかも知れないと、こっそり私は想像したりする。

私たちが生きる上で経験する苦悩や苦しみというものは、そもそもどういう意味をもっているのかと、改めて問い直さないでは居られない。意味？　そう。そこには確かに意味があるのだ。試しにこの私のことを、例にとってみようか。今思い起こすのは、自分がこの村に辿り着くまで経てきた行程のことだ。この村にやって来るまでの日々、延々と果てしなく続いていたあの地道な作業の連続。自分で立てた計画だとはいえ、それは今まで生きてきて、あれほどつらい思いをしたことはなかった。それ程ほんとに苦しかった。この苦しい毎日がいつまで続くのか。またそれが、いつか本当に実を結ぶことが実際にあるものなのかどうか。当時はそれすら全く見当も付かなかった。それはまるで、出口のない暗いトンネルの中をひとりでとぼとぼと歩き続けているような、何とも絶望的で孤立無援の感覚だった。

これも今にしてようやく言えることではあるが、当時あれだけいろいろ苦労を重ねたけれども、今振り返ってみると、あれほどの思いをしただけのことは、確かにあったなと思う。現実にこの村にまで辿り着けたということ自体、本当に有り難くもあり、また不思議なことだ。事実としてのこの結果を考える時、あの長い苦労の日々に対しても、今となっては決して誇張ではなく感謝の気持ちで一杯になる。だがこれは考えてみればみるほどに、実に何とも不思議ではないか。あの時には、自分としては毎日毎日が、砂を噛むようなつらい苦しみ以外の何物でもなかった。この苦しみから、何とか逃げてしまいたい。毎日そんな考えしか頭に浮かんで来なかったくらいだ。ところがその苦しみというものが、今では何と感謝の対象になっているのだ。これは一体、どういうことだろう。苦しみというものが、まるでクルリと一八〇度姿を変えて、有り難い代物に変容しているではないか。

どうも苦しみというやつは、ある時点にまで至ると、瞬時にして別な物に姿を変える。どうやら性質上、そういう瞬間がやって来るもののようだ。しかもこの時期は、必ずやって来るものらしい。それから、まだある。そもそもの当初、病院の上司からの指示があって、私があの故人の担当医として決定した時のことだ。私はその職責を、どれほど憂鬱な重圧に感じたことか。そもそも私にとって主治医ということ自体初めての経験であったし、はっきり言ってそれは自分にとって、とんでもない重荷でしかなかった。そんな重圧から、何とかして早く逃げ出したいと願ったものだ。当時の私にとって、それほどそれは重い苦役だった。ところが、それがどうだろう。もしも私があの時に、あの患者さんを担当しなかったとしたら、そもそも今回の旅などあり得なかったではないか。単にこの事実ひとつを取ってみても、これは何と不思議なことだろうか。言ってみれば私は、故人その人に直接手を引いて貰って、はるばるこの場所にまで導いてきて貰ったのだと言っても決して過言ではない。ここを思えば患者である彼に対して、どれほど幾重にも感謝の誠を捧ぐべき私であることだろうか。

『生まれ甲斐』という宝ものを探し集めること。それはちょうど、晩夏の静かな浜辺にひとり、きれいな貝殻を拾い集めて歩き続ける人のようだ。こんなふうにして人は皆それぞれに、幸せ探しの旅を続ける。ところが、この『幸せな出来事』という貝殻を同じように探し歩いていても、この旅の終わりも近づくとその収穫の内容は、人によって全く違ったものとなる。ではひとりひとりの人物の何が、そんなに違うというのだろう。そもそも人のどのような部分が、旅の終着においてこのような差異を生じさせるのか。これは違いといっても、恐らくはただひとつに過ぎない。幸せ探しをするに当たって大切なのは、つまりこの唯ひとつのことなのである。

その秘密とは、ひとつひとつの貝殻を見る私たちの視線にある。私たちが人生の途上にあって、どれだけの幸福感を得ることが出来るかという一事は、実はこのことに因るようだ。それはつまり、周囲に無数に転がっている出来事という個々の貝殻を、どれほどに美しいものとして見ることができ、どれほどに哀惜に満ちた眼差しで見ることが出来るかという能力。このような視力のことである。

波打ち際を歩いていて、ひとつの小さな貝殻を拾いました。ある人が見ると、それは高貴な宝石のように珍しいもので、まさしくそれは、その日からその人にとって大切な幸福の宝ものとなりました。ところが別の人物から見ると、全く同じ貝殻であるというのに、それがただのちっぽけで無価値な石ころでしかない。この視力の差である。

ところが『永遠の相の下に物事を見る』という名の眼鏡をかけて外界を見てみると、なんと不思議や世界が全く違った場所になる。こうなると当然、先の貝殻もやにわに神々しい光をもって輝きだす次第となる。さりとて、この貴重な眼鏡を得ようとして、猫でも杓子でも入手が出来ようかと申せば、流石にそうはいかないようだ。その眼鏡を手に入れる為には、例えば生死の境をさまようような大病を患った人や、戦地体験で、三途の川を渡り損ねたところを生還した人物だとか、それとも死刑の執行当日に奇跡的に釈放された、かの文豪の体験だとか、そういった血を吐くような苦行修行を積まないことには、実のところは獲得できないものかも知れない。しかし私は、密かに考えてみる。心のベクトルを、絶え間なくその方角へと、常時差し向けつつひたむきに生きて行くならば、ひとはやがて、限りなくそれに近しい視力を持つに至り得るのではないだろうか。このような思いを胸に描いて、私は生きている。

ここのように考えてくると、どうやら哀しみたちが、私の中で姿かたちを変えたということではないようだ。変わるべきなのはむしろ私の眼差しの方である。さてこれら全てが意味するところは結局何だろうか。それは、生涯の幸不幸を分ける要諦とは、事象を見るおのれの視線と眼力に磨きをかけて、これをより透徹させていく一種の技術に他ならないということではないだろうか。こういう意味でも我々の生とは、歩き続ける限りにおいて、ますます深く、いよいよ宏大な展開を見せていくべき代物なのだ。同時に、生きるからには我々には己の生をかくあらしめる責務が課されているのに相違ない。私は、そう信じている。

道を歩いていて、ふと視線を上げて遙かに道の果てを眺めてみる。道はまっすぐに、どこまでも続いている。しかし当然ながら、遠い道のりの一部始終が、ここからどこまでも手に取るように見通せるわけではない。必ずどこかで不分明となる。その限界点近くになると、全てが仄かに白い霞の中へと淡くぼんやり溶けていく。人生の道のりも、およそこのようなものだろうか。

夜の静寂《しじま》に、そこはかとない恐怖を感ずるのは、闇が視界を遮っているからだろう。人間にとって感覚の手の届かぬものは、いずれも神秘の里であり、畏怖の対象となる。死が怖いというのも、それが通常の感覚を拒絶した、可視的世界の彼方に潜むものだからに他ならない。

昼間に道を歩いている。とても天気のいい日だ。たとえ道の行き着く先が見えなくても決して恐怖を感じないのは、その先にもきっと人が住んでいると思えるから。暗いトンネルに突入しても怖くないのは、この先には必ず、明るい出口が待っていると確信しているから。ところで、もし死が単にこのようなものだとしたら、どうだろう。人生という名のこの長旅と、また次に始まる新たな旅路との中間にある、ささやかなひとつのトンネル。死というものの正体が、実のところそんなものに過ぎないのだとしたら。もしそうだとするならば、果たしてどこに畏れる必要があるだろうか。

確かに、このトンネルの向こう側からこちらへ再び戻ってきた人は、一部を除いて殆どみられない。だからといって単に分からないから怖い。『見えない』から畏怖を感ずるというのでは、未開人の盲目的感覚に異ならない。文明人としてこれは決して栄誉なものではないだろう。そもそも本日無事に過ごしてはいても、明日の自分の安否動静すら、我々は何ひとつ知らされてはいない。

あるいはそれは、森厳な夕映えと晴れやかな朝焼けとを包み込む深い夜の静寂。またそれは、この旅の終わりと新たな旅立ちとの狭間《はざま》に設けられた、ひとときの憩いの場。もしもそうであるならば、充実した生涯を過ごしたことへの褒賞だと思って、有り難く休息をしていこうではないか。そして、心身共に形を整え清新な姿となって、よろしく晴れの門出に備えるべきなのではないだろうか。

また別の見方をすれば、この『見えない』ということは、ある意味で貴重な恩恵だともいえる。人間の特性として、自分の死期だとか死後の成り行きなどを識る四次元的な視力が具わっていないということは、実は倖いなことではないか。何事も見え過ぎてしまっては、詰まるところは苦の種となろう。今歩いているこの道が、この先どんな世界に通じていくのだろうかと想像を膨らませてみる時、ひとは自ずと希望を懐いて、歩きながらもわくわくするものである。この先自分が、どのような人生を生きることになるのかは見えない。だからこそ人生は面白い。見えないからこそ、人生に奥床しい味わいも生まれてくる。例えばそれは衣服のようなものかも知れない。

人間、素の裸のままの生活だと、文明以前の動物然たる暮らしである。衣服によって適度な露出の操作ができる。生活の中で肌身が絶えず隠されていればこそ、初めてそこに生の奥深い床しさ美しさが滲み出てくるものだろう。ゆえに人間にとって、死後の世界がそっくり秘匿されてあるということは、有り難いことであって決して怖ろしいことではない。見えないことはむしろ恩恵であり、いわば貴重な賜物と了解して有り難いと捉えるほうが、より人として自然な感覚なのではないか。

あの小屋で瀕死の状態にあった渚おばあさんは、洋二さんに発見されることで一命を救われた。彼女にとって洋二さんという人物は、どれほどに深い意義を持つ存在だったろうか。不思議な人と言えば、あの妙子さんにとっての洋二さんという人物も、返す返すも不思議な存在に思える。洋二さんが、あの港町の繁華街で、男たちに取り囲まれている幼い妙子さんに出会ったというのは、単なる偶然だったのだろうか。でもそのことが結果として、彼女の運命を大きく塗り替えることとなった。しかし当の洋二青年は、のちに遠隔の地で非業の死を迎えることとなってしまう。偶然といえば、この彼の死も偶然であったと言うべきなのだろうか。もしかすると、彼は当時まだ二十代だったのかも知れない。世間的な眼には、確かに短命なのに違いない。では短かった彼の人生とは、不幸なものなのだろうか。その短さゆえに彼の人生が不幸だったとするならば、その不幸はあのような不慮の事故という偶然が生んだものだと言えるのか。そもそも人の幸福というものは、生きられた時間や寿命の長さによって決まるものなのか。つまり長く生きれば、それで人は幸福なのだろうか。もっともこれは、何をもって幸福とするかという価値観を同時に問うことにもなるわけだが。

人生に『偶然』は、あり得ない。この世界にあるのは、ただひとつ。『必然』だけだ。ということは、この人生において生起する大小無数のあらゆる出来事の裏には、必ず『意味』

という影が付き従っているのだということである。ここを思えば彼の死にも、何らかの深い意味が隠れているのに違いない。だがここで、殊更にこの『意味』を探ろうとするのは、結局のところ徒労という以外にないだろう。運命の女神の深慮のほどを人の浅知恵でもって推し量ろうなどとは、そもそもが笑止な企てである。哀しいことに人間の智慧など精々の処が、数十年の歳月を隔てた挙句に、「ハハァ、なるほど。あれはこういうことだったのか」と漸く合点がいくという程度が、まず大方の関の山なのだから。

洋二さんが生きた足跡とは、一体どのようなものだろうか。渚おばあさんは彼の帰還を、彼との再会を、ひとりあの小屋に起居しつつ、毎日どれほど待ち焦がれていたことか。それどころか命を終えた後ですら、彼女はなおもその場所に留まって、ひたすら彼を待ち続けた。また妙子さんは、彼のことを『命の恩人』と生涯にわたって讃え続けていた。これらの事実は、彼の生涯というものがその重い死によって、ますます意義深いものとなり、ひときわ大きな結実を得たことを証明しているとは言えないだろうか。こう見てくると私には、彼の人生が実に羨ましいものだとすら思われてくる。

人生の畑に生い出ずる「出来事」という名の作物については、それを生み出すのも自分、刈り取るのも自分である。良き種を蒔かねば、と思う。またその為にも、善い生き方をせねばと、私は強く念《おも》わずには居られない。

いま私は、つくづく思う。『あの人がいてくれたお蔭だ』というひと言。たったひとりの人物からでよい。このひと言を、こっそりと心に呟いて貰える。ただもうそれだけで私は、この先の長い道のりを心から満ち足りて、確固たる足どりで愉快に歩いて行けるだろう。これでこそ、生まれてきた甲斐があったというものではないか。この『生まれ甲斐』という宝ものを、ひとつまたひとつと積み重ね、人知れぬ心の貯金のように、胸の奥底に増やしていくこと。このこと以外に、自らの生を豊かにしていく方法など、この世のどこに求められようか。その意味で言うならばこの洋二さんは、私の師匠ではないのか。『あなたは、私の命の恩人です』という言葉。もちろんこれは、実際に言葉として口にするしないの問題ではない。しかしその密やかな不滅の呟きは自分にとっては、まさに永遠の勲章である。一介の医師として、そしてひとりの人間として。

私が戻って夫人のところで報告をする際には、あのお母さんにもぜひ今回のこの長い物語を聴いて貰おう。あのふたりを前にして、私はこの物語の一部始終をじっくりと語ってあげることにしよう。例えばあのお母さんが気丈に明るく生活をして、自分の命を懸命に支えていくならば、ただそれだけで同時に、夫人の命をも支えていることになる。仮に、もしお母さんが病気で動けなくなったとしても、それでもお母さんは笑顔を湛えて毎日を暮らしてさえいればそれで充分である。

あなたの何気ない笑顔をひとめ見て、ただそれだけで救われる人がいる。それは紛れもなく、あなたの『居がい』となるでしょう。

そして、お母さんから夫人に、心からの温かないたわりの言葉のひと言でも、かけることがもし出来たなら、これまたお母さんにしか為し得ない、貴重な『居がい』です。このように、たとえ普段は気付かないでいようとも、実はあなたにしか出来ないことは、数限りなくあるのです。そしてそれら全てのひとつひとつが、あなたの居がいとなってくれるでしょう。この居がいを、ひとつまたひとつと積み重ねていくならば、やがてそれらは『生きがい』となって、あなた自身を支えてくれるものともなる。だからお母さん、あなたはその優しい笑顔ひとつで、ただもうそれだけで、立派に自らを支え、夫人の心を、また周囲をも支えていけるのです。

このように考えると、どうも生きるっていうのは、支えあうことなのかも知れないとすら思える。これは仮に独り暮らしの人であっても、この理は全く同じことだ。あのお母さんには、ぜひとももう一度この道理を思い出してもらわなくては、いけないと思う。あのお母さんはどこから見たって、全くの健康体なのだ。亡くなった息子さんの命を惜しんで悲しむのであれば、それよりもまずは、現に毎日を生きている自分自身の命をこそ惜しむべきではないか。そして自身の大切な生を愛《いと》おしんで、明るく生きてほしい。前に言ったように苦しみというやつは、いつか必ず姿を変える。そう、いつかは変わるものなのだから。あのお母さんには、ぜひともこのように伝えたい。

何があっても、立ち直って貰いたい。いや、彼女には立ち直って貰ってみせる。この私が必ず。それが故人となった息子さんの主治医としての、自分の最後の務めなのだと私は、固く信じているから。

最後に私は妻に対しても、大切な報告の義務を負っている。

彼女には今回のことで、すっかり悲しい思いをさせてしまった。そのぶん私は、充分な対応をしなくてはいけない。まず帰宅後には今回の旅の概要と成果とについて、彼女にも分かりやすく丁寧に説明することだ。何よりも大事なことは、彼女にはこれから先、笑顔の毎日をしっかり取り戻して貰わなくてはいけない。そもそも私がこの探索旅行を企図したことで、こんなに迷惑を掛けたのだもの。彼女にはぜひとも、今回の旅が私に与えてくれたものを知って貰いたい。渚おばあさんや洋二さん、そして妙子さんたちの人生を知らせてあげよう。そうすることでこの旅が、彼女にとっても深く意義あるものとなるだろう。いや、そうならないといけない。そうなるべきだ。

公園の洋風の門は見たところ、とてもきれいに磨かれていた。それを見ていて、どうも私は不思議な気がした。何から何まで余りに入念に手入れをされているので、まるで誰かが毎日ここで世話をし続けているかのように思われたのである。あるいは本当に、誰かが来ているのかも知れない。入口の脇に控えるようにして立っている左右の門柱は、足もとに絡まる羊歯を従えて、すっきりと優雅に佇んでいるかのように見える。アーチとは少し離れて独立して立っている左右の門柱には、一枚ずつ大きな金属製の銘板が取り付けられている。その銘板までが、つやつやとした光沢に輝いていた。その左右の銘板にはそれぞれ同様に、

たえのなぎさ公園

と刻まれていた。

その美しい文字は、今でもありありと眼に浮かぶ。

くっきりと刻まれたその文字の姿は、これからも決して私の心から消えることはないだろう。


後ろ髪を引かれる思いに幾度も心を揺すぶられていたけれども、最後にとうとう私は門を背にして、静かに歩き始めていた。いつか必ず、再びここへ私は戻って来たい。いや、来ないわけにはいかない。その時にもこの公園の緑のきらめきは、こんなふうに笑いさざめきながら、変わらぬ光をもって私を出迎えてくれるだろうか。こうしてどんどんと公園から遠のきながら歩いていても、あの小鳥たちの囀りが、なおもここにまで遠く私を追って響いてきているようだ。

涼やかな秋のそよ風が、絶え間なく頬を心地よく撫でては去ってゆく。

私の胸には、言い知れない満ち足りた心情が、湧き出ずる明るく軽やかな春の泉のように、後から後からと、とめどなく充ち溢れていくようだった。

了

<著者略歴>

濱本良秋

1959年　京都市生まれ。
高校時代にロシア文学に傾倒、上京して日露学院に学ぶ。
後年介護の職務に就き、生死についての思念を深める。
1990年頃より、ブログ上にて自作の韻文などを発表し始める。
介護福祉士。
http://profile.ameba.jp/hama0920/

月の渚の砂浜に――または　亡霊に教えられた大切なこと――

2020年10月25日　初版発行

著者　濱本良秋
校正協力　森こと美
発行者　千葉慎也

発行所　アメージング出版（合同会社AmazingAdventure）
（東京本社）〒103-0027　東京都中央区日本橋3-2-14
新槇町ビル別館第一2階
（発行所）〒512-8046 三重県四日市市あかつき台1-2-108
電話　050-3575-2199
E-mail info@amazing-adventure.net
発売元　星雲社（共同出版社・流通責任出版社）
〒112-0005 東京都文京区水道1-3-30
電話　03-3868-3275
印刷・製本　シナノ書籍印刷

ISBN978-4-434-28075-7　C0093